SEPTEM DE ASTRIS USQUE AD UMBRAS SCALAE,

das ist:

Wundersame und erschröckliche Geschichte
DANIELIS HARTMANNI,
gewesenen gottsfürchtigen Schuhmachergesellen und
weiland Avanturiers.

Der lieben Posterität zu hülfreicher Vermahnung
aufgesetzt durch

Ikeho Rekedif Chrillu

Manuela Kinzel Verlag

Vorrede an den geneigten Leser

Dass du den wunderlichen in diesem Büchlein vor dir ausgebreiteten Verwicklungen, vermittels derer unser Protagonist jene SIEBEN STUFEN VON DEN STERNEN BIS ZU DEN SCHATTEN hinabsteigen soll, auf Treu und Glauben folgen wirst, will ich nun eben von Dir, hochgeehrte Leserschaft, nicht annehmen, es verirre sich denn dies Bändchen in eine jener segensreichen Anstalten, so von denen bewohnt, deren Jacke nicht ohne Grund hinten zugeknöpft zu werden pflegt. Doch mag sich auch die folgende Historia einem allzu engherzigen Verständnis von handfester Wirklichkeit und sozusagen gediegener Realität verschließen, will dies denn freilich nicht besagen, dass Du, geneigter Leser, dieselbe nicht zu vielfältigem Nutzen und heilsamer Lehr wirst zu verwenden wissen, zumal bei gegenwärtigen Zeitläuften, die der aus Werken der belle lettres stammenden Wissenschaft so abhold wie meiner allseits mit Recht gerühmten kunstmäßigen Schreib- und Sprechart, so an den größten Auctores der Alten und Neuen geschult sich gleich dem altehrwürdigen und hochberühmten Mäander über die Seiten vorliegenden Opusculi ergösse, wofern nicht ein wohlmeinender Verleger größere Simplicität hätte lassen angeraten sein wollen, aus welcher denn für gewöhnlich die nie genugsam gerühmte Claritas der Gedanken aus dem Gewande der darob in äußerste Brevitas zu kleidenden Worte hervorleuchte. Wiewohl mir besagter gewisslich gut gemeinte Ratschlag zunächst ein wenig dubios und sozusagen nachgerade schlüpfrig erscheinen wollte, hat meine Wenigkeit sich schließlich doch dahingehend resolviert, Anstand zu nehmen und auf eine sofortige Befolgung selbigen Consilii nicht im Geringsten Verzicht zu tun wagen zu dürfen, welch gewissenhafter Bemühung Resultat und Ergebnis hiermit der gnädigen Nachsicht verhoffentlich gütigst geneigten Publici anempfiehlt

der Verfasser.

I.

In dem schmucken Schwarzwalddörfchen Gr… hielt man eben Kirchweih und allerlei fahrendes Volk hatte sich mit seinen Schaubuden und Kramläden eingefunden, um den Bauern und Handwerkern, den Holzfällern und Flößern manch sauer verdienten Taler in Oberhemden und Schlachtermesser, bemalte Bierkrüge und Tabaksbeutel, Kochtöpfe und bunte Tücher, kurz in all jene Gegenstände der Notdurft und der Sehnsucht zu verhandeln, auf die der Mensch zumal in dieser abgeschiedenen Landschaft nun einmal schlechterdings nicht verzichten kann oder mag. Da kam von ungefähr ein wandernder Handwerksbursche des Weges, trat aus der schattigen Kühle des tiefblauen Tanns, hielt wacker auf das bunte Lärmen zu und setzte schließlich den Fuß auf die alte Holzbrücke, um deren Geländer die fröhliche Jugend von Gr… am Vorabend prächtige Girlanden aus grünen Zweigen und schwer duftenden Blüten gewunden hatte. Gebürtig stammte der Wanderer aus einem damals wie heute unbedeutenden Städtchen des vormaligen Herzogtums und jetzigen Königreichs Württemberg, hatte dort bei seinem seligen Vater Johann Adam Hartmann das Schusterhandwerk gelernt, auf der Walz aber nur selten noch in diesem Gewerbe sein Auskommen gefunden, sei es, dass die damals trotz der bewegten Zeiten selbst darbenden Meister den zusätzlichen Esser am Tisch lieber gehen als kommen sahen, sei es, dass die gebückte Haltung, die das Schustern bekanntlich tagtäglich für viele Stunden erfordert, seiner großgewachsenen, schlanken Gestalt durch die liebgewonnene Gewohnheit des freien Ausschreitens bereits zu unbequem geworden war.

Dabei war Daniel Hartmann nicht eigentlich zu dem arbeitsscheuen Gelichter zu zählen, das zu allen Zeit auf der Suche nach dem Schlaraffenland in hellen Haufen die Straßen und Wege bevölkert. Bevor er seinem Weg auf die bewaldeten Höhen zur Rechten des Rheins gefolgt war, hatte er sich bei der Weinlese auf verschiedenen Gütern am Neckar verdingt, dort im Schweiße seines Angesichts sein Brot gegessen und manchen Taler eingestrichen, der nun in seinen Taschen klimperte und klingelte und die weitgereisten Händler und Krämer die Ohren spitzen ließ, wenn sein Beutel auch nicht die pralle Wohlgefülltheit aufwies, die mancher Schwarzwälder Gutsbauer oder Holzhändler zur Schau stellen konnte. Dass ihm die Mädchen und Jungfrauen des Dorfes nachblickten, wie er so ohne Eile zwischen den Marktständen dahinschlenderte, verstand sich bei seinen braunen Locken und melancholischen Augen von selbst, er indes gab hierauf nur wenig Acht, da ein vielleicht angeborenes, jedenfalls aber aus frühesten Kindertagen herrührendes Ungeschick im Umgang mit dem schönen Geschlecht ihn dasselbe eher meiden denn suchen hieß.

So geriet er denn auch in nicht geringe Verlegenheit, als er an den Tisch eines Kräuterweibleins herantrat, da er sich trotz des guten Schuhwerks, das ihm allein von seinem einstigen Broterwerb geblieben war, verschiedene Stellen an beiden Füßen wundgelaufen hatte und nach einer Salbe oder Tinktur Umschau hielt, die diesem Übel abhelfen könnte. Unter der tief ins Gesicht gezogenen Kapuze, die das Marktweib trotz der gleißenden Sonne am wolkenlos blauen Himmel stets nur mäßig lüftete, wenn sie mit einer Bauersfrau über ein Mittelchen gegen Warzen, Magendrücken, den Kropf und zahllose andere Gebrechen oder mit einem verschüchterten Burschen über einen Liebestrank nach langem Feilschen schließlich handelseinig geworden war, blitzte ihn nämlich unversehens ein schalkhaftes Paar blauer Augen an, das einer frischen Dirne von kaum sechzehn Lenzen gehören mochte, und dieser Anblick verschreckte ihn denn erwartungsgemäß doch gehörig. Und noch bevor es dem armen Schuster in seiner augenblicklichen Verwirrung gelungen war, sein Anliegen vorzubringen, nötigte die Jungfrau ihn auf einen dreibeinigen Schemel, als wisse sie bereits um all seine verborgenen Leiden, löste ihm ohne Umstände den Schuh und bestrich die offenen Blasen und aufgescheuerten Druckstellen mit einer Salbe, die alle Schmerzen in Windeseile verfliegen ließ, wie Hartmann verblüfft feststellte, als er in beiden Schuhen probeweise einige Schritte unternahm. Nun wollte das Weib aber für die wundersame Heilung durchaus keinen Lohn annehmen, so sehr Hartmann auch in sie drang, und gebot ihm rundheraus, sich auf der Kirchweih erst einmal bis zum noch fernen Abend lustig umzutun. Sollte ihn bei Einbruch der Dämmerung, wenn sie ihren Stand abzubrechen gedenke, jedoch die Lust ankommen, ihr einen zweiten Besuch abzustatten, werde sie ihm allerdings ein Geschäft zu unterbreiten wissen, das ihrer beider Schaden nicht sein solle.

Der Vorschlag erschien dem Schuster nicht uneben und so wandte er sich unter der Versicherung, in kurzer Frist wieder bei seiner Wohltäterin vorstellig zu werden, dem Platze zu, auf dem eben eine muntere Kapelle der fröhlichen Jugend zum Tanze aufspielte. Das war nun ganz die Sache unseres wandernden Schusters, der dem Tanzen über die Maßen zugetan war, und obgleich er vor den Damen sonst verschämt herumschlich wie eine Katze um den heißen Brei, hatte er keine Scheu, sich selbst einer Königstochter zu nahen, wenn er sie nur zu einem Walzer oder Ländler bitten durfte. Da drehte er denn nun bald die eine, bald die andere der Dorfschönheiten in stiller Freude über den Tanzboden, forderte keine ein zweites Mal auf und erfreute sich daran, dass seine Füße nicht nur von den Blasen und Druckstellen, die ihn die letzten Tage auf seiner Wanderung gequält hatten, vollkommen befreit zu sein, sondern auch des Tanzens nicht müde zu werden schienen, ungeachtet des Umstands, dass er seit dem heutigen Morgen bereits ein tüchtiges Stück Weges in eben diesen Schuhen zurückgelegt hatte. Dazwischen trank er manchen Krug Schwarzwälder Bieres und auch einen Schoppen badischen Weins, betrachtete die Tanzenden und hielt sich für einige Augenblicke abseits, bis ihn von Neuem die Lust überkam und er sich erhob, um eine weitere blond oder braun bezopfte Jungfrau zum Tanz zu bitten.

Auch an die blauäugige Quacksalberin und sein Versprechen dachte er dann und wann mit heimlichem Behagen, noch aber stand die Sonne ziemlich hoch am Himmel und er hatte keine Eile, sich etwa vor der vereinbarten Zeit an ihrem Tisch mit den geheimnisvollen Kräutern und wundertätigen Tinkturen einzufinden. Derweil schwadronierten die Burschen des Ortes beim Wein von ihren Abenteuern und Streichen, die sie namentlich an dem würdigen Pfarrherrn des Dorfes verübten. Dessen Rosenzucht hatte nicht wenig von ihnen zu leiden, denn der alte Herr wachte eifersüchtig über die zweifellos in seinem rechtmäßigen Besitz befindlichen Schätze, die sich auf der anderen Seite jedoch im blonden Haarschopf einer Dirne noch bei weitem prächtiger ausnahmen als im Pfarrgarten und deshalb hin und wieder auch einmal den Weg ihrer dementsprechenden Bestimmung fanden, den Kavalieren der jeweiligen Trägerin aber stets ein gerüttelt Maß an diebischem Geschick und boshafter Hinterlist abverlangten, bevor dem Glücklichen schließlich und endlich ein verschämter Knicks, ein flüchtiger Kuss vor den Augen der strengen Frau Mama oder gar eine noch süßere Belohnung in der Einsamkeit eines Heuschobers oder einer Waldlichtung zuteilwurde.

Unter diesen und anderen Geschichten war die Sonne nun schließlich bereits ein gutes Stück gesunken und färbte den Himmel in das schönste Rot, das dem Schustergesellen jemals die Schöpfung des Allmächtigen vergoldet hatte. Nun war es hohe Zeit für ihn, die segensreiche Wunderheilerin aufzusuchen, um dort noch einmal seine Reverenz und sein Kompliment zu machen, denn selten hatten sich Spann und Sohle, Knöchel und Zehen unseres umherstreifenden Helden in ihrer frisch verheilten und verhornten Haut so wohl gefühlt wie dazumal. Und ob ihm gleich der Kopf von dem reichlich genossenen Wein und Bier, dem Tanzen und Zuschauen bei dem endlosen Drehen selbst ein wenig zu kreisen begonnen hatte, fanden seine Beine den rechten Weg beinahe ohne das Zutun eines lenkenden Hirns und in wenigen Augenblicken stand er dort, wo die zarte Gestalt im unförmigen schwarzen Mantel eben die letzten Beutel und Töpfchen in einer großen Kiepe verstaute. An der Stelle des Tisches stand nur noch ein Kochtopf mit siedendem Wasser auf einem eisernen Dreifuß über dem Feuer, in einer öligen Flüssigkeit schwammen Rosenblätter, die bisweilen mit einem Holzlöffel umgerührt wurden und dabei einen betörenden Geruch verströmten; daneben aber wartete ein nicht allzu umfängliches Glas geduldig darauf, das fertig destillierte Rosenöl aufzunehmen.

Fürwitzig betrachtete Daniel Hartmann die sonderbare Apparatur, sog den Duft der dampfenden Blüten ein und begann, in den ungelenken Phrasen der Bauern und kleinen Handwerker seiner großen Dankbarkeit ebenso ehrlichen wie unbeholfenen Ausdruck zu verleihen. Mit schief gelegtem Kopf lauschte das Kräuterweiblein seiner vermeintlich wohlgesetzten und mit ausladenden Gesten untermalten Rede, schien ein wenig auf dem Stockzahn zu lachen, nahm schließlich ein grobes Tuch und seihte das Rosenöl in das Glas, das sie daraufhin eilends verschloss. Das folgende Verlöschen des Feuers, über dem sie das restliche Wasser aus dem Kochtopf ausgoss, schien denn schließlich auch der Rede des Schustergesellen endgültig den Schwung zu rauben;

wortlos und die Hände ringend stand er nun da und begann noch einmal, in seiner Börse nach einer passenden Münze zu suchen, die sich etwa darin noch finden mochte und seinen Worten endlich auch angemessene Taten folgen lassen sollte.
Ohne seiner Verlegenheit nur im Geringsten zu achten, nahm nun die Rosensiederin, die bislang schweigend ihr Werk verrichtet hatte, unvermittelt das Wort, um dem ahnungslosen Schustergesellen ungefragt die Geheimnisse des kuriosen Verfahrens darzulegen, dessen Zeuge er soeben geworden war. Die Rosen des hiesigen Pfarrers, ihres Handelskompagnons seit Urzeiten, ergäben ein sehr gutes Öl, denn der Gottesmann verstünde es wie wenige, den rechten Zeitpunkt zum Pflücken der Blüten zu benutzen, wisse sie so zu trocknen, dass keine Fäulnis oder Gärung bei der Destillation des Öles entstehen könne, und züchte überhaupt eine Art von Rosen, die ihren wahren Duft bei der Gewinnung der kostbaren Essenz zuverlässig entfalteten. Diese aber sei, so versicherte sie, während sie das Glas in ein Tuch schlug und umständlich im geräumigen Innern ihrer Kiepe verstaute, eine der wichtigsten und, nebenbei gesagt, auch eine der kostbarsten Ingredienzien für ein Parfüm, das an den Höfen der Grafen und Barone, Herzöge und Könige weit über die Grenzen des Landes hinaus Verwendung finde. Die alles entscheidende Zutat jedoch, das vertraue sie ihm allein hier und heute unter dem Mantel der Verschwiegenheit an, und mit diesen Worten beugte sie sich zu ihm vor und hüllte ihr gesenktes Haupt wirklich in den dunklen Umhang, das sei der Schweiß eines jun-

gen Menschen, vergossen bei freudiger, ehrlicher Arbeit und unbefleckt von den schwarzen Gedanken der Habgier und Sorge um ein ferneres Auskommen, ein immer selteneres Gut, das mit rotem Golde kaum noch aufzuwiegen sei.

Unser Schuster stutzte zuerst, und weil er wohl gewahr wurde, dass die blauäugige Dirne entweder einem gelinden Wahn verfallen sei oder aber eine wirkliche Hexe vorstellen müsse, die wohl auf der hiesigen Kirchweih unter den biederen Krämern und Marktweibern ihresgleichen suchen und den Blocksberg in der diesjährigen Walpurgisnacht nicht zum ersten Mal besucht haben mochte, rückte er langsam und vorsichtig einige Schritte von ihr ab. Da kehrte sie ihm unwillig den Rücken, hievte die schwere Kiepe ohne erkennbare Anstrengung auf die Schulter und spuckte mit abgewandtem Gesicht aus, dass den Burschen sein abweisendes Betragen bereits zu reuen begann und er die schwer Beleidigte am runden und festen Arm packte, dieselbe um Nachsicht und Vergebung anzugehen.

Diese ließ sich denn auch schließlich erweichen, setzte den Korb wieder ab und sich selbst auf einen umgedrehten Melkeimer, der an demselben gehangen hatte, schlug ihre Kapuze zurück, dass der Schustergeselle ihrer leuchtend roten Locken gewahr wurde, vor denen er sich derart entsetzte, dass er beinahe erneut zurückgewichen wäre, und hub an, ihm ihren Vorschlag zu unterbreiten, dessen Hauptpunkte er sich nach dem bereits Gesagten so halb und halb schon zusammengereimt hatte. Einige Schritte im Wald lägen drei Klafter

Holz, die sie dem Pfarrer im Tausch für die getrockneten Blüten zu spalten habe versprechen müssen. Unternehme er das für sie und gestatte ihr, danach sein Hemd auszuwringen, die für sie so kostbaren, für ihn aber höchst gleichgültigen Tropfen aufzufangen und wegzutragen, so werde sie ihm drei Geschenke machen, die ihn fürderhin aller Sorgen ledig über Land ziehen lassen würden. Und sei das erste das altbekannte Hutzelbrot, das zweite ein Bocksbeutel mit dem besten fränkischen Wein, der sich ebenso über Nacht wieder fülle, sofern man am Abend den letzten Schluck aufgespart habe, das dritte aber eine Geldbörse, in der sich an jedem Morgen nach dem Neumond zwei volle Gulden fänden. Er dürfe aber stets nur einen herausnehmen, denn der andere sei es, der beim nächsten Neumond wieder einen neuen Gulden gebäre und so für das mäßige Auskommen eines wandernden Schustergesellen wohl zu sorgen vermöge.
Das schien unserem Schuster begreiflicherweise ein ausnehmend günstiger Handel, zumal ihm die Hexe das Brot, den Wein und die Börse mit den beiden Gulden, denn es war eben der Tag nach dem neuen Mond, nun auch sogleich vorwies; zwar glaubte er nicht recht an die Zauberkraft dieser Dinge, aber drei Klafter Holz zu spalten im Tausch gegen einen Laib Brot, eine Flasche Wein und eine nagelneue Börse mit zwei Gulden darinnen wird einem ebenso kräftigen wie hungrigen Burschen zu allen Zeiten als gutes Geschäft und leicht verdienter Lohn erscheinen. Nun aber steckte die Dirne die Börse wieder zu sich, während sie Brot und Wein im Arme den Waldweg hinantrug und ihrem Begleiter wie

beiläufig erläuterte, es sei noch ein Umstand, den er zu kennen habe, bevor er sich auf einen Handel einließe, der ihn vielleicht in Kürze gereuen möchte. Gelange nämlich sein Schweiß auf diese Art in ihren Besitz, werde das Wasser seinem Körper den Geruch, die süßen, herben, sauren Ausdünstungen des menschlichen Leibes, für alle Zeiten entziehen und in sich schließen, um diese nach und nach in dem besagten aus dem Rosenöl des Pfarrers und zahllosen anderen Stoffen gewonnenen Parfüm aufgehen zu lassen, sodass er, der Schustergeselle Daniel Hartmann nämlich, für die sonst bekanntlich so feinen Nasen der Menschen und Tiere vom morgigen Tage an gleichsam unsichtbar sein werde.

Ob der Tatsache, dass dieser Hexe sein Taufname, dessen er in ihrer Gegenwart kein einziges Mal erwähnt hatte, dennoch bekannt zu sein schien, in keine geringe Verwunderung versetzt, geriet der Schuster nun doch ins Zögern, alldieweil jede für Zeit und Ewigkeit getroffene Entscheidung dem Menschen beschwerlich zu fallen pflegt, solange er sein Schicksal selbst zu lenken meint und der Einsicht, dass sein Leben allein in Gottes Hand steht, noch nicht teilhaftig geworden ist. Und so fügte das geheimnisvolle Frauenzimmer, dem dieses Zaudern nicht entgangen war, eilig hinzu, sie verbrauche den sicher ergiebigen Schweiß nur sehr langsam, solange aber noch ein Tropfen vorhanden sei, könne durch ein Bad, in das dieser Tropfen getan werde, der Handel jederzeit rückgängig gemacht werden. Freilich müsse er der rechtmäßigen Besitzerin in diesem Falle

auch Brot, Wein und Geldbörse mit Zins und Zinseszins zurückerstatten. Daniel Hartmann aber, der nicht auf den Kopf gefallen war, horchte bei dieser neuen Bedingung sogleich auf und gedachte, den einen Tropfen, der ihm seine alte Verfassung wieder verschaffen sollte, gleich nach der schweißtreibenden Prozedur von der Hexe zu erbitten, der ja dennoch übergenug für ihre Zwecke verbleibe, allein dies Ansinnen lehnte das blauäugige Kräuterweiblein rundheraus ab, da unter solchen Umständen alle anderen Tropfen ihre Kraft verlören und sie bei dem Geschäft nichts gewonnen wie er nichts verloren habe.
Das leuchtete dem Schuster schließlich ein, und so besiegelten die beiden denn ihren Pakt mit Handschlag und zogen los, den drei Klaftern Holz und der Aussicht auf beiderseitigen Gewinnst entgegen. Die Arbeit ging unserem Schuster frisch von der Hand, und da er der Dirne das Hemd reichte, wrang sie es über dem Melkeimer aus, dass die Nerven und Sehnen an ihren Armen hervortraten, und goss den halben Becher Flüssigkeit in einen schmalen Destillierkolben, den sie mit einem Pfropfen sorgfältig verschloss. Wie graute ihm aber, als er das Hemd zurückerhielt und dieses nicht allein trocken wie ein gut abgehangenes Tabakblatt in seinen Händen knisterte, sondern zudem jeglichen Geruch verloren hatte, sosehr er auch seine Nase in den groben Stoff wühlte wie eine Sau die ihre in die Eicheln und Bucheckern eines buntblättrigen Herbstwaldes. Kaum hatte Hartmann sein Untergewand jedoch wieder übergestreift und von der Hexe Brot, Wein und die Geldbör-

se erhalten, gedachte er dieses geheimen Grauens nicht weiter, verabschiedete sich frohgemut von seiner nun bereits zweimaligen Wohltäterin, die erneut ihre Kiepe schulterte, und achtete kaum der Worte, mit denen sie ihm einschärfte, falls er sie rufen wolle, um etwa seinen Geruch zurückzuerhalten, dürfe er nur den Gulden aus dem Beutel in einen Brocken des Hutzelbrotes kneten, von dem Wein darübergießen und den Klumpen einem beliebigen Esel zu fressen geben, der alsbald ein durchdringendes Geschrei anstimmen müsse, woraufhin sie sich binnen drei Tagen zuverlässig bei ihm einstellen und den Handel zu den genannten Bestimmungen zurücknehmen werde.
Damit verschwand das Kräuterweiblein mit seiner schweren Last im Wald und Daniel Hartmann kehrte ins Dorf zurück, wo er im Gasthaus ein mäßig teures Zimmer bezog und rasch entschlummerte, ohne der verwunderten Seitenblicke des Wirtes gewahr zu werden, den der späte Gast auf unbeschreibliche Weise befremdete. Viele Jahre später wusste der inzwischen vom Schlagfluss halbseitig gelähmte, auf die Hilfe mitleidiger Guttäter angewiesene und vom Alter zudem ziemlich verwirrte Mann lediglich anzugeben, sein an sich unbegreifliches Grauen vor diesem Menschen sei in dem Augenblick über ihn gekommen, da Hartmann sich einmal auf der engen Stiege so nahe an ihm habe vorbeidrücken müssen, dass die Schulter des hochgewachsenen Gastes den bemerkenswert ausgeprägten Gesichtserker des etwas kleineren Wirtes leicht gestreift

und ihm dabei beinahe einen tüchtigen Nasenstüber versetzt habe.

II.

Anderntags schnürte der Schustergeselle in der Frühe sein Ränzlein und griff nach dem Wanderstab, grüßte Gott und verließ den Ort der merkwürdigsten Begebenheit, die sich zeit seines bisherigen Lebens ereignet hatte. Wohin er sich wenden sollte, wusste er noch nicht recht zu entscheiden, und wie er so an einem munteren Bach entlangging, der sich nach einer bescheidenen Weile in einen ansehnlichen Strom ergoss, regte sich zum ersten Male in ihm der Wunsch, dem Wasser zu folgen, zur See zu fahren und ein Erkleckliches mehr von der Welt zu sehen als das, was ein rüstiger Wandersmann im günstigsten Falle zu erlaufen vermag. Da traf es sich, dass einige Wegstunden weiter gerade Flößer daran gingen, schlanke Stämme zusammenzubinden, um mit ihnen gen Holland zu fahren. Das war ein Geschäft, von dem Hartmann auf seinen Wanderungen zwischen Rhein, Neckar und Enz, Murg, Kinzig und Nagold schon verschiedentlich gehört, das ihm aber durch Zufall oder göttliche Fügung noch nie zu Gesicht gekommen war. Wie lockte ihn jetzt das muntere Treiben der Flößer, die über lange Bohlen die Stämme zu Wasser ließen, geschickt auf ihnen herumsprangen, Seile festzurrten und allmählich die aufgetürmten Holzstapel am Ufer in eine lange Kette von kleinen Flößen verwandelten, wie wünschte er mit ihnen zu fahren,

nach Amsterdam oder Rotterdam und dann in die Welt hinaus!
Die Männer mit den breitkrempigen Hüten und schwarzen Westen lachten, als Hartmann schüchtern herantrat und bescheiden bat, ihn doch mitzunehmen auf die lange Reise gen Norden, und ehe er es sich versah, hatte er anstelle des Wanderstabs die lange Flößerstange in der Hand, stand auf den schwankenden Stämmen und sah die bewaldeten Ufer zu beiden Seiten gemächlich an sich vorbeiziehen. Es war ein freies und lustiges Leben, das nun anhub, aber auch eines voller harter und mitunter gefährlicher Arbeit. Unachtsamkeiten, die unserem Schustergesellen in der ersten Zeit noch bisweilen mit unterliefen, wurden rasch und heftig getadelt, bald immer seltener und eines Tages doch um ein Haar einem anderen Flößer zum Verhängnis, den seine Kameraden so eben noch zwischen zwei Floßstücken herausziehen konnten, die ihm nur wenige Augenblicke später unfehlbar alle Knochen im Leib zerschmettert hätten.
Des Abends hielt Hartmann sich nach Möglichkeit fern von den anderen, die beim Würfeln oder Kartenspiel weniger dem schlechten Bier als vielmehr dem Branntwein zusprachen und häufig miteinander in Raufhändel gerieten, denn zum einen störten die gottlosen Reden der betrunkenen Männer die fromme Andacht seiner Abendstunden, die er mit der Lektüre der Heiligen Schrift oder des Paradiesgärtleins Johann Arndts, das er in einem Nürnberger Druck aus den letzten Jahrzehnten des vergangenen Jahrhunderts besaß, zuzubringen pflegte, zum andern war er inzwischen gewahr geworden,

dass es mit dem Hutzelbrot und dem Bocksbeutel seine Richtigkeit hatte, das Brot über Nacht allemal nachwuchs und die Flasche mit dem Sonnenaufgang von Neuem ihr Maß guten fränkischen Weines funkeln ließ. Über dies Geheimnis wachte er nun ebenso eifersüchtig wie über seinen von keiner Sünde und keinem Zweifel geschändeten Glauben. Mit der Zeit jedoch trug ihm seine Gewohnheit, sich aus der Mitte der Kameraden davonzustehlen und von der fröhlichen Runde abzusondern, den Unmut der anderen Flößer ein und untergrub die anfangs nicht geringe Neigung und Liebe derselben zu dem fröhlichen Burschen tiefer und nachhaltiger als all die kleinen und großen Missgeschicke, die ihm nach wie vor unterliefen, Holz und Mann von Zeit zu Zeit noch immer in höchste Gefahr brachten und deren strenge Ahndung durch öffentlichen Verweis er selbst als gerechte Strafe empfand.

So kam es, dass einer der Älteren auf dem Floß, der die Fahrt schon viele Male mitgemacht hatte, im Rahmen des Schicklichen und Üblichen auf Zucht und Ordnung hielt und sich auch schützend vor Hartmann stellte, wenn man ihn mit Gewalt von seinen Büchern wegzerren und zum gemeinsamen Spielen und Saufen und Raufen zwingen wollte, nun endlich die Aussprache mit ihm zu suchen sich genötigt sah, ihm die Gefahren seiner Lebensweise vorstellte und ihn dringend bat, am Abend doch für dieses eine Mal der allgemeinen Runde beizuwohnen. Freilich sei man hierzulande des seltsamen Treibens der Pietisterei genugsam gewohnt; allein unter die Flößer verirre sich derlei Gesinnung höchst selten und errege, wie er ja am eigenen Leib erfahren habe, Argwohn und Unwillen. So musste Hartmann ihm endlich einen Versuch in der Geselligkeit zusichern und ging die verbleibende Zeit des Tages mit düsteren Gedanken schwanger, von denen nicht die wenigsten um die Verbote, Lehren und Ratschläge des biblischen Heilands sowie dessen strengen und frommen Verkünders Johann Arndt kreisten.

Erleichtert stellte er jedoch bald fest, dass nach der gemeinsamen Mahlzeit heute die Würfel und Karten in den Taschen blieben und stattdessen der Alte, der ihn in diesen Kreis genötigt hatte, das Wort ergriff, um eine Geschichte zu erzählen, als wolle er Hartmann die Überwindung seiner Einsiedelei und die Rückkehr in den Kreis der Werkeltagswelt mit ihren profanen Sorgen und Genüssen nach Möglichkeit erleichtern. Zugleich trug er sich wohl mit dem Gedanken, seinen Mitflößern einen sanften Verweis für ihr zu ausgelassenes Würfeln und Bechern zu erteilen, denn er wählte für den heutigen Abend die alte Geschichte vom Doktor Faustus, wie sie vornehmlich im Süddeutschen seit Generationen erzählt wurde, bevor die ebenso unzähligen wie unseligen Geniepropheten den Stoff in die klebrigen Finger kriegten und mit ihren süßlichen Überzuckerungen für das Volk verdarben.

Und so erinnerte der Alte mit mahnender Stimme an die alchimistischen Umtriebe des Studenten im kurpfälzischen Heidelberg, den Aufstieg zum geheimen Vertrauten des Pfalzgrafen Ottheinrich, die Schändungen der dem Schindanger und zuweilen auch der geheiligten

Erde eines abgelegenen Odenwälder Kirchhofs entrissenen Leichname im Namen der Erweiterung allgemeiner und spezieller medizinischer Kenntnisse, die allzu freimütigen Reden gegen den allgemeinen katholischen wie auch gegen den von der Wittenbergischen Nachtigall gereinigten Glauben, die geheimen Verschwörungen zu Brand, Mord und Krieg gegen die Feinde des Kurfürsten, die Teufelsbeschwörungen als Höhepunkt und Summe aller Sünden Fausts. Dann aber rissen den Erzähler die Kreuz- und Querzüge Fausts und seiner Schüler über Stadt und Land mit aller Gewalt mit, das halbseidene Quacksalbern in den Häusern der Geldsäcke von Straßburg und Colmar, das Foppen der habgierigen Fürstbischöfe, Grafen und Edelleute an Rhein und Neckar, die stets das Nachsehen hatten und reihum vom Faust um ihr Gold, ihren Wein, ihre Weiber und Töchter geprellt wurden, die Streiche gegen die Pfarrer, Mönche und Prälaten, die ihnen das Handwerk legen sollten, die Jahrmärkte und Weinfeste in der Pfalz und im Badischen, auf denen die Teufelsbündner die Menge mit kleinen Kostproben ihrer Kunst in Erstaunen versetzten, es sich beim Fressen, Saufen und wüsten Tanzen gutgehen ließen, beim Karten- und Würfelspiel mit den Burschen allemal das bessere Ende für sich hatten und des Abends in die willig geöffneten Stuben der Jungfrauen schlichen. Das ganze bunte Treiben wurde in den schillerndsten Farben, mit den unerhörtesten Einfällen ausgemalt und den deftigsten Kraftausdrücken geziert, dass es eine Lust war, dem Alten zu lauschen, und die Zuhörer vor Vergnügen johlten und klatschten, mit den Füßen stampften und sich die Bäuche hielten vor Lachen. Einmal saßen Faust und seine Adepten des Nachts im Weinkeller beisammen und beratschlagten, welchen Streich sie zunächst ins Werk setzen sollten, indes alles, was sie nach langem Grübeln und Flüstern vorbrachten, deuchte den Meister zu gering und der Mühe nicht wert. Selbst der Vorschlag, nun ernstlich an das Goldmachen zu gehen, anstatt sich mit kleinen Betrügereien nur immer das Nötigste für ein paar Wochen oder Monate zu verschaffen, fand keine Zustimmung. So viel Gold, wie die Welser und Fugger in einem Jahr aus ihrem neuspanischen Eldorado herüberschafften, könne ein rechtschaffener Alchimist in seinem ganzen Leben nicht zustande bringen und wenn ihm alle Teufel in der Hölle Tag und Nacht die Blasebälge träten. Heilsamer als der Reichtum sei heute für einen Fürsten und jeden, der hinter ihm die Fäden der Macht ziehen wolle, ohnehin der Erfolg im Kriege, der unvergessene Männer wie den großen Alexander hervorgebracht habe und überhaupt der Vater aller Dinge sei. Es gelte daher, das fruchtlose Goldmachen einzustellen und allen Verstand auf die Entwicklung von Granaten und Bomben zu verwenden, die in kurzer Frist eine um das Vielfache durchschlagendere Wirkung zeitigen sollten, als das mit dem nach seiner, Georg Fausts, Ansicht heillos veralteten Schwarzpulver bislang machbar gewesen sei, das wohl einen kleinen Trupp gepanzerter Soldaten, aber keine befestigte Stadt auseinanderzusprengen vermöge. Noch in der heutigen Nacht werde er im Keller des hiesigen

Pfarrhauses, dessen derzeitiger Besitzer ein ihm aus Heidelberger Studientagen wohl bekannter und den Wissenschaften äußerst zugetaner Mann sei, mit drei aus ihrer Mitte erwählten Helfern einen Versuch wagen, der sie vielleicht bereits bis zum ersehnten Ziel führen, in jedem Fall aber auf den richtigen Weg weisen werde.
Der alte Flößer hatte sich derweil ein Pfeifchen gestopft und hielt nun inne, um dasselbe in Brand zu setzen, während die Männer im Kreis still geworden waren, um dem Fortgang der Geschehnisse zu lauschen, die ihnen in der einen oder anderen Form zwar seit Kindertagen vertraut waren, ihre Macht über die schlichten Gemüter aber nicht verloren hatten, zumal nicht in Nächten wie dieser, die mondhell und still über der Erde lagen.
Auf halbem Wege zwischen der Mitternacht und dem Morgengrauen, fuhr der Erzähler nun gemütlich schmauchend fort, bebte die Erde in dem Städtchen, das am Abend den Teufelsbündner und seine Genossen aufgenommen, gespeist und getränkt hatte, ein ohrenbetäubendes Knallen und Krachen, Donnern und Brechen hub an, am Himmel zeigten sich turmhohe Flammen in allen Farben des Regenbogens, grell und wild durcheinander zuckend und blitzend, heiße, stinkende Wolken waberten durch die Gassen, drangen in die Fenster und Türen, das Vieh tobte in den Ställen, die Weiber und Kinder heulten und zitterten vor Angst, die Männer verriegelten und verrammelten die Häuser. Nach einigen Augenblicken aber war der Spuk wieder vorüber, die giftigen Dämpfe verflüchtigten sich, ohne erkennbaren Schaden angerichtet zu haben, der Himmel fiel zu-

rück in schwarze, sternlose Finsternis und völlige Stille trat ein.
Selbst der Nachtwächter, der sich in seinem Turm über dem Stadttor verkrochen hatte und später hoch und heilig versicherte, die vier Reiter der Apokalypse, zumindest aber den Wilden Jäger und sein Gefolge leibhaftig über sein Haupt hinwegziehen gesehen zu haben, ließ nun die Sache bis zum Morgengrauen auf sich beruhen, da sich denn von dem etwas abseits hinter hohen Bäumen gelegenen Pfarrhaus nur mehr rauchende Trümmer fanden und darin die Leichen des Pfarrers, seines jungen Weibes und der beiden Kinder, erschlagen von umherfliegenden und nun über den ganzen Garten verstreuten Balken und Mauersteinen. Vom Doktor Faust und seinen drei Kumpanen aber hätten seine verbliebenen Schüler, die bald nach dem Aufbruch ihres Meisters vom Wein berauscht unter die Tische gesunken waren und sich erst nach und nach an der Unglücksstelle eingefunden hatten, keine Spur entdecken können. Immerhin aber sei es ihnen trotz des jämmerlichen Zustandes, in dem sich die meisten von ihnen befunden hätten, noch gelungen, dem Stadtbüttel und der bald alarmierten Inquisition um Haaresbreite zu entkommen.
Was ohne ihren Meister aus ihnen geworden, wisse niemand zu sagen, dass aber den Doktor Faust wiederum sein Meister geholt habe, das sei erst von den sogenannten Gelehrten des letzten Jahrhunderts, die ja bekanntlich mit dem Glauben an den Teufel am liebsten zugleich auch den an den Herrgott hätten abschaffen wollen, zu Unrecht in Zweifel gezogen worden. Noch

heute jedoch kenne das Volk seine Pappenheimer gottlob besser als diese ungewaschenen Grünschnäbel, denen es nur darum zu tun sei, untätigen Bärenhäutern und Fensterguckern die Zeit zu vertreiben, weshalb man sich, soweit die Sage von dem unglücklichen Manne gehe, vom Teufel und seinen Verführungen fernzuhalten und den Doktor Faustus nicht als umtriebigen Helden und Spaßmacher, sondern als ein warnend Beispiel der engen Grenzen zu verstehen wisse, die auch der unendlichen Güte und Gnade des Allmächtigen gesetzt seien.

Längst war der Zauber des sensationellen Berichts über der faden Predigt, mit der letzterer geschlossen wurde, verflogen, man murrte und wollte lieber noch ein Abenteuer wie das von der Verführung der unglücklichen Pfalzgräfin Susanna oder der geraubten und ersäuften Schweineherde des Lorscher Klosters hören. Das wieder war freilich dem Alten nicht recht, der sich um den eigentlichen Zweck seiner allzu belehrenden Geschichten gebracht sah, und so ging man allseitig ebenso gereizt wie unbefriedigt auseinander und begab sich zur Nachtruhe, die nur dem äußeren Schein, aber nicht dem inneren Wohlbehagen nach diesen Namen verdiente.

Es zeigte bereits am folgenden Morgen, dass die verunglückte Erzählung des alten Flößers Hartmanns Lage um nichts gebessert hatte, im Gegenteil. Man mied ihn jetzt auffällig und selbst sein früherer Schutzpatron, der nun meist mit verdrießlicher Miene die Flößerstange in den Rhein stieß, keine Anweisungen mehr erteilte und nur noch mürrisch und wortkarg auf Hartmanns Fragen antwortete, schien seinen Missmut an ihm rächen zu wollen. Das Glücksspiel und das Saufen, an denen sich nun auch Hartmann zuweilen beteiligte, ohne deshalb Aufnahme in die Herzen des verschworenen Haufens zu finden, nahmen immer mehr überhand, bei den Raufhändeln brach sich ein Flößer den Arm, ein anderer kehrte von einem Landgang, bei dem er aus einem einsam gelegenen Wirtshaus ein Fass Branntwein hatte stehlen wollen, nicht wieder zurück und einen dritten, der sich nach langer Nacht und kurzem Schlaf kaum auf den Beinen zu halten vermocht hatte, verschluckte eines Morgens nun doch einer der gefährlichen Strudel, ohne dass der ungeschickte Schustergeselle diesen Unfall auch nur im mindesten mit verschuldet hätte.

Noch abweisender als der Alte, dessen Verstimmung dem gewesenen Schuster aufgrund der zunehmenden Verwahrlosung des Floßes und seiner Mannschaft, für die der altgediente Hollandfahrer verantwortlich zeichnete, immerhin noch nachvollziehbar erschien, verhielt sich aber ein noch ganz junger Holzknecht, der am Abend, als der Alte erzählt hatte, dicht neben Hartmann gesessen hatte und wohl an dessen salzverkrustetem Hemd etwas bemerkt zu haben glaubte, das ihm nicht vollends ins Bewusstsein gedrungen war und nun als wortlose Frage durch sein in Aufruhr geratenes schlichtes Gemüt schwebte. Dass es einfach der fehlende Geruch nach tagealtem getrocknetem Schweiß war, den er vermisste, der Duft nach dem wohlbekannten Gemisch aus süßlicher Gärung, ranziger Butter und stechendem Urin, der jeden von ihnen umgab, bemerkte der Junge nicht, aber dass Hartmann sich von ihm und seinen Kameraden in der einen oder anderen Weise unterschied, war nun nicht mehr nur eine belanglose Tatsache, die sich an der andersartigen Kleidung, der leicht abweichenden Sprache, der Gewohnheit des Bibellesens und zahlreichen anderen Einzelheiten ablesen ließ, sondern ein Gefühl, das tief in der Seele des Holzknechtes wurzelte und ihm eine nur noch für Augenblicke zu überwindende Furcht vor dem Fremden einflößte. So ging er diesem aus dem Weg, vermied es, ihn anzusehen oder auf dem Floß neben ihm zu stehen, wünschte ihn zum Teufel und fragte sich wieder und wieder, warum vor Tagen nicht dieser verschrobene Bücherwurm mit seinem fahrigen Wesen anstelle des eigentlich gar nicht ungeschickten Kameraden ertrunken war, dem der Branntwein doch sonst beinahe nichts hatte anhaben können.

Natürlich blieb dem zu seinem Unglück ziemlich feinfühligen und zum Schwermut neigenden Hartmann das Misstrauen, das ihm nun von allen Seiten entgegenschlug, nicht verborgen, und so entschloss er sich einige Tage später, das Floß zu verlassen und über Land weiterzuziehen. Dass nichtsdestoweniger in Kürze die Tore Amsterdams vor ihm aufragen sollten, um ihn in die weite Welt hinaus zu geleiten, stand für ihn außer Frage, doch da der Mensch denkt und Gott lenkt, wie ein altes Sprichwort jedem versichert, der es hören will, geleitete die nächste Straße unseren Helden vorderhand zum einzigen Stadttor einer bedeutend kleineren Ansiedlung im Hessischen, die allerdings einen alten und fast blin-

den Schuhmachermeister in ihren Mauern barg, dem der Geselle vor wenigen Tagen mit dem einzigen Töchterlein durchgebrannt war und der seitdem zusammen mit seinem gramgebeugten Weib mehr schlecht als recht sein kümmerliches Handwerk besorgte, wie Hartmann von dem ebenso gemütlichen wie redseligen Wirt erfuhr, den er um ein einfaches Nachtmahl und ein billiges Zimmer angegangen war.
Nun fochten das Fernweh und die Vernunft einen harten Strauß auf dem schlaflosen Lager des wandernden Gesellen aus, der sich schließlich durchringen musste, wenigstens einen Anlauf zu wagen und am kommenden Tag bei dem Schuster vorstellig zu werden, um es noch einmal mit dem fast vergessenen Handwerk seiner Jugend zu versuchen. Auf diesen Entschluss hin hatte Hartmann gehofft, rasch in den dringend benötigten Schlaf zu sinken, allein wie alle Tage stand ihm auch in dieser Nacht das Weichbild Amsterdams, das er sein Lebtag noch nicht erblickt hatte, dessen Züge er im Traum jedoch unfehlbar erkannte, unablässig vor den geschlossenen Augen und öffnete ihm schon von Weitem die hohen Tore, hinter denen er einen riesenhaften Hafen mit unzähligen Segeln aus aller Herren Länder erspähen konnte, die sich unter einem endlosen blauen Himmel tummelten wie eine übermütige Herde junger Füllen auf der Weide.

III.

In der schlecht beleuchteten Werkstatt des Schusters hingegen, die er mit dem Hahnenschrei betrat, stieß er mit dem Kopf an die Decke, da dieser ehrliche Handwerker im niedrigen Kellergewölbe eines reichen Patrizierpalastes hauste. Dessen Obergeschoss wurde von einer geizigen Witwe bewohnt, die alle Räume, die sie nicht mehr selbst auf die ein oder andere Weise nutzen konnte, an Handwerker, Schreiber und Landsknechte vermietet hatte und damit ihrer fruchtlosen Existenz ein einträgliches Auskommen sicherte. Es war eine ärmliche Umgebung, der das Unglück, das eben über die Familie gekommen war, kaum noch ein weiteres Gran Elend hinzuzufügen vermocht hatte, und Hartmann überfiel ein herzliches Mitleiden mit dem geschlagenen Manne und seinem Weib, das sich redlich mühte, dem Gemahl zur Seite zu stehen, selbst die einfacheren Arbeiten übernahm, während der halb Erblindete sich tastend über den Leisten beugte, schnitt und stach, nähte und hämmerte, schwitzte und keuchte, denn an Aufträgen mangelte es dem alten Meister nicht: Neben den auszubessernden Schuhen stapelten sich die Schnittmuster nach den Füßen der zahlreichen Kunden, die sich ein Paar neue Stiefel oder Pantoffeln, grobe oder feine Schuhe für die Arbeit oder die Wanderschaft, zum Faulenzen, Reiten, Tanzen oder Renommieren machen lassen wollten.

So standen den beiden Leutchen denn auch die Freudentränen in den Augen, als Hartmann seinen Gesellenbrief vorwies, den der Alte sich so dicht als möglich vor das Gesicht hielt und laut vorlas, während sein Weib einen Willkommenstrunk bereitete. Man vereinbarte nach gutem Brauch und alter Väter Sitte, dass der neue Geselle mit sofortiger Wirkung in die um ein Haar völlig verwaiste Werkstatt eintreten und dem Handwerk in diesem schönen Städtchen wieder aufhelfen solle, für Kost und Bett, Lehre und Lohn, und Hartmann war es zufrieden, zumal das Bild der großen niederländischen Häfen mit dem Eintritt in seinen angestammten Lebens- und Arbeitsbezirk nach und nach ebenso zu verblassen begann wie das der Hexe mit den wasserblauen Augen und feuerroten Haaren, der er mit seinem Körpergeruch einen Teil seiner Existenz vermacht hatte, den bislang niemand an ihm zu missen schien, am allerwenigsten er selber.

Tatsächlich bemerkte Hartmann bald, dass von seinem neuen Meister noch allerhand zu lernen war, desgleichen er bei seinem gestrengen Herrn Vater und der halben Handvoll anderer Schuhmacher, deren Kunst ihm auf seiner Wanderung vor die Hände gekommen, nie gesehen, und auch die Kundschaft und Einkünfte waren danach. Dem verwunderten Staunen folgte das wissbegierige Fragen und Lauschen, Beobachten und Versuchen und bald wusste Hartmann, dass er hier sein Glück machen konnte, wenn er nur die Hälfte von dem lernen wollte, was der halbblinde Alte an Kenntnissen und Geschick auf die Verfertigung der besten und begehrtesten Schuhe des ganzen Umlandes verwandte. So dachte er bald überhaupt nicht mehr an Holland und das Meer, auch nicht an das Hutzelbrot und den Bocksbeutel, die in seinem Ranzen lagen und lange nicht mehr in Gebrauch gekommen waren. Nur die Börse mit dem wundertätigen Goldstück steckte er an den Sonntagen zu sich, wenn er im Sonnenschein durch die nahe gelegenen Berge zu einem der winzigen Dörfer wanderte, die Mädchen beim Kirchgang beobachtete, denn ihn selbst zog es nicht vor die Kanzel, da er von seiner seligen Mutter gelernt hatte, an seinem Arndt ausreichend Erbauung zu finden, und sich des Mittags unter einen schattigen Baum ins Gras setzte.

Auf den fehlenden Geruch seines Leibes verwandte er vollends keinen Gedanken mehr, seit er die Tage in einem fortwährend nach frischem Leder, Leim und Holz duftenden Keller verbrachte, und auch der alte Schuhmacher schien nichts Auffälliges an ihm zu bemerken, obgleich man den Menschen, die einen der Sinne ganz oder doch beinahe eingebüßt haben, gemeinhin die Schärfung aller verbliebenen nachsagt. Im Falle seines Meisters aber schien dieser Vorteil allein dem Gehör zugutegekommen zu sein, dessen sich ein Luchs nicht hätte zu schämen brauchen, der Geruchssinn des Alten jedoch war bestenfalls durchschnittlich entwickelt und nur mit Mühe war seine Nase imstande, die stets abwechselnde Zubereitung der Abendmahlzeit zu erraten, während Hartmann allzeit auf die ersten aus der Küche in die Werkstatt wabernden Schwaden hin von seinem Leisten aus ein passendes Kompliment an die Köchin zurücksandte.

Während er nun mit seinem Meister in fröhlicher Eintracht Seite an Seite arbeitete, fleißig Schuh um Schuh fertigte, täglich Fortschritte in seiner Arbeit machte, die Zufriedenheit des Alten, der sich bald auf das Anleiten und Prüfen des Gesellen beschränken konnte, beständig zunehmen sah und die Beköstigung mit Kohl und Kraut, Brot und Brei, gelegentlich auch mit Fisch und Fleisch genoss, wurde die stets überschwänglich gelobte Köchin mit der Zeit immer stiller, rückte am Tisch von Hartmann ab und richtete kaum noch das Wort an ihn. Zu welchem Zeitpunkt dieser Wechsel eingetreten sei, hätte der Geselle nicht zu sagen vermocht, obgleich er sich im Stillen oft die Frage stellte, denn er war trotz seines gegenwärtigen Wohlbefindens und Behagens ein schüchterner Kerl geblieben und lebte in der beständigen Furcht und zuverlässigen Erwartung, die in ihn gesetzten Hoffnungen in der ein oder anderen Weise schließlich enttäuschen zu müssen.

So sehr er nun aber grübelte und forschte, er fand sein Gewissen in dieser Hinsicht rein und erinnerte sich lediglich einiger Male, da das Weib seines Meisters, das um ein Beträchtliches jünger war als der Gemahl und noch immer für schön gelten konnte, neben ihm vor dem Leisten gesessen hatte und, wenn ihr Mann an der Tür mit dem Gerber oder dem Schmied verhandelt hatte, so nahe an ihn herangerückt war, dass er zunächst unsittliche Absichten bei ihr vermutet hatte, allein sie hatte ihm stets nur wortlos über die Schulter geblickt, ohne ihn zu berühren oder ihm auch nur ein einziges Wort zuzuflüstern. Von diesen Ausflügen seiner Gedanken ins Land der amourösen Abenteuer wurde Hartmann jedoch zum wiederholten Male in solche Verwirrung gestürzt, dass der ebenso naheliegende wie zutreffende Gedanke, das Weib seines Meisters habe das Fehlen der ersehnten herben Düfte jugendlich kraftstrotzender Männlichkeit an seinem Leib bemerkt und ihr sonderbares Verhalten sei eine Folge dieser Entdeckung, nicht in sein Hirn gedrungen war, zumal er der ganzen Angelegenheit bald keine weitere Beachtung mehr geschenkt hatte und sich weiter des besten Einvernehmens mit seinem Herrn und Meister erfreute.

So war beinahe ein Jahr ins Land gegangen, in dessen Verlauf das Geschäft des alten Schuhmachers in voller Blüte stand und gedieh wie nie zuvor. Inzwischen grüßte ein großes Schild mit dem Abbild eines goldenen Stiefels über der Tür eines eigenen kleinen Häuschens, in dem das junge Weib seine großzügigen Gemächer in tadelloser Sauberkeit und bürgerlicher Ordnung hielt und in dem auch ein Raum für das verschwundene Töchterlein bereitstand, von dem die armen Eltern noch immer keine Nachricht hatten. Diesem Umstand schob Hartmann denn auch nach und nach die Verantwortung für das nun zunehmende zerfallende Erscheinungsbild der Frau zu, deren Haar binnen weniger Monde merklich ergraute und in ungekämmten Strähnen auf die eingefallenen Brüste über den mageren Rippen fiel, die immer gebückter ging und bald sogar ohne erkennbaren Grund zu hinken begann. Selbst in der größten Not hatte sie sich immer aufrecht gehalten, mit ihrer von Natur aus fröhlichen und unbekümmerten Art dem Manne die schweren Tage und noch schwereren Nächte nach dem Verlust der Tochter nach Möglichkeit zu erleichtern gesucht, Hoffnung und Zuversicht verbreitet.

Nach Feierabend waren seinerzeit zahlreiche Freunde bei dem alten Schuhmacher ein und aus gegangen, um

die Dämmerstunden gemeinsam zu verplaudern, der Schneider und sein Weib, die alte Hebamme, die immer alle Neuigkeiten der Stadt kannte und bereitwillig zum Besten gab, ein junger Schäfer mit romantischen Anwandlungen und entsprechend wenig Erfolg bei der Damenwelt, worüber er sich in herzzerreißend komischen Erzählungen ergehen konnte, der Nachtwächter, der immer als erster zu seiner Runde aufbrechen musste, und die Frau des reichen und angesehenen Maurermeisters, mit der die arme Schuhmachersgattin seit Kindertagen Freud und Leid zu teilen gewohnt war. Nun aber hatte die bürgerliche Verfassung des neuen Hauses oder vielmehr die seit Monaten beständig gereizte oder weinerliche Stimmung der Hausherrin die fröhliche Runde vertrieben und selbst das Weib des Maurers kam nur noch höchst selten auf einen Sprung vorbei.
In hilfloser Traurigkeit musste der alte Schuhmacher, der sein Weib zärtlich liebte und ihr Glück über das seine zu stellen gewohnt war, diese plötzliche Wandlung mitansehen, ohne zunächst den Grund derselben erforschen zu können. Er vermutete, sie könne sich in der neuen Umgebung nicht zurechtfinden, vermisse das ärmliche, aber durch Gewohnheit liebgewonnene Zuhause, sei damit unzufrieden, dass er sich zugunsten Hartmanns immer mehr von der Arbeit zurückziehe und des Abends zuweilen bei dem befreundeten Gerber vor einem Krug Bier sitze, um mit diesem und dem Schneider die Würfel rollen und die Karten auf den Tisch knallen zu lassen, oder wünsche sich zur Erleichterung der Haushaltsführung eine Magd, um deren Einstellung sie

den Gemahl nicht zu bitten wage. Erst langsam und widerwillig wandten seine Gedanken sich dem liebevoll eingerichteten und sorgsam in blendender Sauberkeit gehaltenen Zimmer für die verschwundene Tochter und damit dem einzigen Punkt zu, über den er mit seiner besseren Hälfte nicht reden mochte, weil der Schmerz über das so plötzlich hereingebrochene Unglück bei ihm selbst noch immer zu tief saß.

Schließlich aber sprach er sie eines Nachts doch auf die vermeintliche Ursache ihres Kummers an, um sie nach Möglichkeit zu trösten oder ihr Hoffnungen zu machen, versprach ihr, noch einmal mit den Wirtsleuten und Torwächtern der Stadt zu sprechen und diese anzuhalten, bei den durchreisenden Händlern, Handwerksburschen und Habenichtsen Erkundigungen nach dem Kind und dem entlaufenen Halunken einzuziehen, und stellte ihr zuletzt vor, dass sie trotz allem Gott für den neuen Gesellen dankbar sein müssten, der viel fleißiger sei als der alte und den er gerne zum Sohn angenommen hätte. Da erst begann die Frau zu weinen und von einer unheimlichen Bangigkeit zu reden, die Hartmanns Gegenwart ihr einflöße, da sie aber vielleicht dem Manne nicht sagen wollte, wie sie zur genaueren Kenntnis der völligen Geruchslosigkeit am Körper des neuen Gesellen gekommen war, um sich nicht etwa einem ungerechten Verdacht auszusetzen, vielleicht auch fürchtete, von dem lebensklugen Schuster wegen ihrer abergläubischen Furcht verlacht zu werden, nahm sie schließlich in ihrer Not die Zuflucht zu der alten Geschichte, der schon Potiphars Weib ihre Seelenruhe zu danken hatte, und rang ihrem Gemahl auf diese Weise das Versprechen ab, dem vermeintlichen Verführer ihrer Ehre Haus und Hof zu verweisen.

IV.

So stand Hartmann nun, ehe er sich der Sache recht versah und ohne einen Grund für den plötzlichen Wandel seines Geschicks nennen zu können, binnen eines Jahres erneut vor dem Tor, das ihn zwölf Monde zuvor von seinem Weg nach Norden abgebracht hatte. Da beschloss unser wiederum gewesener Schustergeselle denn auch nach kurzem Hadern mit dem Weltenlauf, den ihm der Herrgott wohl verzeihen musste, seine Schritte nun endgültig den holländischen Häfen zuzuwenden, um in einem anderen Weltteil sein Glück zu versuchen, schnitt sich einen tüchtigen Haselstecken und wanderte bald wieder munter vor sich hin pfeifend seiner Straße, zumal er in dem einen Jahr, da er nicht allein seinen Lohn zum allergrößten Teil hatte ersparen können, sondern darüber hinaus jeden Monat gewissenhaft der von seiner blauäugigen Hexe erhaltenen Geldbörse den einen Gulden entnommen hatte, ein beinahe wohlhabender Mann geworden war, der frei von Sorgen über Land ziehen und keineswegs alle Tage den Hals nach einer schlecht bezahlten Arbeit recken durfte.

Stattdessen machte er bald darauf im Wirtshaus von Kl…, einer aufstrebenden Kleinstadt auf halbem Wege nach Amsterdam, die Bekanntschaft eines pfiffigen Männchens, das soeben mit sich selbst die erste Zeitung von Kl… nebst einem Verlagshause und einer kleinen

Buchhandlung begründet hatte und das den gutmütigen Hartmann bald überredete, sein überzähliges Geld in dieses Unternehmen zu stecken, das der Bildung, dem Fortschritt, der öffentlichen Meinung, dem Allgemeinwohl und einem guten Dutzend anderer in ähnlich modische Phrasen verpackter Umschreibungen des habgierigen Krämergeistes, von denen dem Schustergesellen bald der arg beschränkte Kopf schwirrte, in einem Maße dienlich sein werde, dass man es geradezu als Sünde wider den Unternehmergeist wie gegen die Menschlichkeit, welche beiden Begriffe im Übrigen geradezu dasselbe bedeuteten, betrachten müsse, sein Geld auf andere Weise als gerade auf diese oder bei einem anderen derartigen Institut als eben dem seinen anzulegen.

Tatsächlich florierte der Handel mit bedrucktem Papier anfänglich, denn die mit einem Male lesesüchtig gewordenen Kleinstädter rissen dem Männchen das bald nicht mehr monatlich, sondern zweimal in der Woche erscheinende Blatt förmlich aus den Händen und die Damen bestellten Lieferung auf Lieferung von rührseligen Romänchen, die der Tag und Nacht arbeitende Redakteur, Drucker, Kolportageagent, Journalist und Dichter in Personalunion im Schein einer rußenden Ölfunzel aus bekannten und weniger bekannten Vorlagen zusammenstoppelte. Daniel Hartmann, der lediglich als Teilhaber des immer weiter um sich greifenden Unternehmens, nicht aber als Herausgeber oder Verleger der von seinem Kompagnon hervorgebrachten Schriften firmierte, blieb bei diesem geschäftigen Treiben, das sein in ferne Welten entrücktes und zum Kapital gewordenes Geld

dem Vernehmen nach bereits auf wundersame Weise beinahe verzehnfacht hatte, so viel als nichts zu tun.
Des Morgens, wenn das rastlose Männchen für einige kurze Stunden in einen bleiernen Schlaf fiel, trug er den Abonnenten ihre Zeitung ins Haus oder öffnete den Buchladen und langweilte sich dort bis zur Mittagszeit, indem er den meist älteren oder noch ganz jungen Damen ihre vorbestellten Romane in braunes Papier einschlug, neue Bestellungen gleichgültig aufnahm oder alte ebenso gleichgültig stornierte, wenn die Freundin den voreilig georderten Roman in der Zwischenzeit doch noch ausgelesen hatte. Danach schlenderte er bis zum Abend über die Straßen und Plätze der Stadt, sprach mit dem Pfarrer über die Kartoffelernte und mit dem Lehrer über Politik, trank dann im Wirtshaus einen oder zwei Schoppen und ging meist zeitig schlafen.
Nachdem er die Literaturzeitung seines Freundes ein einziges Mal in die Hand genommen und darin eine obszöne Parodie auf das bekannte Gedicht des Catull gelesen hatte, in dem der ebenso scharfzüngige wie bösartige Dichter den stinkenden Ziegenbock unter den Achselhöhlen des armen Rufus besingt und das der moderne Parodist durch die Kombination mit einigen weiteren Gedichten des Veronesers zu einem liederlichen Loblied auf olfaktorisch noch weit einschlägige Körperöffnungen umgemünzt hatte, beschloss er, angenehmere Zerstreuungen zu suchen, und hielt sich von nun an gänzlich von den schmutzigen Geschäften seines umtriebigen Partners fern.

Eines schönen Sonntages im Mai trat Hartmann zum morgendlichen Kirchgang aus der Tür, als eben an derselben gemächlich eine Kutsche vorbeirollte, aus der ihn ein so roter Mund unter so blauen Augen und so blonden Locken anlachte, dass er wie verzaubert stehen blieb und der Erscheinung mit dem Ausdruck tiefster Verzückung nachblickte. Es handelte sich, wie er bald erfuhr, als er wie im Traume durch belebte Gassen der Kirche zu wandelte, um die Nichte des hiesigen Postmeisters Cappellarius, mit dem Hartmanns umtriebiger Geschäftspartner von Berufs wegen in häufigem und engem Verkehr stand. Die junge Dame statte dem älteren Bruder ihres Vaters derzeit einen längeren Besuch ab, ja dieser habe zusammen mit seiner Frau Gemahlin das gemeinsame Patenkind bei sich aufgenommen, bis die Eltern desselben von einer längeren Reise in geschäftlichen Angelegenheiten aus St. Petersburg zurückgekehrt seien. Kein Auge konnte Hartmann in der Kirche von der zarten Gestalt, dem rauschenden Sommerkleid, der von einer fliederfarbenen Schute bedeckten Lockenpracht, den schmalen Fingern und ihrem zerstreuten Blättern in dem kleinen schwarz eingebundenen Gesangbuche, der sich von den Anstrengungen der hellen und klaren Stimme hebenden und senkenden Brust wenden, während die Schöne den Blick züchtig zu Boden gesenkt hielt und nicht einmal während der langen und, wie es Hartmann schien, auch ungeheuer langweiligen Predigt die Blicke durch das Kirchenschiff schweifen ließ.

So kam es, dass er das Ende des Gottesdienstes und den Austritt der Gemeinde aus dem Hause des Herrn abwarten musste, bis er einen Blick seiner Dame erhaschen konnte, die ihn denn auch freundlich, aber so unverbindlich anlächelte, dass es Hartmann einen Stich ins Herz versetzte und er sich den restlichen Tag über einsam in den weiten Wäldern und Feldern außerhalb der Stadt herumtrieb, wo ihm zu seinem Erschrecken neben den romantischen Bildern seiner zur Madonna verklärten holdseligen Schönheit auch immer häufiger der lateinische Veroneser in den Sinn kam – und zwar in seiner modernisierten Fassung, gegen deren saft- und kraftstrotzende Bilder selbst die wiederholte Lektüre der plötzlich doch recht trocken und lebensfern erscheinenden Vermahnungen aus der emsigen Feder des biederen Johann Arndt schon bald nichts mehr auszurichten vermochte.

Unversehens aber war die launische Fortune unserem Helden bereits am Abend hold, als der Postmeister, ein gemütlicher, behäbiger, feister Hüne mit dichtem aschblondem Haar und rotem Gesicht, zur großen Tafel einlud und Hartmann in Anwesenheit aller städtischen Honoratioren, zu denen er sich trotz seiner Teilhabe am florierenden Handel des ersten und einzigen Verlagshauses am Platze doch nicht zählen durfte, neben der umschwärmten Dame zu sitzen kam, wo er die Gelegenheit, sich mit derselben durch eine harmonisch ineinanderfließende Abfolge von belanglosem Geplauder, bösartigem Klatsch, philosophischen Betrachtungen und lyrischen Höhenflügen auf einen vertrauteren Fuß zu setzen, ganz gegen seine sonstige Gewohnheit mit beiden Händen ergriff. Das durchaus nicht anspruchslose Kind, dessen Eltern in der Residenz wohnten und ihr Kleinod in den Tiefen der westfälischen Provinz vor den Nachstellungen allzu galanter Kavaliere sicher glaubten, lachte ausgelassen, ergriff zum wiederholten Male Hartmanns Hand, schmiegte sich im Scherz an die Schulter des ehemaligen Schustergesellen und küsste ihn schließlich sogar auf die Nasenspitze, um sich für ein besonders gelungenes Bonmot zu bedanken, das er soeben aus dem Stegreif auf ihre blauen Augen gemacht hatte.

An dieser Stelle wird der allzu aufmerksame Leser möglicherweise einen berechtigten Einwand vorzubringen wagen, den kein Erzähler dieses sonderbaren Märchens kommentarlos übergehen kann, da er am Grundgerüst seiner Fabel rührt und dieses einer Stütze zu berauben droht, derer es schlechterdings nicht entraten kann. Und so erlaubt sich derselbe, der eigenen Person durch den Nachtrag einer ausführlichen Schilderung der besonderen Umstände selbst aus der Patsche zu helfen, um den angeführten Einwand ein für alle Mal niederzuschlagen, da andernfalls auch die besten romantischen Fabeln, denen die hier vorliegende zugerechnet zu werden die Ehre zu haben wünscht, unfehlbar vor den Gesetzen einer eisgrauen, ehern-prosaischen Logik erliegen müssen. Es seien daher alle Zweifler und Besserwisser darauf verwiesen, dass auf den Tischen die größten und buntesten Sträuße von Wegwarten und Waldmeister, Tulpen und Schwertlilien, Ringelblumen und Pfingstrosen, Nelken und Maiglöckchen, Levkojen und Hyazinthen, Goldlack und Gemshorn einen so betörenden Duft verbreiteten, dass auch die feinste Nase den Makel des armen Daniel Hartmann nicht hätte bemerken können und der armen Postmeisternichte vorderhand jene Erkenntnis noch verborgen bleiben musste, deren Wucht im vorangegangenen Kapitel der sonst so unverwüstliche Humor einer weiland frohgemuten Schustersgattin in hessischen Landen erlegen war.

Am nächsten Morgen jedenfalls beschloss der in seiner Verliebtheit der Welt bereits ein gutes Stück entrückte Schuster, auch noch das Austragen der Zeitungen und die Besorgung der Buchhandlung seinem Kompagnon zu überlassen, der sich zähneknirschend dazu bequemen musste, einen Laufburschen anzunehmen und diesem einige Pfennige Lohn zu zahlen, die er trotz der ständig steigenden Absätze kaum erübrigen könne, wie er dem jedoch gleichgültig mit den Schultern zuckenden Hartmann darstellte. In der freien Zeit legte dieser letztere sich nun auf das Verfassen von Liebesbriefen und seitenlangen Gedichten auf die Schönheit der Postmeistersnichte, die diese mit ebenso feurigen Zeugnissen ihrer Zuneigung beantwortete, allein die Gelegenheit zu einer zweiten, von beiden herbeigesehnten Unterredung von Angesicht zu Angesicht wollte sich für quälend lange Tage voller sentimentaler Episteln und schwülstiger Verse, angstvoller Träume und nie erträumter Ängste nicht einstellen.

In dieser Zeit schwebten Daniel und Therese, wie die fernen Eltern ihr einziges Kind vor kaum sechzehn Jahren hatten taufen lassen, nach dem unabänderlichen Mechanismus der Romane beständig zwischen Himmel und Hölle, genossen die Freuden und erlebten die Schrecken der ersten Liebe, sprachen mit den Blumen im Garten und umarmten die Bäume am Wegesrand, fühlten den Widerhall der erwachenden und erblühenden Natur in ihrer Brust und hielten sich selbst für ein Bettlerbalg, den anderen aber für ein unerreichbares Königskind, das sich wunderbarerweise erniedrigen wollte, um ins Herz der geliebten Seele zu tauchen, daran jedoch von den irdischen Schlacken des Standes und der widerstrebenden Umstände gehindert wurde und diese Grenzen und Zäune, Hürden und Schranken nicht überwinden konnte, so dass nur das Entsagen und die Hoffnung auf eine bessere Welt blieben. Zugleich aber fühlten sie die Kraft in sich, diese neue, bessere Welt schon heute beginnen zu lassen, allen kleinlichen Vorschriften von Sitte und Anstand hohnzusprechen, die Philister in den Ratsstuben und Gerichtssälen mit Spott zu übergießen und lachend einer leuchtenden, glänzenden, strahlenden Zukunft entgegenzuziehen, von der niemand wissen konnte, wie sie aussehen würde, weil das Leuchten und der Glanz und die Strahlen alles überdeckten und keine Einzelheiten erkennen ließen.

Endlich aber eilte der Tag heran, da Mademoiselle Cappellarius Gelegenheit fand, sich von ihrem Onkel auszubitten, in Begleitung einer kurzsichtigen und beinahe völlig tauben Bediensteten, die seit der Ankunft ihrer Schutzbefohlenen in Kl… mit überschaubarem Erfolg über derselben Keuschheit und Wohlanständigkeit

wachte, eine Lustfahrt nach der etwas abseits in einem kühlen Talgrund gelegenen Mühle zu unternehmen und Hartmann, der eben Zeit hatte wie nun alle Tage, dazu einzuladen, was aufgrund ihres klugen Vorgehens ohne weitere Umstände und auch ohne die Erregung jeglichen Argwohns bei dem zuweilen etwas zerstreuten Postmeister abging.
Da der Held unserer Geschichte sich nun gerade von seinem geschäftstüchtigen Partner einen ordentlichen Batzen seines Goldes unter dem steinerweichenden Gejammer des heulenden und zeternden Männchens hatte auszahlen und dafür einen feurigen Apfelschimmel anschaffen lassen, begleitete er die Kutsche seiner im luftigen Kleid und fliederfarbener Schute dahinschwebenden Dame nun hoch zu Ross, was dem verliebten Diskurs über die tauben Ohren der alten Magd hinweg jedoch keinerlei Abbruch tat. Diese war unentwegt am Stricken, keineswegs so taub, wie sie die Welt und insbesondere den ihrer Meinung nach viel zu oft nach seiner hin und her gehetzten Dienerschaft verlangenden Herrn glauben machen wollte, und dabei nach Art dieser alten Vetteln einem sich anbahnenden Roman, der über Wochen Gesprächsstoff bieten und ihr die wichtigste Rolle bei der unvermeidlichen Verbreitung der Neuigkeiten zuweisen würde, so gar nicht abgeneigt.
So empfand sie denn über die Worte und Gesten der arglosen jungen Leute eine heimliche Freude, während der Schwager auf dem Kutschbock dem Geflüster hinter ihm aus mangelnder Neugierde oder infolge seiner Versunkenheit in eigene Gedanken, die auch Kutscher und

Knechte bisweilen zu wälzen pflegen, gar keine Beachtung schenkte. Immer feuriger und drängender wurden die Blicke, die der verliebte Daniel seiner Therese zuwarf, immer länger und mutiger diejenigen Thereses auf den stolzen Reiter an ihrer Seite, die Ohren der Alten glühten und tief senkte sie das Haupt über ihre Strickarbeiten, um nicht durch ein unzeitiges Erröten oder gar einen Laut der Entrüstung über das, was sie da zu hören bekam und wonach die klatschsüchtigen Weiber daheim sich die Finger lecken würden, ihr lange und sorgsam gehütetes Geheimnis zu verraten.

Nun aber hielt die Kutsche gegenüber dem Mühlrad, das sich getrieben durch ein munteres Bächlein spritzend und klappernd im Kreis drehte, der Kutscher versorgte die beiden Pferde und die Magd setzte sich mit ihrem Strickzeug in den Schatten einer mächtigen Linde, während die beiden jungen Leute zu einem Spaziergang das grüne Tal hinab aufbrachen, der den beiden Bediensteten als sinnlose Zeitverschwendung schon aufgrund prinzipieller Erwägungen zuwider war. Daniel jedenfalls bot seiner Therese den Arm und Therese hielt sich beim Einhaken etwas enger an ihn, als das vielleicht angesichts des festen, breiten und nur leicht abfallenden Weges notwendig gewesen wäre. Auch in diesem Wiesengrunde, der nach einer Weile in eine malerische Klamm überging, an deren oberem Rand der Weg nun bergan führte, dufteten die Blumen, das vom Tau feuchte Gras, die harzigen Tannen und Fichten, und doch konnte nicht ausbleiben, was die Naseweisen und Neunmalklugen unter unseren Lesern schon längst erwartet hatten: Therese begann, ihren Geliebten in der halben Umarmung, in die sie das Einhaken durch einige vorgeblich ungeschickte Tritte und Bewegungen allgemach zu verwandeln wusste, nun auch mit der Nase zu erkunden und fand zu ihrem Erstaunen und zur Befriedigung der genannten Leser natürlich – nichts.

Zunächst stutzte sie lediglich, ohne sich etwas anmerken zu lassen, machte sich dann und wann von ihrem Galan los, um sich nach einem Pilz oder Käfer zu bücken, einen Tannenzapfen vom Weg aufzusammeln, eine Blume zu pflücken, doch alles roch und duftete und stank, zog und biss und stach ihr in die Nase, nur der Mann an ihrer Seite, an dessen Arm sie nach ihren Ausflügen in die Botanik stets mit neuer und bald aufs Neue enttäuschter Hoffnung zurückkehrte, schien in dieser doch nicht unwesentlichen Hinsicht eine unerklärliche Ausnahme darzustellen. Noch schwirrten die Gedanken und Gefühle, die sich an diese Entdeckung knüpften, in Thereses Innerem durcheinander und waren partout nicht bereit, sich in eine Ordnung bringen oder gar einem unumstößlichen Entschluss unterordnen zu lassen, da fiel endlich auch unserem Protagonisten ihr beständiges Riechen und Schnuppern und Wittern zuerst auf und sodann schwer aufs Gemüt, denn mit einem Mal stand wieder das Bild der blauäugigen, rothaarigen Kräuterhexe vor seinem Auge und das Ränzlein mit Brot und Wein und Gold, das nun schon lange unbeachtet in einer Ecke neben dem Wanderstab lag, seit er ein reicher Mann geworden war.

Und so kam es, dass im selben Augenblick auch ihm die siegesgewisse Unbefangenheit abhandenkam, mit der er Therese auf diesen Weg geführt hatte, und mit einem Male ging da ein gedankenversunkenes junges Ding neben einem verlegenen und verschüchterten Menschen einher, und keines wagte mehr, ein Wort zu sprechen und das andere anzusehen. Da schritten sie denn nun eine Weile stumm wie die Fische nebeneinander die Klamm entlang, blickten zu Boden hinab oder zum Himmel hinauf und wussten nicht, was werden sollte aus ihrer jungen Liebe, die kein strenger Vater, kein eifersüchtiger Nebenbuhler, kein hartes Schicksal hinderte, nur der Leichtsinn des einen und das Geheimnis, das dieser zwischen sie gesetzt hatte. Es war Hartmann dennoch ganz unmöglich, ihr von seinem Erlebnis auf der Kirchweih zu sprechen, zumal er nicht zu sagen vermocht hätte, wie er selbst denn nun eigentlich zu der ganzen Angelegenheit stand. Eine unbestimmte Furcht, die Geliebte könne ihn wegen seiner Sorge und Heimlichtuerei verlachen und gar nichts weiter Schlimmes an seiner Tat finden, setzte ihm beinahe ebenso stark zu wie der Wunsch, ihr das Grauen zu ersparen, das sie doch unzweifelhaft überfallen musste, wenn sie zu hören bekam, wie er sich mit der gauklerischen Larve der blauäugigen Dirne eingelassen und die Unversehrtheit seines jungen Leibes verscherzt hatte.

Schließlich fasste er den Entschluss, bei der Rückkehr nach der Stadt einen Esel aufzutreiben, um diesem die aus dem Hutzelbrot, dem Gulden und dem Wein gedrehte Pille zu verabreichen, den Handel zu widerrufen, seine Schuld zu begleichen und durch das Bad im eigenen Schweiß schon bald wieder ein ehrlicher Mann zu werden, ohne der Dame seines Herzens zuvor eine Generalbeichte ablegen zu müssen. Sogleich wurde seine Seele wieder leichter und sein Schritt wieder freier, Therese aber stak selbst so fest und sicher im Duft ihres jugendlich frischen Leibes, dass wohl auch sie beide Platz darin finden mussten, denn die junge Liebe vermeint stets, mehr zu vermögen als alle Menschen vor ihr und um sie herum, und täte sie dies nicht, so verdiente sie nicht ihren Namen. Mit einem Male blieb Therese daher mitten auf dem Wege stehen, wandte sich unversehens zu ihrem Daniel um, schlang stürmisch die Arme um seinen Hals und küsste seinen Mund mit derselben fröhlichen Unbekümmertheit, mit der sie ihn bei ihrer Ankunft in Kl… aus der Postkutsche heraus angesehen und gelacht hatte.

Die Rückkehr nach der Stadt am frühen Abend erschien beiden wie ein festlicher Umzug, der von der blühenden Natur gesäumt und bejubelt wurde. Alle Vögel sangen, Schmetterlinge umgaukelten die Kutsche und die Fische sprangen aus dem Mühlgraben, um einen Blick auf das glückliche Paar zu erhaschen, das wieder den Anstand wahrte, sodass Therese neben der bejahrten Bediensteten ihres Onkels zu sitzen kam und Hartmann auf seinem Apfelschimmel nun mit dem Kutscher plauderte, freilich nicht ohne beständig den Hals nach der Geliebten zu wenden, die sich jedoch meist mit eifrigem Kopfnicken unter der breiten Krempe der fliederfarbenen Schute die biederen Stickarbeiten der alten Magd

umständlich erklären ließ und ihrem Daniel nur zuweilen verschwörerische Blicke zuwarf.
So ging es im flotten Trab auf das Stadttor zu, aus dem plötzlich der Laufbursche, den Hartmanns Geschäftspartner vor einigen Tagen eingestellt hatte, stürzte und auf die Kutsche losrannte, wobei er ein Ränzlein in der Hand schwenkte. Bald erreichte der arme Junge die fröhlichen Heimkehrer, fiel Hartmanns Pferd in die Zügel und drückte dem Reiter den Rucksack, den dieser sogleich als seinen eigenen erkannte, in die zitternden Hände, wobei er immer wieder das Wort: „Ihr müsst fliehen!“ ausstieß. Erst nach und nach erfuhren die entsetzten Zuhörer, dass die Zensurbehörde die Zeitungsredaktion, die Buchhandlung und das Verlagshaus durchsucht, den Redakteur umgehend ins Gefängnis gesteckt und auf Hartmanns Kopf einen Preis ausgesetzt habe, dass der Laufbursche so eben noch durch ein offenes Fenster entkommen sei, den Ranzen ergriffen und in der allgemeinen Aufregung glücklich das Stadttor erreicht habe, sich nun in die Wälder davonstehlen und in der Fremde sein Auskommen suchen wolle, welchselbes er Hartmann ebenfalls dringend empfehle, falls dieser keine Sehnsucht trage, sich neben seinem ehemaligen Kompagnon einsperren zu lassen, der nun jedenfalls falliert habe und wahrscheinlich einer langen Haft, vielleicht aber auch der in diesen Fällen freilich seltenen baldigen Hinrichtung gewärtig sein müsse. Was der Grund für die plötzliche Wut der Behörden sei, die das arme Männchen so unvermittelt auf sich gezogen habe, wisse gegenwärtig noch niemand zu sagen und werde

wahrscheinlich, wie in derartigen Angelegenheiten ja allgemein üblich, für immer im Dunkeln bleiben.

Beinahe hätte der plötzliche Umschlag seines Geschicks unseren Helden in Ohnmacht sinken lassen und natürlich begann Therese zu weinen, während die alte Magd sie zu trösten suchte, nicht ohne sich insgeheim angesichts der dramatischen Wendung, die den Marktwert ihrer Erzählung beträchtlich steigern musste, innerlich die Hände zu reiben, und der Kutscher bereits darüber nachzudenken begann, was er mit dem nicht allzu reichlich bemessenen, aber doch auch nicht zu verachtenden Kopfgeld anfangen könnte, das er für die Ergreifung dieses noch immer unentschlossen neben der Kutsche zaudernden verliebten Gimpels einstreichen wollte. Bevor diese Überlegungen allerdings zu ihrem Ende gediehen waren, verstrich die schöne Gelegenheit, sich zumindest für einige Zeit aus Armut und Knechtschaft zu befreien, einmal mehr ungenutzt, da der kreidebleiche Hartmann nun doch noch beherzt nach seinem Ranzen griff, das Ross herumwarf und ohne einen Blick für die tränenüberströmte Geliebte davongaloppierte, was diese begreiflicherweise zunächst einmal einigermaßen fassungslos zur Kenntnis nahm, obgleich sie sich nachher zu ihrem Trost eingestehen musste, dass ihr Daniel in dieser ausweglosen Lage das einzig richtige Mittel ergriffen und wohl ihrer und der gemeinsamen Zukunft gedacht hatte, denn saß er erst einmal im Gefängnis, so konnte daraus freilich nichts mehr werden.

Da sich auch der Laufbursche für den vom vielen Sitzen etwas feist gewordenen Kutscher als zu flink erwies und nach einer kurzen Verfolgungsjagd im bergigen Wald verschwand, der unglückliche Häscher bei seiner erfolglosen Rückkehr aber über das hämische Lachen der alten Vettel so erbost war, dass er ihr das Strickzeug kurzerhand vom Schoß riss und in den Mühlgraben warf, zog das ohne Antrieb und Lenkung in Richtung des heimischen Stalles trottende Kutschpferd schließlich drei traurige Gestalten dem Stadttor entgegen, die sich jedes auf seine Weise nicht genug damit tun konnten, mit dem willkürlichen, grausamen und ungerechten Schicksal zu hadern, wenn auch die am schwersten Geschlagene die größten Hoffnungen hegte, dass auf die wunderbare Weise, die in der Welt der Verliebten waltet, auch ihr alle Dinge zum Besten dienen würden.

Währenddessen hatte Hartmann erneut die Mühle erreicht und bog auf den zunächst leicht abfallenden, dann aber kräftig ansteigenden Weg entlang des sich tief in die Klamm hineinfressenden Mühlbaches ein, den er erst vor wenigen Stunden als glücklichster Mensch der Welt mit Therese im Arm gewandelt war und auf dem ihn jeder Stein und jeder Ast, jedes Blatt und jeder Käfer zu grüßen schien, obgleich die ganze Natur ihn völlig verwandelt deuchte und namentlich die goldene Sonne der Verklärung, die bislang ihren federleichten Zauber zum Schutz und Schirm der beiden sympathetisch miteinander verbundenen Seelen und ihrer jungen Liebe über die mitfühlende Welt geworfen hatte, nun auch realiter im allabendlichen Niedergang begriffen war und anstelle des freundlichen Glanzes einen blutro-

ten Schleier durch den wolkenzerfetzten Himmel schwenkte.
Hastig trieb der ungeübte und bislang lediglich aufs Renommieren bedachte Reiter sein Pferd, das sich angesichts der einfallenden Dämmerung und des zunehmend steiler und schmaler werdenden Pfades immer störrischer gebärdete, am Rand der Schlucht vorwärts, bis er den Wahnsinn dieses Unterfangens einsah, aus dem Sattel sprang und den zitternden Klepper hinter sich her schleifte, um die Straße selbst zu suchen. Bald jedoch wurde selbst dies zu gefährlich, da nach dem endgültigen Versinken der bluttriefenden Sonne auch der Mond mitsamt allen Sternen schließlich hinter einer Wolke verschwand und Hartmann nun in der undurchdringlichen Finsternis buchstäblich die Hand vor den Augen nicht mehr zu erkennen vermochte.

V.

Ratlos blieb der Schustergeselle schließlich stehen und als die Wolke vorübergezogen war und der Mond die Erde wieder in sein milchiges Licht tauchte, stand er auf einer öden Heide, die sich bar jeder Erhebung und nur von kleineren Grüppchen aus Kiefern und riesigen uralten Buchen bestanden schier endlos nach allen Seiten hin zu erstrecken schien. Verwirrt hielt Hartmann nach der etliche Klafter tiefen Klamm und den schlanken Tannen auf dem Saum der Schlucht Ausschau, lauschte auf das plötzlich zur Gänze verstummte Rauschen des Mühlbachs und tastete vergeblich nach den eigenen Hufspuren im weichen Waldboden. Das ganze Tal war

mit einem Male wie vom Erdboden verschluckt, der stattdessen diese Wüstenei ausgespien zu haben schien. Kopfschüttelnd schwang unser Held sich schließlich wieder in den Sattel und versetzte das Pferd in einen tüchtigen Trab, dessen Geräusche der aufstiebende Sand verschluckte. Nur wenig später erreichte der Reiter eine mäßig breite, aber eindeutig als solche erkennbare Straße, die in ziemlich gerader Linie nach Norden zu führen schien und der er aufs Geratewohl folgte, um, wie er hoffte, weiteren Abstand zwischen sich und das verhängnisvolle Kl… mit seinen Zensurbehörden, Polizeispitzeln und fallierten Literaten zu bringen.
Im Morgengrauen erreichte Hartmann eine der kleinen Baumgruppen, vor der ein vornehm gekleideter Herr neben einem edlen Rappen auf dem Boden saß und versuchte, sich den eigenen blutverschmierten Kopf mit einem Fetzen Stoff zu verbinden. Als der Schustergeselle näher heranritt, erkannte er mit heimlichem Schrecken, den er jedoch zu verbergen wusste, dass zudem an einem starken Ast der Buche, unter welcher der Verwundete im Gras lagerte, ein Gehängter baumelte, dessen langsam hin und her pendelnden Leichnam die anderen Zweige und der Stamm des Baumes bislang seinen Blicken entzogen hatten. Hartmann zögerte, da aber eben der vornehme Herr in seiner an mehreren Stellen beschädigten und teilweise regelrecht zerfetzten Kleidung den Kopf in seine Richtung wandte, mühsam den Arm hob und dann in sich zusammensank, als habe er in diesem Augenblicke die Besinnung verloren, sprang er

kurz entschlossen vom Pferd und dem armen Menschen bei, wie es die Christenpflicht gebot.
Es kostete ihn keine kleine Mühe, den Mann wieder ins Leben zurückzuholen, doch endlich gelang es ihm, den riesenhaften Leib des noch immer heftig aus einer allerdings nicht sonderlich gefährlichen Platzwunde blutenden Patienten an den Stamm der Buche zu lehnen, ihm einige Schlucke stärkenden Weines aus dem Bocksbeutel einzuflößen und den aus dem Stoff eines weiten Puffärmels geschnittenen Verband anzulegen. Der Verwundete ließ die Behandlung mit geschlossenen Augen über sich ergehen, die er erst aufschlug, als Hartmann von ihm abließ, um sich mit matter Stimme, aber in wohlgesetzten Worten, denen die höfische und ziemlich altmodische Erziehung deutlich anzumerken war, bei seinem Retter und Wohltäter zu bedanken, den er in blumigen Ausdrücken mit dem barmherzigen Samariter und einem Arzt namens Philippus verglich, der dem Schustergesellen allerdings nicht näher bekannt war.
Auf des letzteren Frage, was denn geschehen und wer der Tote im Baume sei, seufzte der Lädierte und berichtete, er und sein Diener seien von Straßenräubern überfallen worden, der Diener habe im Handgemenge einen der Angreifer getötet und einem zweiten schwerste Wunden beigebracht, woraufhin die wutschnaubenden und rachsüchtigen Wegelager den couragierten Verteidiger seines Herrn kurzerhand aufgeknüpft hätten. Er selbst sei von den Schurken mit gezogener Waffe in Schach gehalten worden, solange der Todeskampf des armen Teufels gedauert habe, dann habe man ihn nie-

dergeschlagen und erst vor wenigen Stunden sei er langsam aus seiner Ohnmacht erwacht, um sich mit blutüberströmtem Gesicht hier allein unter diesem grässlichen Galgen wiederzufinden. Er setzte bereits zu einer mit biblischen und klassischen Zitaten und Vergleichen gespickten Eloge auf den Verstorbenen an, der ihm immer treue Dienste geleistet und nun ja auch bei dem Versuch der Erhaltung des erlauchten Lebens seines Herrn, des Grafen Adalbert von Alsterfeld, das Irdische mit dem Himmlischen vertauscht habe, als der mehr praktisch veranlagte Schustergeselle, ohne auf den sich ungehemmt und unaufhaltsam ergießenden Redestrom zu achten, die Buche erklomm, um den noch immer dort oben baumelnden armen Tropf endlich loszuschneiden.
Derweil ließ sich der Graf von Alsterfeld weder von der mangelnden Aufmerksamkeit seines einzigen Zuhörers noch von dem dumpfen Aufprall, mit dem der Leichnam des in solcher Art und Weise Gelobten dicht neben ihm aufschlug, in seinem rhetorischen Furor bremsen und verstieg sich zu immer gewagteren Lobsprüchen auf die Treue, Tapferkeit, Geschicklichkeit, List und Verschwiegenheit seines ehemaligen Leibdieners, die erst zu ihrem furiosen Finale kamen, als der Schustergeselle wieder neben ihm stand und ihn in barschem Ton dazu aufforderte, ihm nach dieser wunderbaren Leichenpredigt nun auch dabei zu helfen, den Toten entweder hier auf der öden Heide zu verscharren oder aber noch besser ihn auf ein Pferd zu packen und ins nächste Dorf zu schaffen, damit er in geweihter Erde ruhen könne.

Das letztere schien dem Grafen nun jedoch aus verschiedenen Gründen, von denen er keinen näher erläutern mochte, eben nicht genehm zu sein und so gruben sie denn mühsam ein mäßig tiefes Loch in den sandigen Boden, legten den Toten hinein, Hartmann sprach ein langes Gebet, dem der Graf ein mehr zerstreutes als andächtiges Amen hinzufügte, und dann verschlossen sie das Grab, auf dessen Hügel ein kleines Holzkreuz aus Zweigen der Buche gesetzt wurde, an deren Ast der Unglückliche sein Leben hatte lassen müssen. Nun erst gelang es dem Grafen, allmählich aus seiner sentimentalen Nostalgie aufzuwachen und sich der Zukunft zuzuwenden, was ihn zu allerhand praktischen Überlegungen anregte und schließlich auch ein zumindest vages Interesse für den Mann weckte, dem er die fachmännische Versorgung seines blutenden Hauptes zu danken hatte. Zunächst besang er diese in gewohnt epischer Manier, bevor er der hymnischen Huldigung von Hartmanns medizinischen Kenntnissen und Kunstfertigkeit einige eingehendere Fragen nach dessen Namen und Stand, Herkunft und Beruf, gegenwärtiger Stellung und Zukunftsplänen folgen ließ, deren bereitwillige und offensichtlich wahrheitsgemäße Beantwortung ihn bald darüber aufklärte, dass das Schicksal ihm hier einen nachgerade idealen Ersatz für den unter so tragischen Umständen aus dem Dienst Geschiedenen zugeführt habe.

Es war nicht die offensichtliche Gefahr für Leib und Leben, die unseren Schustergesellen zögern ließ, als der Graf ihm mit schmeichelnden Worten sein Angebot unterbreitete, wobei er ihn mit erstaunlich festem Griff

an der Schulter packte und zwang, mit ihm forschen Schrittes ein gutes Stück des Weges auf und ab zu schreiten, allein es war ihm aufgefallen, mit welch gleichgültiger Nachlässigkeit der Graf bei der Beisetzung seines Dieners die heiligen Handlungen des Gebets und der Segnung verfolgt hatte, auch die Weigerung, im nächsten Dorf einen Pastor hinzuzuziehen, gefiel ihm nicht, und die lästerlichen Flüche, die sich zuweilen ganz unvermutet in die salbungsvollen Worte mischten, mit denen Alsterfeld sich zu äußern pflegte, erweckten bei Hartmann den Eindruck, an einen gänzlich gottlosen Menschen geraten zu sein.
Erst als der Graf ihm vorstellte, dass er in seinem Dienst ein tüchtiges Stück von der Welt zu sehen bekommen würde, alldieweil er sich selten auf seinen Besitzungen aufhalte, sondern in Deutschland und Italien, Frankreich und Spanien, ja selbst unter Türken und Russen sich bereits umgetan habe und diesen unsteten Lebenswandel auch weiter zu verfolgen gedenke, erwachte in unserem Wandervogel wieder das alte Fernweh, das ihn bereits in die ungefähre Richtung der noch immer unerreichten holländischen Küste getrieben hatte. Und da Alsterfeld ihm überdies eine geradezu fürstliche Entlohnung in Aussicht stellte, mit deren Hilfe Hartmann hoffen konnte, schon bald als reicher Mann zurückkehren, seine Therese mit List oder Gewalt entführen und mit ihr in der ihm ja dann wohlbekannten Fremde ein neues Leben beginnen zu können, schlug der in die angenehmsten Tagträume versunkene Held unseres Romans schließlich in die dargebotene Rechte des Grafen ein.

Einige Stunden waren Diener und Herr über einsamen Sand und blühendes Heidekraut geritten, als der Graf angesichts der fortgeschrittenen Tageszeit und der hoch am Himmel stehenden Sonne zu rasten begehrte und seinen neuen Knecht umstandslos aufforderte, ihm einen Imbiss zu reichen nebst einigen Gläsern guten Weines, denn ihn hungere und dürste. Dieses Ansinnen versetzte unseren Schustergesellen in keine geringe Verlegenheit, denn das Dasein eines Leibdieners mit den zugehörigen Pflichten und Aufgaben war ihm noch durchaus unvertraut und zumal die Beschaffung von Lebensmitteln und Leckereien aller Art auf Reisen war ihm aufgrund seiner besonderen Umstände schon längst völlig fremd geworden. Zwar gelang es ihm schließlich, unbemerkt einen Brocken von dem Hutzelbrot abzubrechen und dem Grafen nur den Teil zu reichen, den dieser unbeschadet der übernatürlichen Eigenschaften desselben verschlingen konnte, was auch umstandslos ins Werk gesetzt wurde, allein beim Wein war dieser Weg nicht gangbar und so zitterte die Hand des frischgebackenen Dieners nicht wenig, als er seinem Herrn den Bocksbeutel reichte, den dieser mit einem kräftigen Zug ansetzte, zweifellos um ihn bis auf den Grund zu leeren und das wertvolle Geschenk der Hexe mit den rote Haaren und blauen Augen unwiederbringlich zunichte zu machen.

Allein die wankelmütige Fortuna meinte es dieser Tage gut mit dem Besitzer der verwunschenen Flasche und so reichte Alsterfeld diese mit der großzügigen Bemerkung, er wolle auch seinem Knecht noch einen Schluck des im Übrigen durchaus annehmbaren Gesöffs angedeihen lassen, auf dass auch er sich für den weiteren Ritt erquicken könne, wieder an Hartmann zurück, woraufhin dieser tat, als leere er die Flasche, in Wahrheit aber den letzten Schluck sorgfältig in derselben verschloss und unendlich erleichtert wieder in der Sicherheit seines abgegriffenen Ränzleins barg.

Wenig später erschien am Horizont eine Staubwolke und eine prächtige Kutsche mit schwarz verhängtem Wappen und einem in jeder Hinsicht durchschnittlichen Gespann von nichtssagenden Braunen, Füchsen und Apfelschimmeln hielt geradewegs auf die beiden Reiter zu, um schließlich unmittelbar vor ihnen zum Stehen zu kommen. Der Schlag öffnete sich und eine ausnehmend hübsche junge Magd entstieg dem von einem narbenübersäten Kerl mit wirrem Haar und stechendem Blick gelenkten Fahrzeug, knickste zierlich vor Alsterfeld und reichte ihm einen Korb mit etlichen Flaschen, Laiben Brot, einem Schinken, verschiedenen Konfitüren und frischem Obst, zudem ein Billett, das dieser sogleich erbrach, aufmerksam las und mit einem innigen Kuss, den er vor den Augen der dazu befriedigt nickenden schönen Dienerin auf das Blatt drückte, in einer Innentasche seines blausamtenen Wamses verschwinden ließ.

Die holde Maid knickste erneut, bestieg, ohne ein einziges Wort gesprochen zu haben, wieder die Kutsche und fuhr davon, während Alsterfeld, der sich in der Gegend bedeutend besser auszukennen schien als der noch immer ein wenig verwirrte Hartmann, sogleich links vom Weg abzweigte und sein Ross zu einem fliegenden Galopp spornte, dem der ungeübte Reiter hinter ihm trotz seines noch keinen Tag zurückliegenden und glücklich bestandenen Probestückes anlässlich der übereilten Flucht aus Kl… nur mit Mühe zu folgen vermochte.

VI.

Bald wich die öde Heide einem sanften, von plätschernden Bächen durchzogenen und mit grünenden Feldern bedeckten Hügelland, wo sich malerisch zwischen Weinbergen und kleinen Dörfchen ein Schloss an dem anderen erhob, sodass der Schustergeselle glauben musste, unversehens ins Märchenland oder aber in seine schwäbische Heimat geraten zu sein. Des Abends bettete er sich auf die Satteldecke seines seligen Vorgängers, Thereses weinendes Gesicht trat vor seine schlaftrunkenen Augen und er beschloss, im Verlauf des kommenden Tages seinen neuen Herrn um Schreibzeug und einen Bogen Papier anzugehen, um in wohlgesetzten Worten einen erklärenden Brief an seine Braut aufzusetzen.

Mit dem beruhigenden Gefühl, das jeder gute Vorsatz gewährt, von dessen unbedingter und unmittelbarer Ausführung man sich einmal überzeugt hat, schlief er alsbald ein. Allein, der nächste Tag kam und ging, ohne dass sich eine Gelegenheit zur Forderung nach dem Schreibzeug geboten hätte, und da der gute Vorsatz Hartmann bereits wieder halb und halb entfallen war, so machte er in der folgenden Nacht vor dem Entschlummern einen Knoten in sein Schnupftuch, um tags darauf nicht erneut auf diese so wichtige und insbesondere auch dringliche Angelegenheit zu vergessen.

Nun traf es sich aber, dass eben dieser Morgen frisch, doch nicht zu kühl, der Mittag dagegen ein wenig windig und wolkig war, sodass auch dieser Tag nun wiederum verging, ohne dass Hartmann des Schnupftuchs gedacht hätte, um sich etwa zu schnäuzen oder den Schweiß von der Stirne zu wischen. Erst als er sich schlafen legte, begann der Knoten in seiner Tasche einen unangenehmen Druck auf eine Stelle seines Körpers auszuüben, die zumindest von der einen Hälfte der Menschheit gemeinhin und in diesem besonderen Fall aufgrund bestimmter Umstände noch über das gewöhnliche Maß hinaus als recht empfindlich eingestuft werden muss, doch anstatt sich nun der Angelegenheit anzunehmen, zumal der Graf gerade seinerseits mit Feder und Tinte zugange war, zog der Schustergeselle das Schnupftuch heraus, löste kopfschüttelnd den Knoten und war wenige Augenblicke später bereits in tiefen Schlaf gesunken, womit über diesen ebenso unerfreulichen wie ungeschriebenen Brief, dessen Gespenst den Abenteuern unseres wunderlichen Paares gleichsam zur Seite und eigentlich nur so nebenher zu laufen im Begriffe war, vorerst auch bereits alles Wesentliche gesagt ist.

Am Tage nach der Begegnung mit der vornehmen Kutsche nämlich hatte Alsterfeld nach einem ausgedehnten Nachtlager auf freiem Felde und anschließendem kaum dreistündigen Ritt vor einem Häuschen gehalten und von dem alten Weib, das auf sein Klopfen hin herausgetreten war, mit großer Geste verlangt, dass für ihn und seinen Knappen ein Tisch vor die Tür geschafft werde, an dem er nach erfolgter Ausfertigung seines Befehls an einige finstere Gesellen, die diesen mürrisch ausführten und sich alsbald wieder trollten, gemeinsam mit Hartmann und der Alten, die er ebenfalls dazugebeten hatte, Platz genommen und mit großem Appetit begonnen hatte, die Leckereien aus dem Korb der schönen Magd zu verzehren. Nach Beendigung des Mahls hatte er das Billett gezückt, es noch einmal überflogen, der Alten für die gehabten Umstände einen halben Gulden gereicht, worüber diese in nicht geringes Erstaunen und Verzücken geraten war, und sich unweit der Hütte unter einen Baum gelegt, um dort ein wenig zu ruhen.

Währenddessen suchte Hartmann, dem Alsterfeld aufgetragen hatte, ihn kurz vor Sonnenuntergang sogleich zu wecken, von der Alten zu erfahren, wo er sei, und befand zu seinem Erstaunen, dass es ihn ins Grenzland zwischen den sächsischen Landen und der Mark Brandenburg verschlagen hatte, was nun schwerlich mit rechten Dingen zugegangen sein konnte, da er seit seiner Begegnung mit dem Grafen kaum zwanzig Meilen zurückgelegt haben mochte. Allein die Alte schwor Stein und Bein, dass sie nichts denn die lautere Wahrheit rede, und hub an, dem Diener des vornehmen Grafen ihr Leid zu klagen, wie nämlich ihr Mann in einen ungerechten Prozess um ein Häuschen verstrickt sei, das er dem reichen Nachbarn nicht verkaufen wolle, weil der einen viel zu geringen Preis dafür biete. Sein niedriges Angebot wiederum stütze dieser auf die freilich zutreffende Behauptung, er habe als Vorbesitzer der fraglichen Hütte einen noch schwächeren Erlös damit erzielt. In den folgenden Jahren aber habe ihr Mann dem baufälligen Mauerwerk mit dem undichten Dach auf vielfältige Weise aufgeholfen und das Haus schließlich in einen Stand gesetzt, dass nun zum Mindesten das Drei- oder Vierfache des ursprünglichen Wertes anzusetzen sei, was der Richter, vor den die ganze Sache schließlich zum Unglück ihres Mannes gelangt sei und der mit dem reichen Nachbarn verwandt oder verschwägert sei, aber nicht zugeben wolle.

Obgleich der Schustergeselle nur mit halben Ohre zugehört und nicht das Geringste von den umständlich geschilderten Einzelheiten des Falles behalten hatte, drang sie immer weiter in ihn, den Grafen Alsterfeld doch zu bitten, bei der Dame, die dieser besuchen wolle – hier horchte Hartmann auf, ohne allerdings bei der Alten trotz mehrmaliger dringender Nachfragen auch nur das Geringste über diese Dame in Erfahrung bringen zu können –, doch ein gutes Wort für ihren armen Mann und seinen unglücklichen Prozess einzulegen. Dies versprach Hartmann und erhob sich, um seinen Herrn zur vereinbarten Zeit zu wecken, denn die Sonne war soeben untergegangen, und bald saßen der Graf und sein Diener erneut im Sattel und ritten schweigend nebeneinander her durch die lieblichen Lande.

In gemächlichem Schritt erreichten sie schließlich eine breite gewundene Straße, die zu einem Schloss hinaufführte, dessen Fenster hell erleuchtet waren, folgten dieser und standen schließlich vor einem prächtigen

Tor, neben dem sich ein schmales Pförtchen sogleich öffnete, als seien sie erwartet worden. Alsterfeld stieg ab, reichte Hartmann die Zügel seines Rosses und bedeutete ihm, im Sattel hier auf ihn zu warten, solange er auch immer ausbleiben werde; im Schein der hell erleuchteten Fenster wisse ein rechtschaffener Kerl sich die Zeit doch wohl angenehm zu vertreiben. Damit langte er in die Satteltaschen und aus denselben ein ziemlich dickes Buch hervor, das er seinem Diener in die Hand drückte, dann folgte er der verhüllten Gestalt, die das kleine Törchen hinter dem Geliebten rasch zuzog, um diesen noch auf der Schwelle in eine stürmische Umarmung zu ziehen.

Mechanisch hatte Hartmann nach dem Buch gegriffen und seine Linke hielt es seitdem krampfhaft umklammert, war Teil jener Erstarrung, die über ihn gekommen war, als er endgültig erkannt hatte, wes Geistes Kind sein neuer Herr war, dass seine schlimmsten Befürchtungen, die er bis dato verdrängt hatte, sich bewahrheitet hatten und er einem gewissenlosen Schürzenjäger und Ehebrecher diente, den die Dame dieses Schlosses offenbar durch das Billett der schönen Magd zu einem geheimen Stelldichein geladen hatte und der sich nun mit dieser lasterhaften Hure im Sündenpfuhl eines befleckten Ehebettes wälzte, das der wahrscheinlich wegen dringender Geschäfte verreiste Gemahl im schlau benutzten Vertrauen auf das vermeintlich untadelige Pflichtgefühl der eigenen Gattin vielleicht erst am heutigen Morgen verlassen hatte. Die Nackenhaare unseres braven Schustergesellen stellten sich auf, er atmete

schwer und rang mit dem glühenden Verlangen, diesen Ort der Schande und des Schmutzes je eher je lieber zu fliehen, das Pferd seines Herrn im Stich zu lassen und fortan seiner eigenen Wege zu ziehen.
Da aber öffnete sich die Pforte der Hölle zum zweiten Male und heraus trat die Hure Babylon in Gestalt der schönen Magd aus der Kutsche, die weißen Brüste notdürftig mit einem über das Nachthemd geschlagenen Tuch bedeckt, über das ihr volles schwarzes Haar in prächtigen Locken quoll, die lüsternen Augen auf den schwankenden Reiter gerichtet. Die der elterlichen Erziehung entsprungene und in Johann Arndts Paradiesgärtlein mühsam erhaltene Empörung in Hartmanns Gesicht, der bereits die Romanheftchen des umtriebigen Verlegers zu Kl… und die nicht zuletzt durch diese geweckte Begierde nach der schönen Postmeistersnichte schwer zugesetzt hatten, zerbrach unter den lockenden Lippen und erregt bebenden Nüstern der wilden Schönheit, seine wehrhafte Starre wich einer müden Erschlaffung, die sich nach Ruhe und Geborgenheit sehnte, sein Atem verlangsamte sich und das Blut hörte auf, in seinen Ohren zu pochen. Ohne Widerstand glitt er aus dem Sattel, ließ sich die Zügel erst des einen, dann des anderen Pferdes aus der Hand nehmen, sah zu, wie die Magd beide an einem Ring in der Mauer befestigte, folgte ihr den dunklen Gang entlang in eine Kammer und legte selbst den Riegel vor.
Längst saß er wieder im Sattel und hatte begonnen, in dem Buch zu lesen, als sein Herr zurückkehrte, sich aufs Pferd schwang und wie ein zufriedener Kater schnur-

rend auf den Wald zuhielt, wo er einen gewundenen Pfad einschlug, der schließlich vor der Klause eines Einsiedlers endete. Schweigend empfing der heilige Mann mit den langen dürren Gliedern im groben Gewand, dem weißen schütteren Haar und dem langen Bart, den tiefliegenden Augen unter den buschigen Brauen und der hohen Stirn, den schmalen Lippen und der fast fein gezeichneten Nase seine späten Gäste, wies ihnen eine Schlafstelle aus Strohmatten und groben Decken und bewirtete die beiden mit Haferbrei und Ziegenmilch, als sie sich um die Mittagszeit von ihrem einfachen Lager erhoben.

Es war wohl schließlich dieser vertraute Umgang des strengen Klausners mit den beiden soeben aus den weichen Armen der Geliebten entlassenen Kavalieren, der Hartmanns Gewissensbissen den Todesstoß versetzte, noch ehe sich diese so recht gerührt hatten. Der hagere Asket mit dem nach innen gekehrten Blick und der zum Überirdischen gewandten Seele schien unberührbar für die Sünde, die Alsterfeld und ihn wie eine in ihrer Dichte und Ausdehnung beinahe sichtbare Aura umgab, und schaffte diese damit auf wunderbare Weise aus der Welt, vergab und verzieh ohne die Forderung nach Reue oder Umkehr, lud ein zur immerwährenden Wiederholung des Lasters, das den wahren Kern des Menschen nicht antasten zu können schien.

Bis der Graf am Abend erneut im Schloss erwartet wurde, ließ er auch die Pferde und den Diener faulenzen, der sich mit dem gestern begonnenen Buche in den breiten Schatten einer Linde zurückzog, die neben der Klau-

se aufragte. Es handelte sich nach Auskunft des Titelblattes um das erste Bändchen einer Geschichte aus dem Anfange des achtzehnten Jahrhunderts, das nun jedoch offenbar neu aufgelegt und in der vorliegenden Form von einem Breslauer Verleger nachgedruckt worden war. Eingeleitet wurde das umfangreiche Werk durch eine etliche Dutzend Seiten starke, in Form eines philosophischen Gesprächs verfasste Vorrede, die der ungeduldige Leser bereits in der vergangenen Nacht schleunigst überblättert hatte, um sich in die Geschichte eines verwaisten Jungen aus ehrbarem, aber im Niedergang begriffenem Hause zu vertiefen, der nach dem Bankrott seines Vaters mit einem geheimnisvollen Kapitän nach einer nicht minder geheimnisvollen Insel aufgebrochen war, auf der ein entfernter Verwandter eine patriarchalisch geführte Republik errichtet hatte.
Noch nie hatte Hartmann einen Roman selbst gelesen und dies stets für einen Zeitvertreib höherer Töchter und gelangweilter Hofschranzen gehalten, doch mit diesem Helden fühlte er sich auf eine sonderbare Art und Weise verbunden, erkannte Übereinstimmungen zwischen dessen Schicksal und dem eigenen Lebensweg, die gar nicht bestanden, selbst zwischen den beiden so grundverschiedenen Vätern, deren entscheidendes Einwirken auf das Glück und Unglück ihrer Söhne allerdings tatsächlich gewisse Ähnlichkeiten aufweisen mochte, und träumte sich in eine Welt voller ehrbarer und sittsamer Menschen, die zufrieden auf ihrem kleinen Eiland lebten und ihr ferneres Schicksal mit seinen irdischen

Ängsten und Nöten von einem weisen alten Mann lenken ließen, der stets all ihre Sorgen zum Guten wendete. Über diesen Schwärmereien versank die Sonne langsam hinter den Wipfeln der im Wald versteckten Räuberhöhle, in der die beiden Herzensritter sich von ihren nächtlichen Beutezügen erholten, die Pferde wurden erneut gesattelt und nach einem gemächlichen Ritt von einer knappen Stunde klopfte der Graf zum wiederholten Male an die Pforte, hinter der sich neben dem Gegenstand seiner eigenen lüsternen Sehnsüchte auch die schöne Magd verbarg, in deren Armen sein Diener in der vergangenen Nacht die Freuden der sinnlichen Liebe kennengelernt hatte.
Dieser jedoch hing, da ihm in dieser Nacht keine Hure Babylon mit feurigen Augen und runden Hüften das Warten verkürzte, stattdessen seinen eigenen Gedanken nach, denn er hatte vor dem Aufbruch das Ankleiden seines Herrn, der den Tag im Nachthemd am sonnenbeschienen Tisch vor der Klause verbracht hatte, besorgen müssen, ihm Jacke und Hose gereicht, in Wams und Stiefel geholfen, war zuvor aber auch Zeuge und Akteur der Toilette geworden, die ihn als Friseur und Barbier beinahe ins Schwitzen, als Zuschauer beim Schminken und Parfümieren aber um ein Haar zum Lachen gebracht hätte, wenn er nicht im Zuge der letzten dieser Vorbereitungen eines Umstandes gewahr geworden wäre, der ihn in nicht geringes Erstaunen versetzt hatte.
Erst als er nämlich den nach Rosen und Lavendel duftenden Grafen in seine Gewänder gehüllt hatte, war ihm zu Bewusstsein gekommen, dass er vor der Verwendung

des offensichtlich auf der Basis eines wertvollen Rosenöls hergestellten Parfüms keinerlei Geruch an diesem wahrgenommen hatte, wie dies ja auch sein eigenes Schicksal war seit jenem verhängnisvollen Abend am Rande des kleinen Schwarzwalddörfchens Gr… und dem unseligen Pakt mit der verfluchten rothaarigen Kräuterhexe, den nur die Liebe Thereses für einen Augenblick überwunden zu haben schien. Selbstredend hatte er sich sogleich gefragt, ob auch der Graf der blauäugigen Dirne mit ihrer Kiepe voller kostbarer Rosenöle ins Netz gegangen sei, und als dieser eine Phiole zu sich steckte, in der Hartmanns geschärfte Sinne sogleich einen Liebestrank von der Sorte, wie sie das Weib auf der Kirchweih feilgeboten hatte, vermuten mussten, war sein Verdacht bereits unumstößliche Gewissheit geworden.

So saß er denn nun auf seinem Apfelschimmel und sann Verschiedenem nach, der vergangenen Nacht im Besonderen, die ihn auch moralisch mit dem Grafen auf eine Stufe gestellt hatte – oder war dies bereits in dem Augenblick geschehen, als er seinen Geruch gegen die nicht endende Fülle von Brot und Wein, von Geld und Gut getauscht hatte? Fast wünschte er, die schöne Dienerin möge wieder erscheinen, um die quälenden Gedanken zu zerstreuen, aber zugleich graute ihm im Angesicht seiner gegenwärtigen Lektüre vor der Erinnerung an das, was vor Tagesfrist in der kleinen Kammer geschehen war, und er erfreute sich einstweilen der Einsamkeit, die ihm Gelegenheit zu Buße und Reue, ver-

quälten Gedanken und halbherzigen Vorsätzen bot, wodurch er allmählich ruhiger wurde.
Als der Graf an diesem Abend von seinem Rendezvous zurückkehrte, schien auch er bedrückt, kein Schnurren drang aus seiner Kehle und zuweilen entrang sich gar ein Seufzer seiner Brust, dessen Ursache er dem Diener aber offenbar nicht anvertrauen wollte, weshalb dieser schwieg und sich seinen Teil dachte. Wieder schliefen sie in der Klause des Einsiedlers bis über die Mittagssonne hinaus, verzehrten die schmale Kost ihres asketischen Gastgebers und warteten auf den Sonnenuntergang, wobei Hartmann erneut seinen Roman hervorzog, in dem er nach dem Wenden einiger weiterer Seiten schließlich die bewegte Lebensgeschichte des Kapitäns um Mord und Intrige, Meuterei und Schiffbruch erreichte. Diese vielfarbigen, mit Palmen und sonnigen Stränden gezierten Schilderungen hatten gerade begonnen, seine mittlerweile hinter dem Bild der schönen Magd verblasste Sehnsucht nach dem Meer und der Erkundung ferner Weltteile aus ihrem Dornröschenschlaf wach zu küssen, als sein Herr auf ihn zutrat, ihm eine Perlenkette und ein Billett zusteckte und ihm befahl, beides der Dame auf dem Schloss, das er ja nun bereits zur Genüge kenne, mit den besten Wünschen des Grafen Alsterfeld einzuhändigen.
Das Schloss sah bei Tageslicht weniger prächtig aus, als Hartmann es nach seinen bisherigen, durchweg nächtlichen Eindrücken erwartet hatte. Die Torwache brummte mürrisch und schien ein wenig nachlässig gekleidet, der Hof war seit längerer Zeit nicht mehr gefegt oder an-

derweitig gereinigt worden und auch der breite, einst prachtvolle, aber inzwischen äußerst fadenscheinig gewordene Teppich in der Empfangshalle ließ bei jedem Schritt kleine Staubwölkchen aufsteigen.
Graf Alsterfelds Dame dagegen übertraf durch ihre schlanke Gestalt, das glänzende kastanienbraune Haar, die ebenmäßigen Gesichtszügen und die geschmeidigen, eleganten Bewegungen alle Erwartungen des Schustergesellen und stellte auch die Schönheit der ihr aufwartenden schwarzhaarigen Dienerin, die Hartmann wissend zulächelte, weit in den Schatten. Souverän und geradezu routiniert nahm sie Kette und Brief entgegen, um letzteren zu erbrechen, verlor jedoch bei der Lektüre des halben Bogens nach und nach vollkommen Fassung und Gesichtsfarbe, entschuldigte sich für einige Minuten und kehrte Augenblicke später – nun wieder mit ostentativ zur Schau gestellter Contenance – ihrerseits mit einem Billett, einem breiten Goldring und einer silbernen Kette mit breiter Schaumünze zurück, die sie dem wartenden Boten eigenhändig um den Hals hängte, während sie ihm Ring und Schreiben reichte und ihm ins Ohr flüsterte, er solle im Galopp zu seinem Herrn zurückkehren, sie werde sich dankbar und erkenntlich zeigen.
Noch zu Hartmann vornübergebeugt, erstarrte sie bei diesen Worten plötzlich erneut, sog vernehmlich die aus dem Mantelkragen des Schustergesellen strömende Luft durch die feingeschnittene Nase mit den bebenden Flügeln ein, hob dann mit dem Ausdruck eines waidwunden Rehkitzes verwirrt den Kopf und sank zurück auf

den mit Purpur ausgeschlagenen Thron, wo ihr die Dienerin beisprang und eine allgemeine Aufregung entstand, die der gewesene Schustergeselle geistesgegenwärtig benutzte, um eilends den Saal zu verlassen und sich aufs Pferd zu schwingen.

VII.

Bei Hartmanns Rückkehr zur Klause schien Alsterfeld bereits reisefertig zu sein, warf ihm den Ranzen zu, hob zum Abschied die Hand gegen den gastfreundlichen Einsiedler, steckte schon im Ritt den Ring der Dame achtlos an den kleinen Finger seiner rechten Hand und wollte das Billett eben einstecken, als er sich scheinbar aus einer Laune heraus doch eines Besseren besann, den Brief erbrach und kurz überflog. Sogleich stutzte er, hielt sein Pferd an, lenkte es nach der noch nicht weit entfernten Hütte des Klausners zurück und stieg dort ab, indem er dem heiligen Mann, der keinerlei Verwunderung zeigte, achtlos den Zügel übergab und mit dem Billett in der Hand gedankenverloren auf und ab zu schreiten begann. Hartmann, der ihm gefolgt war und sogleich begriffen hatte, dass das Abenteuer im Schloss der Dame mit dem kastanienbraunen Haar aus dem ein oder anderen Grunde eine überraschende Fortsetzung finden würde, legte sich derweil erneut mit dem Buch, dessen Lektüre jeden Gedanken an das Paradiesgärtlein oder die Heilige Schrift längst verdrängt hatte, ins Gras und träumte sich zwischen Seeschlachten und Pirateninseln durch den späten Nachmittag.

Der Aufbruch und die Ankunft im Schloss brachten nichts Neues, die Schwarzhaarige aber erschien heute wieder und entführte den Schustergesellen in dieselbe Kammer wie beim vorigen Male, geleitete ihn danach allerdings nicht zurück zu der Pforte, vor der die beiden Pferde grasten, sondern in eine Dachkammer, wo sie ihn sich auf den Boden legen und die Ohren spitzen hieß. Der offensichtlich so belauschenswerte Raum unter ihnen schien jedoch vorderhand noch des Auftritts der Protagonisten zu harren und von dem Warten vor geschlossenem Vorhang gelangweilt begann die Kammerzofe den Schustergesellen schließlich auszufragen, nach seinem Dienst bei dem Grafen, seiner Herkunft und seinem Wanderleben, den Abenteuern, die er erlebt, und den Mädchen und Frauen, deren Herz er dabei gebrochen habe.

Von seiner Flucht vor Zensur und Polizei nun aber mochte Hartmann durchaus nicht reden, obgleich man ihm ja versichert hatte, dass er sich binnen einer Nacht offenbar etliche Tagereisen vom Ort dieser betrüblichen Ereignisse entfernt habe, und da sich bislang nicht viel Erzählenswertes in seinem Leben zugetragen hatte – zumal wenn er es mit den Erlebnissen des Kapitäns verglich, die er gerade in seinen Mußestunden verschlang –, so kam er schließlich auf die einzige ihm bekannte und der Realität entnommene Episode zu sprechen, die abgesehen von seinem überstürzten Aufbruch aus Kl… mit etwas Phantasie und viel gutem Willen als vage romanhaftes Abenteuer präsentiert werden konnte.

Vor Jahren nämlich hatte der eben ausgelernte, aber noch von keinem Meister zum Gesellen angenommene Schuhmacherlehrling Hartmann für einige Wochen in einer Kiesgrube geschuftet, aus der seine Schaufel eines Tages den wohlkonservierten Schädel eines Wesens zu Tage gefördert hatte, das unter den bald hinzugezogenen Professoren der nahen Universität einen erbitterten Streit und in den Dörfern um die Fundstelle herum eine unbeschwerte Jahrmarktstimmung ausgelöst hatte. Die Wirtsleute rieben sich die Hände angesichts der Einquartierung ganzer wissenschaftlicher Gesellschaften, die den Arbeitern der Kiesgrube Wucherlöhne zahlten, um weitere Überreste aus der Urzeit zu suchen, man redete sich an den Stammtischen die Köpfe heiß und manche Jungfrau verguckte sich in den schwarzen Rock und das bleiche Gesicht eines Studierten, der sie aus dem beschaulichen Dorf in die große Stadt entführen sollte.

Ob der für den ganzen Trubel ursächliche Schädel aus der trockengefallenen Neckarschleife nun einem Affen, Menschen oder Menschenaffen gehören mochte, hätte dem Finder bei all diesem Trubel freilich herzlich gleichgültig sein können, wäre nicht schließlich gegen die progressiven, sich auf die modischen Thesen eines berüchtigten Briten und andere gottlose Fortschrittler berufenden Mediziner und Anthropologen ein tapferer, der lutherischen Orthodoxie verpflichteter Dorfpfarrer aufgestanden, der seine Mission darin erkannte, die wörtliche Gültigkeit der Schöpfungsgeschichte vor einem schlagenden Gegenbeweis zu bewahren. Dies setzte er ins Werk, indem er den fraglichen Schädel mit Hilfe seines Sohnes, eines seinerzeit kaum sechsjährigen Knaben, sowie des ebenso gottesfürchtigen wie leicht zu beeinflussenden Finders, dem ehrenhalber der Zutritt zu seinem Fund in Begleitung besagten Knabens noch einmal gestattet worden war, entwendete und zerstörte – ad maiorem Dei gloriam, wie er dem am Ende aus schierer Eitelkeit doch ein wenig sich sträubenden Schuster versicherte.

Das schwankende und in dieser Angelegenheit bald geknickte Rohr sollte sich aber bald noch ganz anderen Stürmen ausgesetzt sehen, denn der anfangs mit großen Worten alleine für seine Tat einstehende Pfarrer, der sich das Martyrium in den schillerndsten Farben ausgemalt hatte und von der traurigen Realität der muffigen Enge eines Kerkers im tiefsten Innern der eigentlich so luftigen und lustigen Dilsberger Feste bitter enttäuscht wurde, schob schließlich auf Drängen eines von der Universität bestimmten Inquisitors, der nicht glauben mochte, dass der bedeutendste anthropologische Fund dieses Jahrhunderts unwiederbringlich zerstört worden sein sollte, alle Schuld auf Hartmann, der während seiner eigenen schikanösen Befragung freilich längst weitergezogen sei und den anschließenden, allerdings wider besseren Wissens aufgestellten Behauptungen des armen Seelenhirten zufolge mit dessen sechsjährigem Knaben, der seit der Verhaftung des Vaters im Übrigen tatsächlich spurlos verschwunden war, den Schädel an sich genommen habe, um ihn in Frankreich oder England an eine szientistische Sozietät zu verschachern.

Zu allem Unglück aber hatte der Schuster, der sich durch die erste Aussage des Pastors von allem Verdacht befreit glaubte, seine Schritte aus kindlicher Arglosigkeit oder wahnwitzigem Übermut ausgerechnet in die Höhle des Pfälzer Löwen gelenkt, wo seine Verlobte zu dieser Zeit in Diensten stand. Und als er so nichtsahnend vor dem Schloss des Kurfürsten herumlungerte, der großes Interesse an dem Fund gezeigt und eine nicht eben kleine Gesandtschaft nach der fraglichen Kiesgrube entsandt hatte, wurde er alsbald von einem Sekretär der dortigen Akademie der Wissenschaften erkannt, der Mitglied der kurfürstlich-wissenschaftlichen Entourage gewesen und nach der Zerstörung des Schädels umgehend in die Quadratestadt zurückgekehrt war.
Nun begann eine in der Tat abenteuerliche Jagd durch die Residenz, die für Hartmann und seine Verlobte nur deshalb schließlich glücklich an Bord eines Rheinschiffers endete, wo sie sich als blinde Passagiere ungesehen stromaufwärts befördern ließen, weil es ihnen gelang, sich durch die tätige Mithilfe einiger zwielichtiger Gastwirte, leichter Mädchen, verkrüppelter Bettler und anderer nicht gesellschaftsfähiger Elemente der Stadt vor ihren Verfolgern tagelang in dunklen Gassen, Hauseingängen und Kellerräumen, Hinterhöfen und unübersichtlichen Barackensiedlungen zu verbergen, bis sie das Schiff erreichten, das beide schließlich aus der Heimat hinaus und in sicheres reichsstädtisches Gebiet gebracht hatte. Was von dieser spektakulären Hatz der Wahrheit entsprach und was später als Ausschmückung, Spannungsmoment und Imponiergehabe hinzugefügt

worden war, wusste Daniel Hartmann selbst nicht zu sagen, zumal es sich ja nicht um seine eigene Geschichte, sondern um die seines seligen Vaters handelte, dessen Andenken beim Erzähler ohnedies nicht die glücklichsten Erinnerungen wachrief.

In jedem Fall verstummte er sogleich dankbar, als die Schöne, die ihm bislang mit einer Mischung aus höflichem Interesse und geschmeichelter Skepsis gelauscht hatte, neben ihm den Finger auf seinen Mund legte, ihm Schweigen bedeutete und auf die Dielen wies, durch welche die beiden Lauscher erkennen konnten, wie Alsterfeld und seine Dame den Raum unter der Dachkammer betraten, sich an einen Tisch setzten und offenbar einen Diskurs fortsetzten, der die Herrin des Schlosses bereits eine erkleckliche Zahl vergeblich vergossener Tränen gekostet zu haben schien. Soeben barg sie ihr Gesicht erneut zwischen den schmalen Händchen mit den zarten, beinahe durchsichtigen Fingern, die ein besticktes Taschentuch hielten, ihr auf die Ellenbogen gestützter Rücken bebte unter einem stillen Weinkrampf, während der hünenhafte Alsterfeld ihr hilflos über das Haar strich und seine Ohnmacht hinter eine Maske unerschütterlicher Männlichkeit zu stecken suchte.

Endlich hob die Dame das von den Tränen gerötete Antlitz, über dessen Anblick der Graf beinahe zu erschrecken schien, schniefte zweimal deutlich lauter, als dies die galante Etikette einer Dame von Stand jemals hätte zugestehen können, und begann dann erneut, mit zitternder Stimme Anklagen hervorzupressen, die sie, der Reaktion Alsterfelds nach zu urteilen, schon unzählige Male wiederholt haben musste. Sie wisse nicht, was geschehen sei, dass er sie so plötzlich verlassen wolle, er wirke seit seiner Rückkehr vor zwei Tagen wie ausgewechselt, seufze wie unter einem großen Kummer, behandle sie fast gleichgültig, als sei seine Liebe mit einem Male verloschen, und außerdem habe er jetzt diesen neuen Diener bei sich, der – – –

Die hohe und ein wenig schrille Stimme ging in ein Flüstern über, in dessen Rauschen Hartmann keine einzelnen Worte mehr verstehen konnte, doch der Graf lehnte sich mit einem fast amüsierten Gesichtsausdruck zurück und lachte über das ganze Gesicht. Natürlich habe er längst bemerkt, dass dieser Kerl keinen Geruch an sich habe, aber was bedeute das schon? Ein Diener, den man nicht sehe, nicht höre, nicht fühle, nicht schmecke und nicht rieche, sei doch nachgerade ein Glücksfall angesichts der unzähligen potthässlichen, ständig jammernden, ungeschickten, schwitzenden und stinkenden Kreaturen, mit denen man es sonst zu tun habe! Fassungslos starrte die Dame ihn an. Das gehe doch vor allem nicht mit rechten Dingen zu! Sei es ihm denn völlig gleichgültig, warum sein Diener diese doch einigermaßen unerklärliche Eigenschaft besitze oder vielmehr eines geradezu zum Grundbestand des Menschlichen zu zählenden Merkmals so gänzlich ermangle? Vielleicht sei sie ja nur ein schwaches und blödsinniges Weib, er aber ein weitgereister und welterfahrener Mann, und folglich müsse ihm doch klar sein, was es mit diesem Kerl auf sich habe?

Der Graf lachte wieder und die Dame schlug wütend mit den beiden Fäustchen auf den Tisch. Schließlich sei der Geruch direkter Ausfluss der schönen Seele eines Menschen, sie beispielsweise liebe ihn freilich nicht nur, doch eben auch zu einem nicht unbeträchtlichen Anteil gerade aufgrund dieses besonderen, einzigartigen, unverwechselbaren – hier brach der Graf erneut in ein wieherndes Lachen aus, während seine Geliebte mühsam um Fassung rang – aufgrund dieses männlichen Duftes, der von ihm ausgehe und dem sie nicht widerstehen könne, sosehr sie dies gerade in diesem Augenblick wünsche.
Hartmann wandte seinen Blick von der Ritze zwischen den Dielen und sah zu der schönen Schwarzhaarigen hinüber, die dem Gespräch da unten mit derselben spöttischen Miene folgte, die auch der Graf zeigte. Sie wusste also Bescheid, über ihn sowieso und vielleicht auch über Alsterfeld, der sein Geheimnis gegenüber der Herrin dieses Schlosses offenbar mittels aufwändiger Parfümierung gewahrt, beim Rendezvous mit der Dienerin aber möglicherweise bedenkenlos preisgegeben hatte? Unbehaglich sah der Schustergeselle sich um und verspürte mit einem Male Mitleid mit der weinenden Frau unter ihm, die noch grausamer als er selbst getäuscht und hingehalten wurde, vor Wut und Furcht am ganzen Leib bebte und nicht wusste, wie ihr geschah.
Jetzt ließ sie ihren Oberkörper einfach auf die Tischplatte fallen, breitete die Arme aus und verharrte reglos in dieser Position, bis Alsterfeld hinter sie trat, sie an beiden Seiten packte und emporzog. Schwankend stand sie

da neben ihm und stützte sich auf seinen Arm, während die beiden den Raum verließen und der Graf mit ruhiger und sachlicher Stimme erläuterte, in keinem Fall könne ausgerechnet der Geruch der Ausfluss einer menschlichen Seele sein, er verbinde im Gegenteil den Menschen mit dem Tier, das sich ja bekanntlich am Geruch erkenne, die Mutter das Junge und das Junge die Mutter, das Männchen das Weibchen und das Weibchen das Männchen, während die Seele den Menschen vom Tier unterscheide und mit den äußeren Sinnen so gar nichts zu tun habe.

Mühsam erhob Hartmann sich von dem Boden der Kammer und schlich der Magd wieder zu der Pforte nach, durch die er das Schloss nun bereits zum zweiten Mal betreten hatte. Auf dem Weg über die Treppen und durch die Gänge schwieg sie und er wagte nicht, sie anzusprechen, doch als er bereits wieder im Freien stand, zögerte sie auf der Schwelle einen Augenblick, in dem er Mut fasste. Ob sie es gewusst habe? Sie lachte wie Alsterfeld und meinte, er sei wirklich naiv. Ob es sie nicht gestört habe? Etwas, das gar nicht da sei, könne auch nicht stören, das sei ein Gebot der Logik, antwortete sie.

Der große Irrtum bestehe in dem weit verbreiteten Glauben, es gebe für ein Weib nur drei strikt voneinander zu trennende Gründe, mit einem Mann das Lager zu teilen: die keusche Liebe, die viehische Lust und die kalte Berechnung, während doch die letzte die bei weitem häufigste sei und zudem auch die einzige, die in seltenen Fällen in ihrer reinen Gestalt erscheine, wohingegen die ersten beiden untrennbar miteinander verbunden seien und alleine nicht überleben könnten. Und eben diesem Irrglauben an die Möglichkeit einer rein seelischen, von körperlichen Gegebenheiten wie dem quasi als Quintessenz alles Physischen zu begreifenden Geruch absehenden Liebe sitze auch der Graf, der klarer sehe als die meisten Männer, offensichtlich noch immer auf, denn ohne den betörenden Duft der nackten Haut, der zwei Menschen unverbrüchlicher aneinander kette als Schönheit und Stärke, Anmut und Geist, könne in diesem irdischen Jammertal eben durchaus keine Lust und keine Liebe sein und ohne sie folglich auch keine Unsterblichkeit der Seelen.

Da überkam unseren Schustergesellen eine Traurigkeit, wie er sie lange nicht verspürt hatte. Schwarz wie die Nacht, durch die er auf die längst wieder verschlossene Pforte und den langsam verlöschenden, sich zwischen Ritzen und Spalten verlierenden Lichtstrahl starrte, dumpf wie der Schmerz, den er bei der Nachricht vom Tod seiner Eltern verspürt hatte, warm wie die tiefe kindliche Sehnsucht nach einer anderen, besseren Welt, in der die hienieden geschlagenen Wunden verheilen, die Toten wiederauferstehen und ewiger Friede herrschen würde, senkte sie sich auf ihn herab und beugte seinen Rücken, bis er den Hals seines Pferdes unter sich spürte, den herben Schweißgeruch des treuen Tieres einsog und bemerkte, wie die ersten Tränen auf die schmutziggraue Mähne fielen.

Vor dem Schloss war es still, die Nacht mild, der Schein aus den Fenstern friedlich und überall breiteten sich die

Weinberge und Wäldchen aus über die Hänge sanfter Hügel und in den Talsenken dazwischen, durch die sich gewundene Wege schlängelten. Irgendwo ließen sich Frösche vernehmen, von der Rückseite des Schlosses, durch dessen dicke Mauern kein Laut drang, glaubte Hartmann einmal Stimmen zu hören, die aber so bald wieder verklangen, dass er sich getäuscht haben konnte. Über den hell erleuchteten Hallen und Sälen stand der abnehmende Mond, auf einem ziemlich weit entfernten See ein Fischer in seinem Kahn. Längst waren Hartmanns Tränen versiegt, hatten der alten trotzigen Entschlossenheit Platz gemacht, die ihm nach unzähligen früheren Enttäuschungen wie ein Panzer um die Brust gewachsen war, dessen Aufbrechen geschmerzt hatte und der sich nun wieder schloss wie eine verheilende Wunde, die spannte und drückte und juckte. Inzwischen hatte das Pferd des Grafen sich einige Schritte entfernt und er ritt zu diesem hinüber, nahm den Zügel auf und führte es zu der Pforte zurück, die sich noch viele hundert Male würde öffnen müssen, um das Maß dieses großen Sünders voll zu machen, der keine Reue kannte und den Gott vergessen zu haben schien. Eine Eule glitt lautlos durch die Nacht und zog über Hartmann und die beiden Pferde hinweg.

Es waren die Tiere, die zuerst unruhig zu tänzeln begannen und die Ohren anlegten, als sich polternde Schritte dem kleinen Törchen näherten, dieses aufgestoßen wurde und Alsterfeld in zerrissenen Kleidern, ohne Mantel und heftig aus der kaum verheilten Kopfwunde blutend herausstürzte, sich aufs Pferd schwang und da-

vonpreschte, dass sein Diener ihm kaum zu folgen vermochte. Dieses Mal schnurrte er weder wie ein Kater noch klagte er wie ein Käuzchen, sondern jauchzte wie ein junges Füllen, das aus dem Stall gelassen wird und in wilden Bocksprüngen über die Weide tollt, lenkte das Pferd bald hierhin, bald dorthin, mit den Verfolgern mehr spielend als ihnen zu entkommen trachtend, lachte über die Fehlschüsse, die hinter ihnen krachten und auch Hartmann glücklicherweise nicht erreichten, bis sie schließlich mit einem tollkühnen Sprung über eine ziemlich breite Schlucht entkommen waren, wobei Hartmanns Apfelschimmel dem Grafen unbekümmert nachgesetzt hatte, wohingegen die bestimmt nicht schlechteren, aber offenbar vernünftigeren Tiere der Verfolger vor dem Abgrund zurückgeschreckt waren, während auch die letzten Schüsse auf die beiden Flüchtigen fehlgingen.
Die Schlucht zu umgehen, war allerdings offenbar kein so langwieriges Unterfangen, wie Alsterfeld wohl vermutet hatte, denn derweil er zusammen mit Hartmann gemächlich einen steinigen Pfad bergan schritt, indem sie absaßen und die Pferde am Zügel führten, hörten sie plötzlich einen Schuss, der dicht neben Hartmanns Kopf krachend in den Felsen fuhr und beinahe einen Gesteinssplitter in dessen rechtes Auge geschleudert hätte. Als sie sich umdrehten, erkannten sie jedoch, dass nur noch zwei ihrer Verfolger zu sehen waren, traten diesen also entschlossen entgegen und der Graf war selbstredend sogleich bereit, dem gehörnten Ehemann Genugtuung zu gewähren.

Hartmann und der Diener des Schlossherren reichten den Duellanten die Pistolen, erneut krachten Schüsse und der unglückliche Gemahl einer unwürdigen Ehefrau brach auf der Stelle zusammen, wurde von seinem Diener ächzend und fluchend auf das verwaiste Pferd gehoben und verschwand ebenso wie die Dame, um derentwillen das allen Regeln höfischer Etikette streng folgende Blutvergießen stattgefunden hatte, aus den Augen und dem Sinn des illustren Grafen von Alsterfeld.

VIII.

Lange Zeit weigerte Hartmann sich einfach, an diesen Tag zurückzudenken, floh des Abends aus den schlechten Betten der billigen Herbergen, in denen der Graf auf dem Ritt durch die einsamen Berge jetzt mit Vorliebe nächtigte, auf die romantische Insel, wo inzwischen die Geschichte eines spanischen Konquistadoren die des ebenso tugendhaften wie langweiligen Inselpatriarchen abgelöst hatte. Der Spanier erinnerte eher an den Kapitän, dessen Abenteuer Hartmann so fasziniert hatten, er führte ein aufregendes Leben voller Gefahr und Ruhm, Gewalt und Tapferkeit, Risiko und Gewinn. Sein Schiffbruch war ein wirkliches Stranden in der Wildnis, die in einen Vernichtungskrieg mit dem menschlichen Willen trat: Die Wilden beugten sich dem Christentum des edlen Granden, die übrigen Spanier verwilderten und wurden, nachdem es ihnen nicht gelungen war, ein Schiff zu bauen, um die Insel zu verlassen, schließlich zu Tieren, worüber ihr Don in die größte Bestürzung geriet. Denn eines Tages erreichte den frommen Mann und eifrigen Tagebuchschreiber eine Nachricht, die bei jedem Christen einen heftigen Schauder erwecken musste, als ihm einer der bekehrten Insulaner meldete, seine drei noch übrigen Landsleute trieben seit etliche Monaten mit einer Äffin die schändlichste Unzucht.

Wunderliche Gedanken spannen bei dieser Lektüre in den Träumen des Schustergesellen ein unentwirrbares Netz: Des Konquistadoren Entsetzen über die Unzucht zwischen den spanischen Matrosen und ihrem Affenweib, der Disput der Professoren über den zuerst von seinem Vater entdeckten und wenig später vom Hammer Gottes pulverisierten Schädel, der Geruch, an dem das Affenmännchen sein Affenweibchen erkannte und ohne den es keine unsterblichen Seelen geben konnte, sein Handel mit der blauäugigen Hexe und Fausts Pakt mit dem Leibhaftigen, Alsterfelds Liebeshändel und sein eigener Tanz mit den Dorfschönheiten auf der Schwarzwälder Kirchweih. Morgens erwachte er meist wie gerädert und in der wenig erfreulichen Erwartung eines weiteren Tages im Sattel, der ihn dazu zwingen würde, die Ereignisse und Gespräche der letzten Tage und Wochen ohne den gnädigen Filter des Romans in seinem gequälten Hirn zu drehen und zu wenden.

Eines Abends wurde Hartmann bei der so wohltätigen Lektüre, die längst ein unverzichtbarer Teil seines Lebens geworden war, empfindlich gestört, indem ein zerlumpter Junge ihm einen Zettel vor die Nase hielt und mit unverschämtem Grinsen drei Groschen Botenlohn verlangte. Der Brief betreffe seinen Herrn und sei sehr wichtig. Achtlos warf der Schustergeselle ihm die

verlangten Münzen hin, woraufhin der Junge im von der Straße aufgewirbelten Staub verschwand wie ein neuer von allen Furien gehetzter Orest. Zerstreut faltete unser Held den Zettel auseinander und entzifferte mühsam die etwas krakeligen Zeilen auf dem arg zerknitterten und nicht mehr ganz sauberen Blatt, die ihn dazu aufforderten, sich unverzüglich zu der Schmiede am Rande des kleinen Gebirgsdorfes zu begeben, wo sein Herr ihn dringend sprechen müsse.
An die zahllosen Billetts, Briefe und Botschaften im Leben Alsterfelds gewöhnt, die seit dem Duell eher häufiger denn seltener geworden waren, schöpfte Hartmann keinerlei Verdacht und war ehrlich überrascht, als ihm beim Eintritt in die niedrige Werkstatt ein tüchtiger und von kräftiger Hand geführter Knüppel über den Schädel gezogen wurde. Als er zu einem Paket verschnürt wieder erwachte, stellte sich heraus, dass der Graf mit dem jungen und recht ansehnlichen Weib des Schmiedes hatte anbandeln wollen und dass diese zum Schein auf seine Avancen eingegangen war, um den vorwitzigen Stutzer dann gemeinsam mit ihrem Gemahl in eine Falle zu locken. Zur großen Enttäuschung der braven Handwerksleute jedoch hatte der gräfliche Gimpel, der ihnen da ins Netz gegangen war, keinen Kreuzer in den leeren Taschen gehabt. Sich des Pferdes zu bemächtigen, wagte der Schmied nicht und so blieb nichts, als auf den Diener zurückzugreifen, der ja die Reisekasse wohl bei sich tragen musste, wenn schon der Herr bar jeglicher Zahlungsmittel durch die Dörfer streifte.

Nun traf es sich aber, dass auch Hartmann aus Unachtsamkeit oder Zufall kein Gold oder Geld bei sich hatte, mit der einzigen Ausnahme der beiden Gulden, die eben wieder in der Börse der blauäugigen Hexe steckten und die der Schmied ihm sogleich aus den gründlich untersuchten Taschen zog. So sehr nun aber unser Schustergeselle auch bettelte und bat, der Schmied gab den zweiten Gulden nicht wieder heraus, zeigte die Beute erfreut seinem Weibe, schob sie in den eigenen Beutel, warf Alsterfeld die leere Börse lachend vor die Füße und jagte den unschuldigen Diener wie den schuldigen Herrn mit derben Schlägen und dem guten Rat, sich seiner Frau nicht wieder zu nahen, aus der Werkstatt.
So ritten sie denn von dannen, Hartmann, der die leere Börse vom Boden aufgerafft und zu sich gesteckt hatte, in tiefem Kummer wegen des erlittenen Verlustes, der Graf leichten Mutes und in fröhlicher Erwartung alles Kommenden, wie stets, wenn eines seiner Abenteuer ein gutes oder schlechtes Ende genommen hatte und ein weiteres bevorstand, das seine Sinne bald aufs Neue zu fesseln vermögen würde. Der beiden Weg führte weiter hinauf über steile Pässe und durch unbewohnte Täler, vorbei an den Almen einsamer Sennen und Sennerinnen, deren sonnenverbrannte Gesichter und stämmige Hüften unter dem groben Leinen selbst für einen Alsterfeld wenig Reiz besaßen.
Schließlich jedoch schienen sie den Grat des Gebirges überwunden zu haben, denn es ging nun meist bergab, kleine Ansiedlungen erschienen hier und da und zuletzt standen sie vor den niedrigen Baracken und gähnenden

Stolleneingängen einer Silbermine, deren Direktor den Grafen vor seinem prächtigen, mit idyllischen Szenen bemalten Landhaus untertänigst begrüßte, sogleich mehrere Wechsel in bare Münze einlöste und den unverhofften Gast zudringlich auf einen Imbiss lud, wie ihn gerade reich gewordene ehemalige Habenichtse gerne auftischen, um ihren behäbigen Wohlstand zu zeigen.
Nach dem Mahl nötigte er Alsterfeld sodann, ihm nach draußen zu folgen, wies ihm Adern und Gruben, Gänge und Schächte, wog schwere Gesteinsbrocken in der Hand und rechnete vor dem höflich nickenden Grafen aus, welchen Gewinn er in den nächsten drei, zehn, fünfzig Jahren aus seiner Mine zu ziehen hoffte. Vielleicht aber ziehe er auch in Bälde mit seinem Vetter nach Russisch-Amerika oder mit seinem Schwager zu den Hottentotten, dort gehe es jeweils nicht wie hier nur um das leidige Silber, sondern um die Königin der Metalle.
Vor diesem wohlbeleibten Männchen mit den kleinen Augen, die bei jeder Erwähnung des Goldes selbst aus dem eigenen Munde heißer und fiebriger glänzten, erschien Hartmann die Trauer über den Verlust seiner Börse mit einem Male beinahe lächerlich, Ekel und Abscheu mischten sich mit Bedauern und Mitleid und vor seine Seele trat der innige Wunsch, das ganze Silber durch teuflische Zauberkräfte wie die der rothaarigen Hexe für immer aus dem Berg verschwinden zu lassen, die Arbeiter in sinnlos herumstehende Ölgötzen zu verwandeln, sich an der unweigerlich folgenden, leicht auszumalenden Aufregung und Ratlosigkeit des kugel-

runden Männleins zu weiden und ihnen allen in wohlgesetzten Worten, zu denen wohl der Graf, nicht aber Hartmann in der Lage gewesen wäre, den Weg zu weisen in ein Leben ohne die Leib und Seele verätzende Habgier, ohne das wollüstige Keuchen unter dem Joch ihrer Knechtschaft, ohne das dumpfe Scharren und Hämmern in den Eingeweiden der Erde. Und doch wusste Hartmann, dass sein Wunsch der reine Hochmut war, die schlimmste und schrecklichste aller Todsünden, und dass die bange Hoffnung, mit der er die leere Börse vom Boden der Schmiede aufgeklaubt hatte und diese bis zum nächsten Neumond unablässig betasten und beäugen würde, ihn beileibe nicht zum Richter, sondern nachgerade zu einer Karikatur des Direktors machte.
Trotz seiner höflichen Belustigung über das Gehabe des Direktors beschloss Alsterfeld, sich für einige Tage selbst bei diesem zu Gast zu laden, und tat dies mit der ihm eigenen Unbefangenheit, die bei seinem Gastgeber denn auch keinerlei Befremden, sondern die erwartete überschwängliche Begeisterung auslöste. Sogleich wurde den beiden Neuankömmlingen die prächtigste und bequemste Suite der Villa eingeräumt, die nicht eben zahlreiche, aber aufmerksame Dienerschaft las ihnen jeden Wunsch von den Lippen ab, nichts fehlte zum vollkommenen Wohlleben. Der Graf schlief nach seiner Gewohnheit bis um die Mittagszeit, ohne dass sich eine einzige Gelegenheit zu nächtlichen Amouren ergeben oder er danach gesucht hätte, unternahm dann nach dem Genuss eines bescheidenen Imbisses Streifzüge durch das Gebirge, besichtigte unter der Führung eines von

dem Direktor eigens zu diesem Zweck abgestellten Laufjungen und in Begleitung Hartmanns Gipfel und Höhlen, Hütten und aufgelassene Schächte. Spät kehrte er zur Villa zurück, nachdem er sich überall Notizen gemacht hatte, die er bis spät in die Nacht hinein unablässig fortschrieb und am folgenden Mittagstisch mit den einfachen Bergleuten besprach, von denen er stets ehrerbietig erwartet und mit gewichtiger Miene umringt wurde.

Jeden Abend tafelte man unter dem Vorsitz des Direktors in der bekannten verschwenderischen Manier, wobei weder der Gastgeber noch Hartmann den Grafen jemals nach dessen Notizen fragten, obgleich der neuerdings ernste und stille Alsterfeld sich keine Mühe gab, sie vor dem einen oder anderen zu verbergen. Der Minenbesitzer selbst aber war ohnedies gegenwärtig mit der planvollen Ausbeutung einer unmittelbar nach der Ankunft des Grafen neu entdeckten Ader beschäftigt, die ihm sogleich einen unauslöschlichen Glauben an den glücklichen Stern seiner Besucher einflößte, und unser Schustergeselle verlagerte immer weitere Bereiche seines geistigen Daseins auf die Insel seines Romans, dessen erstes Bändchen er beinahe schon zum dritten Male ausgelesen hatte.

So verlebten die drei Männer eine glückliche Zeit miteinander. Man speiste erlesen und hing den Tag über eigenen Geschäften und Gedanken nach, schmiedete Pläne für die Zukunft und genoss das Gefühl, dass es mit dieser Zukunft so eilig wohl nicht sein könne, wenn schon die Gegenwart zuverlässig die angenehmsten

Stunden und Tage verschaffe, derer ein jeder von ihnen sich entsinnen konnte. Nebenbei führten sowohl der Direktor als auch der Graf eine umfangreiche Korrespondenz, deren Fieber schließlich sogar Hartmann ansteckte, sodass er bald tagelang über dem seinerzeit ungeschriebenen Brief an Therese grübelte, den er nun stets mit einigen glücklichen Zeilen begann, dann aber nach dem ersten ungeschickten Worte zerriss oder verbrannte, bis ihm das Papier ausging, um das er den Direktor eines Tages gebeten hatte. Da ließ er es sein und wandte sich vom Schreiben wieder dem Lesen zu, während die Briefe seines Herrn munter hin und her liefen.

IX.

Einmal langte denn auch ein Schreiben an, das den Grafen in nicht geringe Aufregung zu versetzen schien, denn er lief rot an, vergaß für einen Augenblick zu atmen und für unbestimmte Zeit, die fünf oder sechs weiteren Botschaften, die sich auf dem Tische mit den Resten seines Frühstücks stapelten, zur Kenntnis zu nehmen, ging unruhig auf und ab und wollte trotz des blendenden Wetters partout nicht ausreiten. Am nächsten Tage jedoch war er auf seine neue, etwas nachdenkliche Art munter wie eh und je, schenkte dem Laufjungen ein paar kleine Münzen und hieß ihn, sich einen faulen Tag zu machen, er wolle heute nur in Begleitung seines Dieners einen Spazierritt zu den stillgelegten Minen im benachbarten Tale unternehmen. Den Weg dorthin kenne er selbst, seit der Bursche sie beide vor einigen Tagen dorthin geführt habe, auf den Abend werde er sich zur gewohnten Zeit an der Tafel des Herrn Direktors einfinden. Das Geld aber solle der Knabe nicht verprassen, sondern seiner kranken Mutter davon ein Heilmittel kaufen, dessen Namen der Graf ihm aufschrieb und das bei dem Apotheker in der nächsten Stadt käuflich zu erwerben sei.

Dass Alsterfeld seine Pistole, die seit ihrer Ankunft in der Schublade einer Kommode gelegen hatte, wieder zu sich steckte, fiel Hartmann nicht weiter auf, auch war es nicht gänzlich ohne Beispiel, dass sein Herr ohne den bisweilen in seiner Neugier etwas lästigen Jungen auf bekannten Wegen loszog, und namentlich im Betragen des Grafen, der höchstens vielleicht noch um ein Weniges stiller als zuletzt war, hätte der Diener später keinerlei Auffälligkeiten benennen können. Als sie den Pass überquert hatten, gewahrten sie bereits von Ferne einen Reiter, der auf dem freien Felde vor den verlassenen Schächten ein nervös tänzelndes Ross tummelte, sich fortwährend nach allen Seiten umsah und die beiden daher auch sogleich erblickte, ohne allerdings ein Zeichen der Verwunderung oder des Grußes von sich zu geben, auch dann nicht, als Alsterfeld aus der Ferne sein Haupt entblößte und über den Hals seines Rappen neigte.

Der Weg ins Tal hinab nahm einige Zeit in Anspruch, während der die Hinabsteigenden den Reiter aus den Augen verloren, wenn sie ein Waldstück durchquerten oder breite, von großen Felsstücken übersäte Halden passierten, doch schließlich lag nur noch eine mäßig große Ebene zwischen ihnen und dem ganz in schwarz

gekleideten Mann, der nun vom Pferd sprang und dieses an einen morschen, von Moos überwucherten und schon halb zerfallenen Zaun band. Auch Alsterfeld war abgestiegen, hatte seinem Diener die Zügel in die Hand gedrückt und ging jetzt langsam, mit unsicheren Schritten, wie Hartmann sie noch nie an ihm bemerkt hatte, auf den anderen zu. Kaum hatten sich die beiden bis auf einige Meter einander genähert, als der Schwarzgekleidete seinen linken Handschuh auszog und Alsterfeld vor die Füße warf, worauf dieser im Gehen innehielt und leicht schwankend stehen blieb. Erst nach einer Ewigkeit hörte Hartmann, wie sein Herr zu sprechen begann.
Er entschuldige sich für seine ruchlose Tat, habe vor vielen Jahren in jugendlicher Verblendung gehandelt und sei bereits schwer dafür gestraft worden, habe sich nun aber längst vom Laster abgewandt und den Weg des Heils beschritten, sei zu jeder Genugtuung materieller Art bereit … Hier schnitt der Schwarzgekleidete dem Grafen das Wort ab und begann, diesen in einer schier endlosen Tirade, in deren Verlauf sich seine Stimme mehrmals beinahe überschlug, mit unzähligen französischen Schimpfworten zu belegen, die Alsterfeld erbleichen ließen.

Dass diese Tat natürlich eine Sünde sei, habe man sich gefälligst zu überlegen, bevor man das Weib eines anderen verführe, diesen zum Gespött seiner Nachbarn und Freunde mache, die Frau ehrlos, die Kinder zu Halbwaisen. Nein, er bereue es nicht, die Treulose seiner unverzüglichen Rache aufgeopfert zu haben, nachdem er sie bei ihrem schändlichen Treiben mit ihm, dem leider allzu rasch Entkommenen, überrascht habe, nur eines fehle seinem Schwert noch, das sei das Blut des Grafen Alsterfeld, das heute den Boden zu tränken habe, auf dem er stehe. Das Angebot, sich durch Geld und Gold von der Schuld freizukaufen, sei eines Krämers und feigen Bürgers würdig und eine Beleidigung ihres Standes als Edelleute, die beinahe noch schlimmer sei als alles, was Alsterfeld in seinem verworfenen Dasein bislang getrieben habe.

Danach folgten wieder einige Beleidigungen, von denen Hartmann kaum die Hälfte verstand und die Alsterfeld überging, um mit beschwichtigender Geste und verzweifelnder Stimme darauf zu verweisen, dass die Angelegenheit doch nun schon mehrere Jahre zurückliege, er habe infolge dieser einmaligen Verfehlung seine Stellung am Hofe des Fürsten verloren, sei ins Elend gestürzt worden und seines guten Namens verlustig gegangen. Dies aber habe eine innere Umkehr bewirkt, zu der ein heiliger Mann nicht das Wenigste beigetragen habe, der ihn gelehrt habe, das bunte irdische Treiben als Ursache der Verführung und Verderbnis zu fliehen. Dieser könne bezeugen, wie aufrichtig er bereut habe und fortan auf der Straße der Demut und Entsagung gewandelt sei.

Gerade in den letzten Tagen habe er sich der ernsten Wissenschaft zugewandt und dabei ein Geheimnis der Menschheit entschlüsselt, einen Weg zur vollständigen Erkenntnis der unsterblichen, göttlichen Seele gefunden, deren Anlagen in einem jeden schlummerten und durch bestimmte Riten und Praktiken geweckt werden könnten, bei denen der fälschlich mit dem profanen Begriff des Beischlafs versehenen Vereinigung von Mann und Frau entscheidende Bedeutung zukomme, die allerdings bei Weitem nicht alleine für die Erleuchtung sorgen könne. Freilich sei all das nur für wenige Auserwählte möglich, deren Aufgabe es sei, die Geheimnisse der Welt vor den Augen des immer neugierigen Pöbels zu bewahren, die Herrschaft der wenigen Illuminierten vorzubereiten und ein neues Zeitalter einzuläuten, während überall der Untergang des Edlen und Hehren im brodelnden Sumpf der einfältigen und viehischen Masse drohe … Wieder fuhr der andere dazwischen, forderte Alsterfeld auf, das Geschwätz einzustellen und ihm entweder wie ein Mann entgegenzutreten oder gewärtig zu sein, hinterrücks vom Pferd geschossen zu werden, denn beide könnten sie diesen Platz naturgemäß nicht lebend verlassen.

Da nahm der Graf, dessen stattliche Gestalt die seines schmächtigen und buckligen Gegners um mehr als einen Kopf überragte, seufzend den Handschuh vom Boden auf, fragte nach dem Sekundanten seines Gegners, worauf dieser hochmütig entgegnete, er brauche keinen, denn Gott führe seine gerechte Sache und außer dem festen Glauben an diesen himmlischen Beistand habe er hier keine weitere Hilfe nötig. Man werde zwanzig Schritte Entfernung einhalten, gleichzeitig schießen und den Schusswechsel bis zur Kampfunfähigkeit eines Kontrahenten wiederholen. Beim ersten Schuss verfehlten beide den Gegner, beim zweiten streifte Alsterfelds Kugel den Schwarzgekleideten, dessen Schuss sich

nicht gelöst hatte, am Oberschenkel, beim dritten der des beleidigten Ehemannes den Grafen am Ohrläppchen, während dieser ihm den Dreispitz vom Kopf schoss.
Es machte Hartmann nervös, dass das Duell sich derart hinzögerte, zumal er dem Ausgang desselben insbesondere deshalb entgegenfieberte, weil er sich nicht länger der qualvollen Abwägung aussetzen wollte, mit welchem der beiden Schützen er nun bangen oder hoffen sollte. Der Graf war sein Herr, der ihn an der Stelle des von den Räubern Gehängten angenommen, großzügig entlohnt und zuverlässig versorgt, in den Sumpf des Lasters gezerrt und um die Börse der blauäugigen Hexe gebracht, ihm den Roman seines Lebens geschenkt und in der Kammer unter dem Dachboden vor der Schlossherrin über seinen verlorenen Geruch gelacht hatte. Sicher sprach der Schwarzgekleidete mit jedem seiner Worte die lautere Wahrheit, er schien unserem Schustergesellen überhaupt ein Mann zu sein, der nicht zu lügen verstand, und keinen Augenblick hatte Hartmann daran gezweifelt, dass dieser Mann sein Weib ohne Gnade gerichtet hatte, als er es in den Armen Alsterfelds fand.
Und dann sah Hartmann das Weib des Schwarzgekleideten und den Grafen leibhaftig vor sich, auf dem üppigen Lager, zwischen den Polstern und Decken und Kissen, die nackten, ineinandergeschlungenen, übereinander und ineinander kriechenden Glieder, hörte das Ächzen und Keuchen und Stöhnen, roch den Schweiß und die anderen Körpersäfte, spürte die Hitze, die das Den-

ken überwältigte und alles in einem Meer von Gefühl und Finsternis davonschwemmte, und das Weib des Schwarzgekleideten drehte den Kopf und sie hatte die Gesichtszüge Thereses. Neben dem Bett, auf dem sie sich mit dem fortwährend lachenden Grafen wälzte, schnupperte ein Hund am Gesäß einer Hündin. Der vierte Schuss krachte und ein Zucken lief durch Alsterfelds mächtigen Körper, der ein wenig zur Seite wankte, erst zur einen, dann zur anderen, und schließlich vornüber kippte, um in einer gewaltigen Staubwolke auf dem Boden aufzuschlagen. Ohne ein Wort oder eine Geste des Triumphes schwang der Schwarzgekleidete sich auf sein Ross und erklomm eilig den Weg hinauf zu dem Pass, über den Hartmann und der Graf vor einer halben Stunde gekommen waren.

X.

Die Elbe fließt von Meißen nach Wittenberg, von Wittenberg nach Magdeburg und von Magdeburg nach Wittenberge, was nicht ortskundige Menschen wie unseren Schustergesellen schon in nicht geringe, aber leicht zu beruhigende Verwirrung stürzen kann, bis der Fluss schließlich die große Stadt Hamburg erreicht, deren Hafen regelmäßig große und kleine Schiffe in Richtung Amsterdam verlassen. Das Jahr war vom Herbst in den Winter übergegangen, als Hartmann in der Stadt anlangte, die ihm als Tor zur Welt so lange vor Augen gestanden hatte, und vielleicht trug auch das Wetter seinen Teil dazu bei, dass er vom Anblick derselben maßlos enttäuscht war.

Stets hatte er sich vorgestellt, Amsterdam von der Landseite aus zu betreten, nun fuhr er in einen Hafen ein, der am Ende eines langen Kanals lag und nur noch durch diesen mit der See verbunden war. Es herrschte geschäftiges Treiben, gewiss, Waren aus aller Herren Länder wurden verladen, aber ein melancholischer Zug lag über dem Ganzen, eine Erinnerung an die glanzvollen Tage der Vereenigten Oostindischen Compagnie, noch am Ende des vergangenen Jahrhunderts vergaan onder corruptie, wie ein alter Matrose im dunklen Schankraum einer von Rauchschwaden und beißenden Gerüchen durchzogenen Schiffertaverne Hartmann gegenüber die legendären Initialen auflöste, nachdem er ihm des Langen und Breiten von seinen Jahrzehnte zurückliegenden Fahrten nach dem Vorgebirge der Guten Hoffnung und den Inseln Ceylon und Java berichtet hatte. Gewürze und Stoffe, Kaffee und Seide hatte er von Batavia bis Amsterdam begleitet, wo er geboren war und nun wohl sterben würde, denn er sei zu alt für eine große Fahrt.
Ebenso seien aber auch die Niederlande selbst alt und morsch geworden, hätten den letzten Rest ihrer einst so großen und immer nachwachsenden Kraft in Entdeckungen und Eroberungen, durch Sklavenhandel und Geldscheffeln, mit Habgier und Gewissenlosigkeit schließlich aufgerieben. Nichts sei mehr zu erwarten von den einstigen Herren der Meere, die damals tapfer den Kampf gegen Portugiesen und Spanier aufgenommen, nun jedoch die Auseinandersetzung mit Briten und Franzosen längst aufgegeben hätten, und mit einem Mal begann der alte Matrose zu weinen und Hartmann sah in

eine Mundhöhle voller brüchiger, vom ewigen Pfriem verfärbter Zahnstummel, die ihm ein wenig Mitleid und viel Abscheu einflößte.

Er wollte eben aufstehen, um sich zu verabschieden und ein Quartier zu suchen, als der Matrose mit der erstaunlichen Kraft seiner hageren, sehnigen Hand den Unterarm des Schustergesellen packte und mit in das Fleisch gekrallten Fingernägeln auf die schmierige Tischplatte presste. Übermorgen oder in drei Tagen werde von hier aus ein Segler ablegen, allerdings nicht in den Osten, sondern in den Westen, nach Paramaribo, auf dem fahre sein Neffe seit dreißig Jahren als Steuermann, bringe heuer einen reichen Bengel hinüber, der dort eine Plantage geerbt habe, samt dem ganzen Hausstand, Weib und Kindern. Auf dem Rückweg das Übliche, Kaffee und Tabak, Kakao und Zucker. Der Schiffskoch, den er im Übrigen sehr gut kenne und der ihm immer einmal wieder einen Gefallen schuldig sei, suche bis zur Abfahrt noch dringend einen Helfer, um den verwöhnten Gaumen der reichen Passagiere zu kitzeln.

Ganz gegen seine Gewohnheit verstand Hartmann sogleich und bestellte dem Alten ein weiteres Glas Branntwein, dann dachte er nach. Über sein Ziel nach der Ankunft in Amsterdam hatte er sich nie Gedanken gemacht. Hinter dem Hafen wartete einfach die See, die endlose Weite, die Freiheit. Aber Paramaribo klang nicht wie der Name eines weiteren Hafens, einer einfachen Stadt, eines festen Punktes, sondern nach Wellen und nach kleinen Inseln mit weißen Stränden und wippenden Palmen, auf denen bunte Papageien saßen, und finsteren Höhlen, vor denen pechschwarze Kannibalen gestrandete Seeleute über dem Feuer rösteten und davonliefen, wenn ein vorbeifahrendes Schiff eine Breitseite auf sie abfeuerte. Hartmann bestellte ein zweites Glas Branntwein für den Alten und gleich darauf auch eines für sich selbst.

Sicher habe der reiche Bengel, von dem der Matrose jetzt wieder erzählte, keinerlei Vorstellung davon, welches Grauen hinter den weißen Stränden auf ihn warte, sonst hätte er wohl Weib und Kinder daheimgelassen, wäre selbst in Utrecht oder Vlissingen, in Heerenveen oder Nimwegen geblieben und hätte einen Agenten mit dem Verkauf der Plantage beauftragt, die Felder, die Gebäude, die Gerätschaften, die Arbeiter zu Geld gemacht und sein Glück an der Börse versucht. Er selbst aber, der Matrose nämlich, habe die wilden Fratzen gesehen, den dumpfen und zugleich schrillen Lärm gehört, die brütende Hitze gespürt, die unerträgliche Feuchtigkeit geschmeckt, den süßlichen, modrigen, fauligen Gestank eingesogen, den schwirrenden, krabbelnden, kriechenden Insekten und Spinnen und Schlangen zitternd gegenübergestanden, und was immer durch die Bandwurmsätze des Alten kreuchte und fleuchte, wohnte auch in dem Branntwein, der durch Hartmanns Kehle geflossen und von dort durch seine blutdurchpulsten Adern hinauf hinter seine fiebrige Stirn gestiegen war.

Um die Mittagszeit des folgenden Tages erwachte unser Schustergeselle mit schweren Gliedern auf der Pritsche eines engen, dunklen, schwankenden Raumes. Die Luft schmeckte nach Salz. Von draußen erklangen raue Stimmen, die gemeinsam in seltsam ruckartigen Rhythmen ein niederländisches Lied sangen. Dann begannen die endlosen Stunden des Schälens. Rüben und Kartoffeln, Kartoffeln und Rüben. Hartmanns Hände weichten auf, bekamen Risse und Schrunden, in die das schmutzige Wasser lief, sodass sie sich entzündeten, schlugen Blasen, die abends aufgestochen werden mussten, und immer häufiger schnitt er sich aus Erschöpfung und daraus resultierender Unachtsamkeit mit dem schlechten Messer in die Fingerkuppen oder den Handballen, was zu neuen Entzündungen führte.

Sein Weg führte ihn nun vor dem Schlafengehen regelmäßig zum Schiffsarzt, der den Anblick solcherart verstümmelter Gliedmaßen jedoch gewohnt war und diese auch zu behandeln verstand, was ihm Hartmanns Dankbarkeit und Anhänglichkeit in einem Maße einbrachte, das den alten Mediziner schließlich dazu bewog, dem Küchenjungen die Freundschaft anzubieten, und bald saßen sie allabendlich in der Kajüte des Arztes, spielten Schach und tranken einen leichten Wein.

Das Spiel war Hartmann aus Kindertagen vertraut, denn er hatte einst einen Freund besessen, der aus reichem Hause stammte und von seinem Vater zur Konfirmation mit einem Spielbrett und Holzfiguren aus hellem und dunklem Holz beschenkt worden war. Besonders hatten den Knaben die zahllosen Möglichkeiten fasziniert, die dieses Spiel bot, in dem eine Entscheidung alle folgenden unwiderruflich beeinflusste und die scheinbar vollkommene Freiheit sich immer weiter verringerte, sobald sich die Schlinge um den Hals des in die Enge getriebenen Königs langsam zuzog, und das Wissen darum, dass bereits ein einziger Zug, der nicht mit der einen, sondern der anderen Figur, nicht auf dieses Feld, sondern auf jenes geführt worden wäre, dem Spiel möglicherweise eine andere, aber dann ebenso unwiderrufliche Wendung zu geben vermocht hätte.

Auch die Figuren des Schiffsarztes waren aus Holz, mit schwarzem und weißem Lack gefärbt, das Spielbrett war kleiner, sodass es auf den schmalen Tischen an Bord Platz fand, und die Felder waren einfach aufgemalt, nicht als Einlegearbeiten ausgeführt wie auf dem Brett seines Schulfreundes. Schon nach den ersten Zügen war Hartmann bewusst geworden, dass er einem Meister des Spiels gegenübersaß, dem er hoffnungslos unterlegen war, doch mit jedem Abend lernte er von seinem Gegner, erkannte seine Finten und weitreichenden Pläne, fand Lücken in scheinbar unangreifbaren Positionen, wehrte sich länger und verbissener gegen die dennoch niemals zu vermeidende Niederlage.

Doch weder die harte und demütigende Arbeit noch das allabendliche Versinken in der Welt der Könige, Läufer, Türme und Bauern schmälerte das Erlebnis der Schifffahrt auf dem offenen Meer, auf das Hartmann so lange gewartet hatte und das sich nach einigen Tagen des Entsetzens über die unabsehbare Einöde, die sich da vor dem schmerzenden Auge dehnte, denn auch tatsächlich einstellte. Während seiner Arbeitspausen stand oder saß er an Deck, ließ den Blick über das endlose Blau schweifen und genoss das Gefühl der Freiheit und Unbeschwertheit, das ein ohne Widerstand über die See gleitender Kiel bei Jung und Alt unauslöschlich in die Seele brennt. Vom Kapitän und den Steuerleuten, der Mannschaft und dem Koch wurde der neue Küchenjunge nicht gut und nicht schlecht behandelt, niemand suchte seine Nähe, wenn er am Mannschaftstisch seine Suppe aus Erbsen oder Linsen oder Graupen löffelte, niemand befragte ihn um ein Genaueres seiner Umstände in der lauten und lustigen Runde, wo einige wenige das große Wort führten und der große Rest miteinander flüsterte oder schweigend lauschte, niemand vermisste ihn, wenn er mit dem Arzt Schach spielte.

In kurzer Zeit hatte er das Holländische erlernt, verstand die Gespräche der Matrosen, der Küchenmannschaft, des reichen Bengels und seiner Familie, die es wirklich gab und die wirklich eine Plantage am Suriname geerbt hatte und so vornehm dreinsah, als sei sie mit dem König persönlich verwandt. Inzwischen waren die Kartoffeln ausgegangen, die letzten waren so verschimmelt gewesen, dass der Koch sie über Bord gekippt hatte, aber es waren nicht mehr als zwei Eimer verloren gegangen. Danach gab es kein Gemüse mehr zu putzen und Hartmann wurde zusammen mit einem pickeligen Blondschopf, der ständig schwitzte und wie ein Ziegenbock roch, dessen Händen das Kartoffelschälen aber nichts hatte anhaben können, vom Küchengehilfen zum einfachen Schiffsjungen degradiert.

In Paramaribo ging der Plantagenerbe in einer Stadt voll hektischer Betriebsamkeit an Land. Noch immer waren Spuren des großen Brandes zu sehen, überall wurde

gebaut und vergrößert, investiert und spekuliert, pechschwarze Sklaven schleppten schwere Säcke von den Ochsenwagen auf die Schiffe und Männer in weißen Anzügen standen auf Spazierstöcke gelehnt daneben und zückten ab und an kleine Notizbücher. Noch immer trug Hartmann die nutzlos gewordene Börse der blauäugigen Hexe mit sich herum, obgleich der Neumond schon fünf Mal gekommen und gegangen war, ohne dass der Beutel den neuen Gulden, den Alsterfeld sogleich nach dem Abenteuer in der Schmiede aus einer verborgenen Kasse hineingetan hatte, verdoppelt hätte.
Auf einem Brettergerüst im Zentrum des Marktplatzes standen kraftstrotzende Kerle in Ketten, die aus jeder Pore das Versprechen ungeheuren Reichtums verströmten, deren Muskeln mit dem saftigen Grün der fruchtbaren Erde, den üppig wuchernden Stauden und Stängeln und Stämmen, den prächtigen Blüten und prallen Früchten zu einem in allen Farben schillernden Schlamm verschmolzen, aus dessen Schlieren unvorstellbare Mengen reinsten Goldes gewaschen wurden. Wenn man sich nur zehn oder zwanzig, ach was: drei oder vier dieser Berserker zulegen könnte, dazu ein noch so geringes Quantum an primitivstem Werkzeug, an Äxten und Schaufeln, an Sieben und Kisten! Bei der Rückkehr auf den Segler hatte das Fieber den Schuster gepackt und schüttelte ihn in immer heftigeren Schüben.
Vor der Nordküste der Republik Neugranada schlug das erst in Paramaribo an Bord genommene Wasser in den Tonnen unter Deck urplötzlich um und wurde zu einer fauligen Brühe, die der Kapitän schließlich ins Meer

schütten lassen musste, um die rumorenden Eingeweide der Matrosen wieder zu beruhigen. Unter der Mannschaft, die mit zwei Beibooten an Land geschickt wurde, um die Behälter wieder aufzufüllen, waren auch Hartmann und der Arzt; dieser entdeckte alsbald ein ins Meer mündendes Flüsschen, dessen Quelle, die aus einem nicht allzu steil abfallenden Hang hervortrat und schon aus der Ferne zu sehen, man sogleich ansteuerte. Während die übrigen Männer mit den Tonnen ein wenig zurückblieben, schritten Hartmann und sein Freund zügig voran und erreichten in kurzer Zeit einen Pfad, der zwischen hohen Bäumen zu der im Hintergrund einer kleinen Senke entspringenden Quelle zu führen versprach. Vögel und Affen schrien, Büsche und riesige Farne raschelten, alles war von einem glänzenden oder matten, hellen oder dunklen, gelblichen oder bläulichen Grün, selbst die riesigen Schlangen, die träge in den Zweigen hingen und interessiert in alle Richtungen züngelten.

Der Arzt erzählte von einem Soldaten, der auf einer Fahrt nach dem Vorgebirge der Guten Hoffnung beständig über Zahnschmerzen geklagt habe, ohne dass er eine Ursache dafür habe finden können oder es dem Patienten möglich gewesen sei, den Schmerz auch nur ungefähr zu lokalisieren. Schließlich habe er ihm auf gut Glück irgendeinen Zahn gezogen, der so gesund gewesen sei wie alle anderen. Am nächsten Tag jedoch habe der Matrose sich überschwänglich für die gelungene Operation bedankt und ihm in Kapstadt die Bekanntschaft eines weitläufig mit ihm verwandten schwedischen Naturforschers verschafft, der sich im Dachgeschoss seines Hauses eine Sternwarte habe einrichten lassen. In dieser Sternwarte habe er während des dreiwöchigen Aufenthaltes auf dem Vorgebirge die glücklichsten Stunden bei der gemeinsamen Betrachtung des südlichen Himmels verbracht und an dem Schweden einen Freund fürs Leben gefunden.

Als er sich eben in die Einzelheiten des Kuriositätenkabinetts vertiefen wollte, mit denen der Astronom und Botaniker, Historiker und Philosoph aus dem hohen Norden die gewölbten Räume seiner Behausung am Kap gefüllt hatte, in die Karten und Schriften, Gemälde und Statuetten, Fossilien und Muscheln, in die Herbarien, Schmetterlingskästen, einheimischen Waffen, ausgestopften Vögel und Affenschädel, die den ehemaligen Schustergesellen und Leibdiener des Grafen Alsterfeld unliebsam an die Geschichte seines Vaters erinnerten und damit auch an die schöne schwarzhaarige Dienerin, der er diese erzählt hatte, krachten plötzlich mehrere Schüsse. Hartmann verspürte kurz nacheinander einen brennenden Stich im Oberschenkel und an der Schulter, ohne sagen zu können, wo er zuerst getroffen worden war, sah den blutüberströmten Arzt taumelnd im Unterholz verschwinden, eine weitere der grünen züngelnden Schlangen sich fester um den herabhängenden Ast eines Urwaldriesen schlingen und zugleich drohend den Hals aufrichten und er sah Männer in zerlumpten blauen Uniformen auf sich zuspringen. Noch immer starrte er auf den zitternden Leib der zischelnden Schlange, als er einen dumpfen Schlag auf den Hinterkopf erhielt und augenblicklich das Bewusstsein verlor.

XI.

Es musste wohl Spanisch sein, was die Männer auf den Maultieren redeten, jedenfalls sprachen sie mit unglaublicher Geschwindigkeit, während sie noch immer denselben, offenbar endlosen Pfad entlangritten, einer hinter dem anderen, ihn, den Verwundeten auf einer Trage zwischen zwei Maultieren durch den Urwald schleppend. Zuweilen verstand er einzelne Wörter, denn das Französische beherrschte Hartmann inzwischen recht gut und zudem hatte Alsterfeld während der Reise nach dem Schloss seiner Geliebten mit mäßigem Eifer und geringer Ausdauer auch noch einige halbherzige Versuche unternommen, seinen Diener in die italienische Sprache einzuführen. Es ging um den Weg und die Beschaffung von Nahrungsmitteln, um die Maultiere und das Wetter, um Spielschulden und Branntwein und Prügeleien und Frauen, es wurde geflucht und gelacht.

Immer wieder fiel der Gefangene in kürzer werdende Zustände der Bewusstlosigkeit zurück, in denen sich die spanischen Reiter auf ihren Maultieren in Schwarzwälder Holzflößer verwandelten, in denen er abwechselnd mit Alsterfeld, dem Minendirektor und seiner letzten Tanzpartnerin von der Schwarzwälder Kirchweih Schach spielte und in denen der Schmied den Kapitän, den Koch und den Arzt mit einem einzigen Schlag seines gewaltigen Hammers niederstreckte, wobei sein Weib unter roten Haaren und blauen Augen ihre obszön großen Brüste entblößte, auf deren weiße Haut das Blut aus den Wunden der von dem Hammer Getroffenen spritzte.

Nach wie vor brüllten die Affen, auch die Vögel kreischten noch immer, und allmählich beruhigten das sanfte Schwanken der Trage, der Geruch der Maultiere und das Geplapper der sonnenverbrannten Männer mit den breiten Schnurrbärten Hartmann, bis er schließlich in einen tiefen Schlaf glitt, der sich von den vorangegangenen Ohnmachtsanfällen insbesondere dadurch unterschied, dass er vollkommen traumlos blieb und seinen geschundenen Leib so wieder ein wenig zu Kräften kommen ließ.

Als er erwachte, lag die Trage auf der Erde, die Maultiere grasten um ihn herum und einige Schritte weiter saßen fünf Männer um ein Feuer, dessen Rauch wunderliche, in den sternenklaren Himmel hinaufsteigende Formen annahm und auf dem ein Tier briet, das etwa die Größe eines Ferkels hatte. Der Gefangene bekam Wasser, etwas Maisbrei, später auch ein ziemlich zähes Stück Fleisch, das er kaum kauen konnte und schließlich in großen Bissen hinunterwürgte, dann schloss er die Augen und begann, seine durchaus missliche Lage zu überdenken.

Sonderlich weit war unser Held in seinen Überlegungen noch nicht gediehen, als die Trage wieder zwischen den beiden Maultieren befestigt und der Marsch durch die endlos scheinenden Wälder unter dem immer fröhlicher werdenden Treiben der Männer in den abgerissenen Uniformen fortgesetzt wurde. Augenscheinlich näherte

der Trupp sich einem Ort, dem man mit freudiger Erwartung entgegensah, denn ein zufriedenes Lächeln machte sich mit jeder Stunde breiter auf den Gesichtern der rotbraunen Gestalten, die einer undefinierbaren Mischung glichen, zu der in Hartmanns Vorstellung Indios und spanische Eroberer, afrikanische Sklaven und bronzefarbene Javanesen, sommersprossige Nordmänner und hakennasige Levantiner ihren Teil beigesteuert haben mussten.
Die Sonne ging bereits unter, als die See in Sicht kam und vor ihr ein malerisches Städtchen mit grellbunt bemalten Häusern und Hütten, einer zerfallenen Kirche, zwei Gutshöfen in einiger Entfernung zur Rechten und Linken, einem kleinen Hafen mit anderthalb Segelschiffen und doppelt so vielen Fischerkähnen, einer verlassenen Missionsstation mit niedrigen weißgetünchten Mauern, von denen der Putz bröckelte, dem Schulgebäude und den Arbeitshäusern, der noch immer über allem schwebenden Wolke von Faulheit und Fanatismus, von Abgestumpftheit und bohrender Verzweiflung, von fruchtlosen Tränen und wirkungslosen Prügelstrafen, von verständnislos dahergeleierten Gebeten und über die Arbeit gekrümmten Rücken, von großen Hoffnungen und schleichender Enttäuschung.
Direkt an die Mauern der Mission gelehnt aber leuchtete das Ziel aller Sehnsüchte, von der fröhlichen Reisegesellschaft euphorisch begrüßt und in uralten, ekstatisch deklamierten Versen, die Hartmann nur vage verständlich wurden, besungen, in leuchtendem Rot angestrichen und mit gelben Vorhängen in den Fenstern geschmückt,

aus denen die grell bemalten Gesichter alter Frauen über jugendlich schwellenden Brüsten in französischen Korsagen auf die Straße hinaus winkten. Die Kerle auf den Maultieren johlten und pfiffen, riefen nach Carmen und Ines, nach Jimena und Marina, hüpften im Sattel ungeduldig auf und ab und stürmten das Bordell, kaum dass die trotz der Aufregung weiter gemächlich vor sich hin trottenden Maultiere dieses erreicht hatten.

Auch die beiden Tiere, die Hartmann auf seiner Trage durch den Wald geschaukelt hatten, blieben stehen, niemand kümmerte sich um den Gefangenen in dem allgemeinen Durcheinander, das sich durch die breite Pforte des bunten Hauses wälzte und dort verschwand. Als unser Schustergeselle und kläglichster aller Helden jedoch versuchte, durch leise Rufe einen vorbeigehenden, ziemlich zerlumpten Jungen herbeizuwinken, damit dieser ihm die Fesseln löse, blieb der Knabe zuerst wie vom Donner gerührt stehen, blickte sich dann erschrocken nach allen Seiten um und rannte schließlich davon, so schnell er konnte, wie seinerzeit der Komplize des hinterlistigen Schmiedes, der ihm das verhängnisvolle Billett hinterbracht hatte.

Nach und nach kamen die Männer wieder aus dem rotgestrichenen Haus, breitbeinig und breit grinsend, manche schwenkten eine Flasche, und sobald zwei oder drei sich im Namen des Herrn versammelt hatten, begannen sie, wüste Lieder zu singen, deren Worte man, auch ohne ein Wort Spanisch zu verstehen, alleine deshalb schnell begreifen konnte, weil sie von eindeutigen Gesten begleitet wurden. Das ging noch ein paar Stunden bis Sonnenuntergang so weiter, nur unterbrochen vom Gang zweier Kerle hinüber zu einem der Gutshöfe, von dem sie mit einem Kalb zurückkehrten, das ein dritter mit einem routinierten Stich niederstreckte, wobei er mit größter Gewissenhaftigkeit darauf achtete, dass kein Tropfen von dem Blut verloren ging, das seine Gefährten in einem Bottich auffingen, in dem sich zuvor vermutlich die Damen aus dem roten Haus nach dem soeben überstandenen Einfall der Hunnen und Mongolen gesäubert hatten.

Natürlich ließen sich auch die Bewohnerinnen dieses ehrenwerten Etablissements das Kalb nicht entgehen, das folglich an diesem Abend vollständig verzehrt wurde, worauf die meisten der Maultierreiter sich mit ihrem Gefangenen in die verlassene Mission zurückzogen. Nur zwei oder drei folgten den Frauen mit den alten Gesichtern und den jungen Brüsten noch einmal durch das Tor der Verdammnis, Opfer der eigenen Großmäuligkeit, die sie nun ihr letztes Geld kostete.

In den folgenden Tagen ereignete sich beinahe nichts, die Männer schienen vorerst am Ziel ihrer Reise angelangt oder nicht in der Lage, sich von der beständig lockenden Nähe des roten Hauses wieder loszumachen. Dann trafen weitere Grüppchen ein, zu Fuß oder auf Maultieren, die jubelnd in die Arme von Carmen, Ines, Jimena und Marina flohen und dann die anderen Räume der Mission belegten.

Ungefähr zwei Wochen nach der Ankunft Hartmanns mit dem ersten Trupp erschienen an der Tür des Kellerlochs, in dem er gefangen gehalten wurde und das nur durch ein vergittertes Fenster einen Blick auf die Straße zwischen dem Wald und dem Städtchen gewährte, zwei Männer aus dieser lärmenden Rotte, die einen hochgewachsenen Mann im weiten Mantel hereinstießen, wobei diesem der breitkrempige Hut vom Kopfe flog und er selbst auf die Knie stürzte. Hartmann, der sich inzwischen von seinen Wunden erholt und beim Öffnen der Türe sogleich erhoben hatte, trat auf den Gestrauchelten zu und wollte seinem Gefährten im Unglück aufhelfen. Dieser jedoch hob abwehrend die Hand mit weit gespreizten, spindeldürren, aber ellenlangen Fingern und kam trotz des hinderlichen Mantels erstaunlich flink von selbst wieder auf die Beine.

Noch bevor Hartmann die Möglichkeit gehabt hatte, die Züge des Neuankömmlings genauer zu studieren, drückte dieser sich den breiten Hut, den er noch bei dem Sturze behände ergriffen und sich nun wieder auf das Haupt gesetzt hatte, tief ins Antlitz und kehrte seinem Zellengenossen den Rücken zu. Überrascht von diesem unfreundlichen Betragen wollte unser Schustergeselle den groben Kerl zur Rede stellen, besann sich aber nach kurzem Nachdenken eines Besseren, streckte sich wieder auf dem kümmerlichen Strohlager aus und döste weiter in einem Halbschlaf vor sich hin, der seit seiner Ankunft in der Mission kaum noch aus seinen immer müden Gliedern wich.

Im Verlauf der folgenden Tage trafen nacheinander vier weitere Gefangene ein, die gekleidet waren wie der hagere Unfreundliche. Sie schienen diesen zu kennen, jedenfalls kauerten sie sich sogleich nach ihrer Ankunft in die Hartmann entgegengesetzte Ecke, wo sie unter ihren breiten Hüten und hinter ihren weiten Mänteln miteinander flüsterten und tuschelten, dabei abweisend zu dem einsamen Schustergesellen hinübersahen und ihm durch dieses Verhalten tiefere Furcht einflößten als die fröhlichen Maultierreiter oder die mürrischen Aufseher, die einmal am Tag Wasser und Brot brachten.

Und diese Furcht war offensichtlich nicht unbegründet, denn eines Nachts erwachte Hartmann von einem leisen Geräusch, das vom Schleifen eines Gewandsaums über den staubigen Boden, dem Rollen eines durch Schritte in Bewegung versetzten Steinchens oder dem pfeifenden Atem eines Menschen herrühren mochte, der lange angehaltene Luft ausstößt. Schlaftrunken hob er den Kopf und fühlte sich sogleich von mehreren Händen ergriffen, bekam ein Tuch in den Mund gestopft, ein anderes um die Augen gebunden und eine weiche klebrige Masse in die Ohren gedrückt, während ihm zugleich Hände und Füße gebunden wurden. Er versuchte, trotz des Knebels zu schreien, trommelte mit den gefesselten Füßen auf den Boden und schlug schließlich sogar den Kopf gegen die Wand, doch niemand kam, um ihm beizustehen, bis ihn am anderen Morgen der Wachmann entdeckte, einen Fluch ausstieß, der schmerzhaft durch das Wachs in Hartmanns Ohren drang, und begann, den Gefangenen mit wütenden Fußtritten zu traktieren.

Dann näherten sich weitere laute Stimmen, Hartmann wurde in die Höhe gezerrt und auf einen hereingebrachten Stuhl gestoßen, man befreite ihm Augen, Mund und

Ohren, schließlich ward der aussichtslose Versuch eines Verhörs in spanischer Sprache unternommen und bald wieder aufgegeben, wobei der tobende Oberaufseher schließlich den Stuhl umstieß, sodass der Gefangene mit dem Kopf auf dem Boden aufschlug und das Bewusstsein verlor. Und während sich die Mission in einen Bienenkorb verwandelte, dessen Arbeiterinnen ausschwärmten, um die fünf Gestalten in den weiten Mänteln und breiten Hüten wieder einzufangen, bildete der ergiebige Blutfluss aus einer Platzwunde, die Hartmann sich bei dem Sturz zugezogen hatte, um sein gemartertes Haupt eine Pfütze, die sich langsam ausbreitete und dann in den Ritzen zwischen den großen Steinplatten versickerte, die den Boden des Kellergewölbes bedeckten.

XII.

Als Hartmann aus seiner Ohnmacht erwachte, stand die Sonne bereits so hoch am Himmel, dass ihre Strahlen auch in sein Verließ drangen. Die Sitzfläche des bei dem Aufprall zersplitterten Stuhles bohrte sich schmerzhaft in seine Seite, doch die Blutung an seinem mit weichen Binden umwickelten Kopf war gestillt worden und soeben befreiten fliegende Hände seine beinahe tauben Arme und Beine von ihren Banden. Es war einer der verschwundenen Mantelträger, der den Hut in den Gürtel gesteckt hatte und Hartmann nun bedeutete, ihm zu einem in der Mitte des Raumes befindlichen Loch zu folgen, das durch das Entfernen einer der größeren Bodenplatten entstanden war und den Blick

auf eine hölzerne Leiter freigab, die der Schustergeselle mit seinen steif gewordenen Gliedmaßen eher hinunterglitt denn hinabstieg. Dann wurde es stockfinster, Hartmanns Befreier packte ihn am Rock und führte den immer wieder Stolpernden auf diese Weise einen sanft abfallenden Gang entlang, an dessen Ende bald ein schwacher Schimmer erkennbar wurde.
Schließlich standen die beiden eng aneinandergepresst in einem gemauerten Brunnenschacht, an dessen Seite Tritte ausgespart waren, über die sie mühsam dem Tageslicht entgegen klommen. Sie befanden sich nun offenbar außerhalb der Mission, auf freiem Felde ohne Baum und Strauch. Nur einige Felsblöcke lagen hier und dahinter eine verfallene Hütte, die man jedoch unbehelligt erreichte. Der Mantelträger, dessen kräftige Gestalt über ausladenden Schultern in einem kaum minder breiten Schädel endete, den jetzt wieder der unvermeidliche Hut bedeckte, reichte Hartmann einen Schlauch mit Wasser und dieser bedankte sich in seiner Verwirrung mit den höflichsten holländischen Worten, die er von dem Arzt auf dem Segler gelernt hatte.
Sie hätten ihn gefesselt, weil der Padre ihn für einen Spion halte, antwortete der Breitschultrige in derselben Sprache, die ihm geläufiger zu sein schien als Hartmann, aber der Padre sehe ja nun leider Gottes überall Spione und tue in seiner Verblendung mittlerweile beinahe so viel Unrecht, wie er früher Gutes getan habe. Schließlich sei es doch die erste Christenpflicht, den Armen und Schwachen, Verfolgten und Gequälten beizustehen, zumal in dieser Zeit des Chaos und der Ver-

wirrung, die so viele Verblendete auf den Irrweg der Gewalt geführt habe.
Draußen schlug ein Hund an, in dessen Gebell rasch ein zweiter und dritter einfielen, worauf der Breitschultrige einige gotteslästerliche Flüche ausstieß, die jedoch nichts fruchteten, und nach kaum einer Viertelstunde wurden sie von einer finster dreinblickenden Menge, unter der Hartmann auch einige der fröhlichen Maultierreiter ausmachen konnte, die ihn hierher gebracht hatten, die Straße zur Mission hinab eskortiert. Diese jedoch ließ man links liegen und steuerte durch die wenigen ärmlichen Häuser der Stadt hindurch auf den Hafen zu, in dem ein Segler lag, der erst vor kurzer Zeit eingetroffen zu sein schien, denn noch waren die Matrosen damit beschäftigt, Kisten und Ballen, Krüge und Körbe auszuladen.
Mit ziemlich groben Stößen und Püffen wurden die beiden Gefangenen an Bord geschafft und in einen winzigen Laderaum gesperrt, bekamen erst am nächsten Morgen Wasser und am dritten Tag ein bescheidenes Stück Schiffszwieback, das sie brüderlich teilten und über dem Hartmanns Gefährte ein Tischgebet sprach, das mindestens siebenmal so lang war wie der Kanten Brot selbst. Überhaupt beteten die beiden von nun an täglich, übersetzten gemeinsam die in den Worten des Hieronymus gehaltene Heiligen Schrift, die im weiten Mantel des Breitschultrigen steckte, ins Holländische und Hartmann beichtete sein sündiges Leben, den Verrat an seinem Kompagnon in Kl…, die Flucht vor Therese, die vielen Gaunereien im Auftrag des Grafen, die

Fleischeslust mit der schwarzhaarigen Dienerin, den wüsten Abend vor der unfreiwilligen Heuer in Amsterdam, Neid und Missgunst gegen die Kameraden auf dem Schiff, jedes böse Wort gegen den unter so traurigen Umständen zu Tode gekommenen Schiffsarzt. Sein neuer Freund aber spendete Trost und ermutigte den Reuigen, hielt an zur Buße und gewährte Vergebung.
Nur von der blauäugigen Hexe erfuhr der Breitschultrige nichts, doch die Folgen des Handels mit derselben blieben dem aufmerksamen Beobachter, der es gewohnt war, seine Schutzbefohlenen mit allen Sinnen auszuforschen, nicht lange verborgen. Zunächst schien er verwirrt und unschlüssig, was von dem völligen Fehlen leiblicher Düfte und Ausdünstungen, von Geruch und Gestank bei seinem Gefährten zu halten sei, zog sich einen halben Tag zurück und hielt im Geiste Zwiesprache mit seinen verstorbenen Eltern, den Lehrern und Priestern seiner Kindertage, dem Padre und schließlich dem Herrn selbst, bevor er beschloss, Hartmanns körperliches Defizit als Zeichen der Erwählung zu deuten, als manifestes Signum einer göttlichen Sendung, die diesem von aller Welt Missachteten und Gequälten als Gnade zuteil geworden und nun dank der gnädigen göttlichen Vorsehung endlich von ihm, dem ersten und treuesten Jünger dieses neuen Propheten, erkannt worden sei.
Mit dem Geruch habe Hartmann das Irdische, Viehische, Sündige der menschlichen Existenz abgestreift, sei ein leuchtendes Fanal geworden auf dem Weg zur Vergeistigung, zur Erleuchtung, zum Übertritt in das Reich,

das nicht von dieser Welt sei. Das biedere Gesicht des schlichten Schustergesellen erstrahlte seitdem im Licht der Engel und Heiligen, seine inzwischen mehr hagere als schlanke Gestalt wurde auf einem Flammenwagen gen Himmel entrückt, sein reuevolles Jammern über die kleinen und großen Sünden zur Klage ob dem Leid der unerlösten Menschheit in aller Herren Länder.

Die Verehrung des spanischen Missionars für Hartmann kannte fortan keine Grenzen mehr. Hatte er zuvor noch versucht, seinen Gefährten zur allein seligmachenden katholischen Kirche zu bekehren, so unterwarf er sich nun im Gegenteil in allen Dingen dem Urteil seines selbstgewählten Seelenführers. Bald begann er seinerseits zu beichten und mit von immer stärkeren Zweifeln durchsetzter Bangigkeit gestand er die Taten und Untaten des Padre, den bislang in seinem Herzen gleichermaßen die Gloriole der Heiligkeit umstrahlt hatte, der nun aber den gestrengen Augen eines wahrhaft Erwählten ausgesetzt wurde.

Sein väterlicher Lehrmeister hatte den gesamten Amazonas befahren, kleine und große, verlassene und überfüllte Missionen besucht, die Missionare und die Missionierten betreut, angewiesen, getadelt, bestraft, hatte für Ordnung und Sicherheit gesorgt, war mit offenen Armen empfangen und unter Kopfschütteln und Tränen verabschiedet worden. Einmal hatte man eine Familie in die Mission gebracht, der offenbar der Vater auf der Jagd abhandengekommen war. Die Mutter und die beiden Kinder lebten bald still und zufrieden unter den Missionaren, arbeiteten fleißiger als die meisten Indios, sprachen folgsam die Gebete nach, die man sie lehrte, und Dankbarkeit blickte aus ihren großen dunklen Augen, wem auch immer sie gegenüberstanden.

Doch eines Tages beobachtete eine Dienerin, wie die Mutter den Knaben und das Mädchen an der Hand nahm, mit ihnen vor einem frisch geschlachteten Hahn auf die Knie fiel und in ihrer Sprache einen rhythmischen Singsang anstimmte, welch offensichtliche Teufelsanbetung die Magd sogleich anzeigte. Zutiefst bekümmert ließ der Leiter der Mission die Mutter zu sich rufen und suchte sich mit Hilfe eines Dolmetschers, der die Frau jedoch ebenfalls nur unvollständig verstehen konnte, Gewissheit zu verschaffen. Da das Verhör nicht zuletzt aufgrund der unüberwindlichen Verständigungsschwierigkeiten keine Klarheit brachte, beschloss er, die Sache auf sich beruhen zu lassen, die Mutter weiter zu beobachten und sie zum fleißigen Beten anzuhalten, auf dass die bislang so vorbildliche Familie und besonders die überaus anstelligen und unschuldigen Kinder nicht durch diese heidnischen Umtriebe in Sünde fallen sollten.

Hier aber schritt der Padre, der eben vor einigen Tagen in der Mission angekommen war, energisch ein, forderte mit blitzenden Augen, die Kinder von der Mutter, die ja ganz offensichtlich mit dem Leibhaftigen im Bunde stehe, zu trennen und die ersteren an einen anderen Ort zu schaffen. Er selbst nahm die beiden erst erstaunten, dann erschrocken weinenden Kinder mit, den Fluss hinauf zur nächsten Station, wo sie der Obhut des dortigen Leiters übergeben wurden. Während der Padre noch einige Tage in dieser Mission verweilte, um sich von den Strapazen der Reise zu erholen, mühten sich die Missionare, den Kindern ihre Furcht und Sorge zu nehmen, reichten ihnen im Überfluss zu essen und zu trinken, zeigten ihnen alle Gebäude, spielten mit ihnen, schenkten ihnen einen kleinen Hund, holten die Kinder anderer Bewohner der Station herbei und erreichten so schließlich, dass die beiden aufhörten zu weinen und nach der Mutter zu rufen.

Am dritten Tage jedoch tauchte ebendiese plötzlich in der Mission auf, war davongelaufen, durch den Urwald marschiert, ganz allein, ohne Nahrung, eine Leistung, die selbst dem Padre Respekt abnötigte, zumindest vor dem Satan, der ihr geholfen hatte, aber dem hatte er Zeit seines Lebens die gehörige Achtung bezeugt. Selbstverständlich wurde die Indianerin sogleich ergriffen, für ihre Flucht ausgepeitscht, was sie klaglos über sich ergehen ließ, als erwarte sie, danach zu ihren Kindern gelassen zu werden, und schließlich in Fesseln auf ein Schiff verfrachtet, das den Fluss bis zur Mündung hinabfuhr.

Nun nahm sich der Padre in höchsteigener Person des Knaben und des Mädchens an, das Spielen hörte auf, der Hund wurde ersäuft, und beide machten schnell Fortschritte in der spanischen Sprache, erhielten nach und nach Einblick in die wichtigsten Heilsgewissheiten, hörten auf, nach der Mutter zu fragen, lasen eifrig, was immer man ihnen vorlegte, der Junge konnte bald ganze Seiten aus der Heiligen Schrift auswendig dahersagen und die Stimme des Mädchens eignete sich im Verein mit den zitternden Stimmchen einiger alter Nonnen ganz vorzüglich zum Gesang während des Gottesdienstes. Zum ersten Mal in seinem Leben spürte der Padre etwas wie Liebe in seinem Herzen aufkeimen, nicht allein und ausschließlich zu Gottes Wort, wie man es ihn von Kindesbeinen an gelehrt hatte, sondern darüber hinaus auch zu diesen beiden kleinen Geschöpfen mit dem glänzenden schwarzen Haar und den großen dunklen Augen.

Dann aber kam der Tag, an dem die Mutter zum zweiten Mal in der Mission auftauchte. Des Nachts war sie vom Schiff in den Fluss gesprungen, an Armen und Beinen gebunden, zwischen die Schlangen und Krokodile, hatte sich befreit und unbemerkt das Ufer erreicht, sich auf den Weg gemacht, den Fluss hinauf, von Mission zu Mission, die sie scheu umschlich, bis sie in einer hellerleuchteten Kammer den Padre erblickte, der ihren gebannt lauschenden Kindern gerade eine Geschichte erzählte. Es war die Geschichte von Joseph und seinen Brüdern, die ihn verkauften, von der Lüge gegenüber dem trauernden Vater, von der Verschleppung nach Ägypten und der Knabe und das Mädchen starrten hinauf zum bärtigen Gesicht des Erzählers, durch ihn hindurch, sahen endlose Sandwüsten, Kamele und Pyramiden, denen sie niemals begegnet waren und die diese Stimme vor ihnen aus dem Nichts entstehen ließ.

Glücklich lächelte der Padre über die Hingabe und Bewunderung der beiden Kinder, die sich den biblischen Geschichten so unbefangen näherten, meist sogleich begriffen, wie die scheinbar zufälligen Begebenheiten das Leben des Christen zu lenken und zu leiten, zu beschützen und zu beschirmen vermochten, kluge Fragen stellten und die Geschichten ihren ehemaligen Spielkameraden und jetzigen Schülern weitererzählten. Nie hatte der Padre so wertvolle Verkünder des heiligen Wortes gefunden, so einfach und schlicht, ehrlich und aufrichtig, überzeugend und mächtig. Das heidnische Gewese, das unter dem allzu nachsichtigen Missionsleiter um sich gegriffen hatte, sank vor der Wahrheit dieser Kinderaugen zu Boden, verging und verdorrte wie die Blume in der Wüste neben der ehernen Tafel der Gesetze und Gebote. Niemals würde Gott sie verlassen, wie er auch Joseph nicht verlassen hatte, der in Ägypten schnell aufstieg, für seine neuen Herren erst wichtig und dann unentbehrlich wurde, der Heerscharen von Sklaven befehligte und dem Gott seiner Väter im Herzen treu blieb mitten unter den Götzenanbetern. Das glückliche Lächeln hatte sich vom Erzähler auf die Zuhörer übertragen und nahm nun seinen Weg wieder zurück, die altbekannten Worte klangen durch den Raum und der Padre erkannte, dass sich all die Entbehrungen gelohnt hatten für die Liebe dieser Kinder, die Gewissheit, ihre Seelen gerettet und sie zum Herrn geführt zu haben. Es waren ebenso unerwartete wie unerträgliche Schmerzen, die der schrille Schrei der Mutter in seinen Ohren verursachte, verletzt und zornig wie sie hob er den Kopf, aber auch die Kinder blickten zum Fenster, vergaßen Joseph und seine ägyptischen Sklaven, die Erzählungen der Heiligen Schrift, den Padre, sprangen auf und liefen nach draußen, zur Mutter, die sie mit offenen

Armen empfing und an die Brust drückte, dass ihnen beinahe der Atem verging. Bebend vor Wut schritt der Padre auf die drei zu, entriss der Frau die Kinder, sperrte diese ins Haus und schleuderte die kreischende und keifende Indianerin gegen einen mannshohen Stein am Ufer, an dem sie zusammensank.

Dann ergriff er den Stab, an dem die unglückliche Mutter auf der Suche nach ihren Kindern durch die Wälder gestreift war, und schlug auf den reglosen Körper ein, der sich vor Schmerzen zusammenkrümmte, bis der Stab an dem Felsen in tausend Splitter zerbarst. Zitternd vor Furcht reichte der herbeieilende Missionsleiter dem Padre selbst die Peitsche, nach der dieser schreiend und tobend verlangte, und weitere Hiebe sausten auf die Indianerin herab, die den Kopf mit den Armen schützend zusammengekauert neben dem Stein hockte, bis zwei Helfer sie auf Befehl des Padre auf dem Stein ausstreckten, wo der Rasende auf das blutende Stück Fleisch eindrosch, bis kein Zucken mehr den erschlaffenden Leib schüttelte und die Wut des enttäuschten Missionars verraucht war.

Der Breitschultrige wand sich unter den ausdruckslosen Blicken Hartmanns. Die beiden Kinder seien noch heute fromme Christen, das Mädchen leite ein Nonnenkloster in ihrer Heimat, der Knabe sei gar nach Spanien zum Studieren gegangen, werde in jedem Fall Priester, vielleicht sogar Bischof und Kardinal. Beide hätten in ihren jungen Jahren bereits unglaubliche Menschenmassen zum wahren Glauben bekehrt, mehr Seelen gerettet, als er selbst jemals zum Herrn werde rufen können. Die

Ausdruckslosigkeit in Hartmanns Augen, die der Breitschultrige für Missbilligung hielt, wich um keinen Fingerbreit.
Möglicherweise habe der Padre sich zwar der Indianerin gegenüber in unverantwortlicher Weise von seiner Wut fortreißen lassen. Natürlich sei es eine schwere Sünde, einen Menschen zu töten, selbst wenn dieser vom Teufel besessen sei und andere zu sich ins Verderben zu reißen drohe. Es seien sicherlich andere Möglichkeiten denkbar gewesen, die Kinder zu retten, und im Übrigen ja auch tatsächlich vorgeschlagen worden, allerdings zu spät, als man die Unglückliche nicht mehr von den Toten habe auferwecken können. Hartmann schwieg weiter und schließlich verstummte sein Jünger vor der Undurchdringlichkeit, mit der dieser Prophet des reinen Gedankens sein vergeistigtes Inneres gegen die allzu irdische und seiner letztlich nicht würdige Umwelt abschirmte.
Inzwischen näherte sich das Schiff, auf dem unser Schustergeselle und sein Gefährte noch immer gefangen lagen, einer mit grünen Hügeln übersäten Insel, von der die beiden im Rumpf Eingesperrten als einzige nichts bemerkten. Auf dem Eiland drängte sich der von den Städten der neuen Republik ausgespiene Abschaum, verurteilte Verbrecher und politische Aufrührer, Freudenmädchen und Bettler, ehemals reiche Gutsbesitzer und einfache Taschendiebe, mühsam im Zaum gehalten von einer Handvoll Soldaten und dem unglücklichen Gouverneur, der hier stationiert war.

Den Gefangenen wurden die Fesseln abgenommen, die abgelösten Soldaten stürmten das Schiff, während die Ablösung selbst zögernd die Fracht an Land setzte und dann mit dieser in Richtung des Forts marschierte, in dem der Gouverneur residierte. Dann legte der Segler eilends ab und nahm wieder Kurs auf das Festland. Gleichgültig nach rechts und links blickend, wandelte Hartmann in tiefes Schweigen versunken durch Armut und Elend, während der Breitschultrige ihm wie ein Schatten folgte, bereit, sich mit seiner bärbeißigen Kraft jedem entgegenzuwerfen, der es wagen würde, Hand an seinen Propheten zu legen, während dieser die Stätte seines künftigen Triumphes abschritt.
Tatsächlich hatten die langen Stunden im Bauch des Schiffes Hartmanns Denken angegriffen, in das nach und nach mehr von den Träumereien und Visionen seines Begleiters eingedrungen war, als ihm lieb sein konnte. Noch hielt er sich nicht für einen direkten Gesandten des Allerhöchsten, doch hatte nicht jeder gute Christ die Aufgabe, seinen blinden Mitmenschen den Weg ins Himmelreich zu weisen? Das Alte Testament war voller einfacher Menschen, die der Herr der Heerscharen zu dieser Aufgabe berufen hatte, und wer sich dagegen wehrte, hatte das Schicksal des ungehorsamen Jona zu gewärtigen, den der Fisch verschluckt hatte wie ihn das Schiff, auf das ihn die Maultierreiter gebracht hatten.
Zwar hatte der gute Jona dort unten seine Ruhe gehabt anstelle eines unerträglichen Begleiters, doch am Ende hatte auch er in den Sündenpfuhl hinabsteigen müssen.

Und abgrundtief verdorben wie Ninive, das nur die unbegreifliche Gnade Gottes hatte retten können, war auch diese Insel, deren Bewohner sich von riesigen Schildkröten anstelle von Hühnern, Schweinen oder Rindern zu ernähren schienen, deren aus allen Ritzen dringende Geilheit auf offener Straße ihre hässliche Fratze zeigte und keinen Unterschied zwischen läufigen Hündinnen und den hierher verbrachten Huren aus den Bordellen von Quito und Guayaquil erkennen ließ, deren wenige Häuser zerfielen, deren Wege im Nichts endeten und deren schmutziges Wasser sich in riesigen Löchern sammelte.

XIII.

Es fand sich eine verlassene Hütte, vor der Hartmann sich niederließ, während sein Leibwächter im Schatten eines nahegelegenen Baumes Posten bezog. Beider Haltung strahlte eine ruhige Würde aus, die aufdringliches Gesindel vorerst von dem in Besitz genommenen Bretterverschlag und dem darin befindlichen, verrottenden und stinkenden Unrat fernhielt. Tagelang schaffte der Breitschultrige mit einem halb zerfledderten Weidenkorb und den bloßen Händen faulige Obstschalen und verschimmelte Lumpen, tote Ratten und ausgeschabte Schildkrötenpanzer, menschliche und tierische Exkremente, Holzsplitter und Steinbrocken aus dem Inneren der Hütte, wobei Hartmann ihm neben der Schwelle auf einem wackeligen Schemel sitzend zusah und seine Gedanken ordnete.

Gerade in verzweifelten Lagen ist es bekanntlich ein Leichtes, sich mit der Rolle des Säulenheiligen zu befreunden, zumal wenn man dabei wie Hartmann auf einen willigen Verehrer zurückgreifen kann, der die bitterste Not und die profanen Sorgen des Alltags zuverlässig von der eigenen erlauchten Person fernhält. Unser Schustergeselle also verlor sich vorerst in Tagträumen, die ihn Wunder tun ließen. Er speiste die Armen, heilte die Blinden und Lahmen, ließ betrauerte Kinder, Gatten, Eltern von den Toten auferstehen. Nichts schien ihm unmöglich, da die Kraft Gottes mit ihm war und in seinem geduldig schuftenden und fröhlich Schweiß und Blut vergießenden ehemaligen Mitgefangenen sichtbare Gestalt angenommen hatte.
Da näherte sich eines der Weiber, an der Hand einen vielleicht zehnjährigen Bengel mit verfilzten Haaren und vor Schmutz starrenden Beinkleidern, der ganz schief und krumm ging, den linken Arm schlaff herabhängen ließ und das Gesicht vor Schmerzen verzog. Hartmann verstand kein Wort von dem, was die Frau ihm tränenüberströmt und leise jammernd zu sagen suchte, doch dass der Junge sich die Schulter ausgekugelt hatte, erkannte er sogleich, wusste auch, wie ein solches Übel zu kurieren sei und schritt unbekümmert und fröhlich ans Werk wie die Fleischer seiner Heimat, die nebenbei ein wenig salbaderten.
Als die Schulter wieder zurück ins Gelenk sprang, stieß der Knabe einen Schrei aus, vor Schmerz und vor Überraschung, dann blickte er fragend zu Hartmann auf, der ihm aus seinem Hemd eine Schulterschlinge knotete

und anlegte. Seine Mutter weinte noch immer, dann lief sie mit dem Sohn zu ihren Freundinnen, Freiern und Zuhältern, zu den Bettlern, den Intellektuellen, den politischen Hitzköpfen, den Dichtern, den ehemaligen Gutsbesitzern und zu denen, die jetzt über diese Kaste der Ausgestoßenen herrschten.

Die letzteren schickten gleich zwei Kerle mit breiten Messern und Knüppeln zur Hütte, um den offenbar recht nützlichen Fremden holen zu lassen, doch der Breitschultrige erkannte die Bedrohung für seinen Meister unmittelbar, zerschmetterte dem einen mit einem Felsbrocken, den er vom Dach des Verschlags herabschleuderte, den Schädel, stürzte sich dann auf den anderen, entriss diesem das Messer und schlug mit der Faust auf das Gesicht des wehrlos am Boden Liegenden ein, bis Hartmann, der das Geschehen zunächst teilnahmslos verfolgt hatte, ihm durch ein Zeichen Einhalt gebot.

Inzwischen hatte sich vor der Hütte eine ansehnliche Menge von Männern versammelt, in der der Geprügelte blutend und hinkend untertauchte. Alle starrten stumm auf die beiden Neuankömmlinge, bis aus ihrer Mitte schließlich der Herr der Insel hervortrat und sich vor Hartmann aufbaute, neben dem der Breitschultrige mit dem Messer und dem Knüppel in der Hand seine gewohnte Position bezogen hatte.

Der Herr der Insel war von den neuen Machthabern in Quito schon vor etlichen Jahren als einer der ersten hierher verbannt worden. Zuvor war er ein wichtiger Minister gewesen, hatte die Geheimpolizei befehligt und den Straßenbau beaufsichtigt, in den Bergen unvorstellbare Mengen an Gold gefunden und Gedichte geschrieben, die man einige Jahre lang für die literarische Revolution hielt, die nun der politischen gefolgt sei. Eines Tages war seine Frau die Geliebte eines Rivalen geworden, hatte ihn ausgehorcht und verraten, geradezu unglaublich gutgläubig war er in diesen Jahren gewesen und auf der Insel aus seinen Träumen erwacht wie das Lamm auf der Schlachtbank.

Den ersten Versuch, ihn zu töten, hatte er kurz nach seiner Ankunft nur überlebt, weil der Angreifer gestrauchelt und eher in sein Messer gestürzt war, als von ihm erlegt zu werden, bald aber hatte er den Kampf gegen die ohne Zahl nachdrängenden gedungenen Meuchelmörder aufgenommen, war nach einigen Wochen siegreich aufgetaucht aus dem Meer aus Blut und Schweiß und Tränen und hatte begonnen, die wahllos über die Insel verstreuten Verbannten, die sich gegenseitig belauerten und bestahlen, in kleinen Gruppen Raubzüge und Plünderungen unternahmen, ihre Opfer vergewaltigten, folterten und auf dem Mist verscharrten, mit winzigen Flößen Fluchtversuche unternahmen und auf dem Meer verdursteten, unter das Joch der von ihm geschaffenen Ordnung zu zwingen.

Es waren die Schwachen gewesen, die sich ihm zuerst angeschlossen hatten, die Alten und Kranken, die Frauen und Kinder, die einander warnten und Zuflucht gewährten und beistanden, Nahrung, Kleidung und Wohnung miteinander teilten, gemeinsam um Hilfe schrien und sich zu zeternden, keifenden, heulenden Haufen

zusammenrotteten, bis die vielen kleinen Despoten der Insel, die sich bislang allein auf ihre überlegene Körperkraft verlassen hatten, sich schließlich in ihre einsamen Höhlen zurückzogen, wo sie von der stillen, finsteren, unheimlichen Einsamkeit aufgefressen wurden.
Die Schwachen aber lebten, fanden sich für Tage, Wochen, Monate zu Mann und Weib zusammen, waren fruchtbar und mehrten sich, machten sich die Erde, das Meer und den Himmel untertan, fingen die riesigen Schildkröten in Gehegen und Ställen, fütterten sie mit Abfällen und aßen das zähe, aber nahrhafte Fleisch, hörten auf, Flöße zu bauen, und hielten sich vom Gouverneur und seinen Soldaten fern. War ein Rat einzuholen oder ein Streit zu schlichten, eine allgemeine Gefahr im Verzug oder eine gemeinschaftliche Anstrengung nötig, wandte man sich an den Herrn der Insel, der auf jede Frage eine Antwort wusste, für jeden sorgte und die ihm von allen Seiten in jeglicher Form entgegenschlagende Dankbarkeit gerne entgegennahm.
Nun schritt er auf diesen neuen Propheten zu, ein rund und rot, weich und schwammig gewordener, im Wohlbehagen nach der langen Entbehrung aufgedunsener Körper, dessen vor Zorn und Furcht heftig pulsierende Adern unter einer dicken Fettschicht verborgen lagen. Auf Hartmanns schmalen Lippen lag ein freundlicher Zug, der kein Lächeln war, und mit stechendem Blick drang er durch das massige Fleisch hindurch in das Innere des Herrn der Insel ein, erforschte diesen wie einen Berg, in den er Stollen um Stollen, Gang um Gang, Höhle um Höhle trieb.

Wenige Schritte bevor er Hartmann erreichte, durchzuckte ein unsichtbarer Blitz den ehemaligen Minister, er stürzte zu Boden, konnte den rechten Arm und das rechte Bein nicht mehr bewegen. Speichel troff ihm aus dem rechten Mundwinkel, als seine eilig herbeispringenden Gehilfen ihn wieder auf die Füße gestellt hatten und keuchend und schwitzend stützten. Hartmann hob die Hände zum Himmel, von wo der Schlag gekommen war, der seinen Vorgänger gerührt hatte, ließ diesen auf eine Bahre betten und von vier kräftigen Männern in seine Hütte bringen.

Es änderte sich nicht viel auf der Insel seit diesem Tag. Am Sonntag stieg der Breitschultrige auf eine kleine Anhöhe, nahm seinen Hut ab und erzählte Geschichten vom Mann aus Nazareth und vom eifernden Gott der Israeliten, rief auf zu Umkehr und Buße, verurteilte die fleischliche Liebe und mahnte zum Gebet. Hartmann saß derweil neben ihm auf dem grünen Hügel, betrachtete verwundert die immer größer werdende Menschenmenge und lauschte dem spanischen Wortschwall seines Freundes, dem er immer besser zu folgen vermochte, je häufiger sich die Phrasen und Formeln wiederholten. Nach der Messe erhob er sich, schüttelte wahllos ein paar Hände aus der Menge, strich den Kindern, die sich um ihn drängten, über das Haar, winkte allen freundlich zu und verschwand in seiner Hütte.

Noch immer kostete es ihn Mühe, den Wandel, der mit dem Wirken seines geheimnisvollen Anhängers in seinem Leben vorgegangen war, zu begreifen. Doch täglich feierte der Heiland neue Triumphe, verwandelte der

Glaube diesen Auswurf der Menschheit, diese ahnungslosen Heiden und verstockten Sünder, ein wenig mehr in eine gottesfürchtige Gemeinde, deren Mitglieder nicht nur den Nächsten liebten wie sich selbst, sondern auch den Herrn fürchteten und nach seinen Geboten lebten, Vater und Mutter ehrten, die sie oft erst nach und nach erkannten, Hab und Gut ihrer Mitmenschen achteten und schützten, Ehen schlossen und sich redlich mühten, dieselben nicht zu brechen.
Unermüdlich verkündete der ehemalige Missionar die Botschaft des Evangeliums, pries den schweigenden Propheten neben ihm als leuchtendes Beispiel auch für ihn selbst, als Wegweiser der Gemeinde aus dem irdischen Jammertal in die Gefilde der Seligen, zu den grünen Auen und reinen Quellen des ewigen Himmelreichs. Nie hatte unser armer Schustergeselle, ohne ein Wort zu sprechen, so viel Gutes getan, nie solche Macht über die Herzen der Menschen besessen, und ein Grauen befiel ihn vor dem geheimnisvollen Wirken des Breitschultrigen, vor dessen bedingungsloser und ehrlicher Hingabe, vor dem alles, auch ihn selbst, hinwegspülenden Sog, der von dessen unerschöpflicher Eloquenz ausging.
Ziellos strich er derweil durch das Paradies, in das sein treuer Jünger die Insel verwandelt hatte, und schalt sich vergeblich einen Heuchler, Scheinheiligen, Betrüger. Schließlich kostete es ihn immer größere Mühe, auch nur sich selbst von der Berechtigung dieser Vorwürfe zu überzeugen. Worin bestand denn eigentlich der Betrug? Was den Menschen in der sonntäglichen Predigt verkündet wurde, war nicht falsch, denn jeder Christ war

von Gott gesandt, seine Mitmenschen zu warnen und zu mahnen, die Botschaft des Evangeliums zu verkünden und zu befördern, und jeder einzelne Gläubige war seit dem Pfingstwunder ein Prophet, so stand es doch in der Bibel!
Doch gehörte er überhaupt noch zu den Gläubigen? Er hatte schwer gesündigt, aber auch tief bereut, ihm war die Buße auferlegt und die Absolution erteilt worden, obgleich er nach wie vor der festen Überzeugung war, nicht durch die Vergebung des Priesters, sondern allein durch den Glauben gerettet werden zu können. Hier lauerte wohl der gewichtigste all jener Gründe für seine Verwirrung und sein grüblerischer Geist stürzte sich in fiebrigem Wahn auf dieses Problem, das seine Heimat vor zwei Jahrhunderten in einen schrecklichen Krieg gestürzt und beinahe entvölkert hatte.
Während er noch mit sich rang und focht, dabei einsame Wege durch kleine Wälder und über sanfte Hügel erkundete, kam ihm ein Soldat des Gouverneurs entgegen, der ihm nicht wie die Deportierten, denen er begegnet war, respektvoll auswich, sondern gerade auf ihn zuhielt, sich vor ihm aufbaute und ihm sein Ränzlein, das ihm von den fröhlichen Maultierreitern abgenommen worden war, sowie einen Umschlag überreichte, dann mit zusammengeschlagenen Hacken salutierte und wortlos in Richtung der Festung verschwand. Hartmann öffnete den Umschlag und entnahm ihm einen Gulden, den der beiliegende Brief des Gouverneurs als Geschenk auswies, das ihm überreicht werde angesichts seiner Verdienste um die Ruhe und Sicherheit innerhalb

der Strafkolonie. Er habe Mord und Totschlag, Vergewaltigung und Prostitution, Diebstahl und Aufruhr von dieser Insel verbannt und solle den Gulden gut bewahren, denn dereinst werde er gewiss wieder in den Genuss kommen, unter zivilisierten Menschen von dieser Gabe Gebrauch machen zu können. Hartmann starrte auf das Geldstück, als handle es sich um die zehn Silberlinge des Judas, und sein erster Impuls riet ihm, die Münze ins Meer zu schleudern.
Doch in diesem Augenblick schrie auf einer Weide, die er hinter einer Baumgruppe wusste, aber noch nicht einsehen konnte, ein Esel und Hartmann raffte sich auf, schob den Gulden in die leere Börse der blauäugigen Hexe und diese neben den wohlgefüllten Bocksbeutel und den schweren Brotlaib in den Ranzen, folgte dem Geschrei, kletterte über das Gatter und schritt mit weichen Knien auf die Herde struppiger Langohren zu. Mit zitternden Händen riss er ein großes Stück von dem Hutzelbrot, widerstand der Versuchung, es in den eigenen Mund zu stecken, knetete den Gulden des Gouverneurs hinein, übergoss das Ganze mit dem halben Inhalt des Bocksbeutels und hielt die Pille dem ersten besten Esel entgegen, der auf ihn zutrottete.
Das Vieh verschlang den triefenden Brocken, schnaubte zufrieden und blieb einfach vor Hartmann stehen, offenbar in der sicheren Erwartung, noch weiter aus dieser scheinbar so ergiebigen Quelle schöpfen zu können. Kein Schrei aber entrang sich der Kehle des Langohrs, starr und stumm stand es vor dem immer ungeduldiger werdenden Propheten und schien mit seinem Blick jedes

menschliche Urteil über den schwachen Verstand seiner Art bestätigen zu wollen. Erst als Hartmann seinen Wanderstab nahm und dem Tier einige kräftige Schläge versetzte, stieß es einen halb erstickten Laut aus, wandte sich um und trottete ohne Eile davon, während unser Schustergeselle sich zu Boden setzte, den Ranzen zwischen die angezogenen Beine stellte, die Arme um dieselben schlang, den Kopf zwischen den Knien barg und in dieser Haltung hemmungslos zu weinen begann.
Die Sonne war bereits zur Hälfte untergegangen, als er wieder aufsah und bemerkte, dass ein Mädchen von fünfzehn Jahren vor ihm stand, das ihm verschämt einen blutüberströmten Arm entgegenhielt, über den sich eine klaffende Schnittwunde zog. Seufzend wischte Hartmann sich die Tränen aus den Augen, reinigte im verdämmernden Tageslicht die Wunde, suchte Nadel und Faden, begann vorsichtig, den Schnitt zu nähen, legte einen Verband an. Er kannte das Mädchen, bei seiner Ankunft war sie eine der zahlreichen Huren gewesen, die die Kolonie bevölkert hatten, nun aber gehörte sie zu den frömmsten Mitgliedern in der Gemeinde des Breitschultrigen und lebte bei ein paar alten Weibern, die eifersüchtig über die Keuschheit ihrer jungen Schutzbefohlenen wachten.
Dankbar sah sie zu Hartmann auf, verneigte sich tief vor dem heilkundigen Mann, als wolle sie sich verabschieden, wandte sich auch tatsächlich zum Gehen, trat dann aber von hinten erneut an ihn heran, presste ihre kleinen Brüste gegen seinen Rücken, schlang die Arme um sei-

ne Taille und griff mit beiden Händen zwischen seine Beine.

XIV.

Eines Tages landete ein weiteres Schiff auf der Insel, das aber keine Gefangenen brachte, auch keine Ablösung für die Besatzung des Forts, sondern einen jungen Mann mit schütterem Haupthaar und rotblondem Backenbart, der sich zusammen mit dem Kapitän in der Festung einmietete, Pflanzen und Tiere sammelte, zerschnitt, zwischen Buchseiten presste oder in Alkohol einlegte, sich von den Soldaten insbesondere die Schildkröten zeigen ließ und unablässig Notizen machte. Dies und sein grüblerisches Wesen gemahnten Hartmann, der den Backenbärtigen interessiert beobachtete, sogleich an das Verhalten des Grafen Alsterfeld kurz vor dessen Tod, denn auch von seinem ehemaligen Herrn und Meister war mit einem Male die klare und kalte Luft des unbarmherzigen Erforschens und Durchdringens ausgegangen, ein neues Wissen, das nichts zu tun hatte mit den biblischen Geschichten des Breitschultrigen oder den Duftstoffen der blauäugigen Hexe, dem Schießpulver des Doktor Faustus oder seinen eigenen Kuren an ausgerenkten Fingern oder Schultern.

Sein treuer Jünger begleitete die Neuankömmlinge zu den Schildkrötengehegen, gab Auskunft über die Abstammung der teilweise durch die Soldaten von anderen Inseln herübergebrachten Tiere, sah zu, wie der Backenbärtige unglaublich genaue, aber zugleich viele Dinge aussparende und dadurch seltsam abstrakte

Zeichnungen von den Panzern anfertigte, unterhielt sich derweil mit dem Kapitän und bekam am Ende des Tages ein kleines Päckchen Tabak geschenkt. Es war an einem dieser Abende, als Hartmann zum ersten Mal seit langer Zeit wieder das Wort an den selbstlosen Verkünder seines Wortes richtete und ihn dazu aufforderte, zu berichten, was der Kerl da treibe, wozu er die Schildkröten zeichne und wieso er wissen wolle, woher die Tiere stammten.

Der Breitschultrige zuckte die Achseln und antwortete, er wisse es nicht. Der Fremde rede nicht viel und sei misstrauisch, niemand dürfe sein Notizbuch auch nur berühren. Morgen werde er zwar wieder hierherkommen, um weitere Panzer zu sehen und zu zeichnen, doch ob es klug sei, ihn nach dem Sinn und Zweck seiner mühevollen Tätigkeit zu fragen, das müsse er doch füglich bezweifeln. Im Übrigen interessiere der Mann sich daneben auch für die Schnäbel von Finken, die Krallen der Echsen, die Ohren von Fledermäusen und ähnliche Dinge, das Vermessen und Katalogisieren sei eben der Beruf oder vielmehr die Berufung des Backenbärtigen – so wie die ihre die Verkündigung des heiligen Wortes sei. Hartmann wandte sich ab und verließ die Hütte, um einen Gang durch die Kolonie zu tun. Morgen erwarte er genauere Auskünfte. Der Breitschultrige seufzte.

Was er seinem Meister am folgenden Tag zu berichten suchte, stürzte beide in nicht geringe Verwirrung, den Adepten bereits zum zweiten Mal an diesem Tage. Der Fremde suche nach systematischen Veränderungen der Panzer und Schnäbel über die Jahre, aufgrund derer

bestimmte Exemplare einer Gattung besser nach Nahrung suchen, fressen, sich fortpflanzen könnten als ihre Artgenossen. Das schien an sich ein naheliegender Gedanke, seit Menschengedenken ließ man die kräftigsten Hengste die ausdauerndsten Stuten besteigen, um noch schnellere Fohlen zu bekommen, die nun erstmals wissenschaftlich beschriebene natürliche Zuchtwahl war nur das Urbild dieser steinalten Einsichten.
Beunruhigender war aber das Ausmaß der Veränderungen, die der Backenbärtige bereits wahrgenommen haben wollte. Ein Pferd blieb ein Pferd blieb ein Pferd, schnell oder langsam, weiß oder schwarz, groß oder klein. Natürlich konnte man es mit einem Esel kreuzen, und heraus kam ein Maultier oder ein Maulesel, der kein Pferd mehr war, aber auch kein Esel, das jedoch konnte nur gelingen, indem man bereits Vorhandenes miteinander vermischte, Gottes Schöpfung als Farbtopf begriff und aus blauer und gelber eben grüne Farbe anrührte. Darum aber gehe es gerade nicht, die Arten veränderten sich nicht durch Kombination, sondern durch die Anpassung an die Welt, in der sie lebten, hätten vor Tausenden von Jahren ganz anders ausgesehen und in weiteren Tausenden von Jahren würden sie ihr Antlitz von Neuem verwandelt haben.
Versetze man eine Gämse in die Steppe, so werde sie das Klettern verlernen und anfangen schneller zu laufen, bekomme schlankere Glieder und längere Beine, werde zur Gazelle oder zum Springbock, während ihre Schwester, die in den Bergen verblieben sei, noch kürzere und stämmigere Gliedmaßen entwickeln, immer

geschickter die steilen Wände zu erklimmen lernen werde, bis keinerlei Ähnlichkeit zwischen den beiden Tiere mehr zu erkennen sei. Keine Art sei dazu verdammt, zu bleiben, wie der Herr sie geschaffen habe, keine sei unteilbar. Wenn der Kerl mit dem Backenbart und den dünnen Strähnen über der weit vorspringenden Stirn Recht behielt, war das Ende der Welt, wie Generationen und Jahrhunderte sie gekannt hatten, in greifbare Nähe gerückt, nicht wegen der Maultiere, sondern wegen der Gämsen und Gazellen.

Hartmanns Gedanken schweiften ab in Richtung der Insel, von der er vor vielen Jahren in seinem Roman gelesen hatte. Stets hatte er sich gefragt, ob die Affenweiber der spanischen Matrosen Kinder hätten austragen können, Monster, halb Mensch und halb Affe, aber all das spielte ja keine Rolle mehr. Alles veränderte sich. So langsam, dass es noch niemand bemerkt hatte außer dem Backenbärtigen, doch bald würde es die ganze Welt wissen. Während Hartmann keinen Augenblick an der Wahrheit dessen zweifelte, was er den wirren und unzusammenhängenden Worten des Breitschultrigen hatte entnehmen können, begann dieser sogleich Argumente gegen das Offensichtliche zu sammeln, um zu retten, was immer von der alten Welt noch zu retten sein mochte.

Auf einen Blick erkannte er die Achillesferse der ganzen Theorie, die Auflösung der Grenze vom Menschen zum Tier, die Ausgangspunkt allen Denkens war, die verhinderte, dass man den Regenwurm zum Ebenbild Gottes erklären konnte, um derentwillen Aristoteles drei

Abstufungen der Seelenkräfte vorgenommen hatte. Nichts als lächerlich war die Vorstellung, durch Zucht habe die unsterbliche Seele entstehen können, die den Menschen befähigte, Gott zu erkennen und sich dem wahren Glauben zu öffnen, für diesen Glauben zu kämpfen und zu sterben. Und vollends absurd war es, den Menschen mit seinem Geist und seiner Moral, seiner Kultur und Kunst als ein Kindeskind des Affen zu bezeichnen, dieses von Gier und Geilheit getriebenen Viehs, das anstelle der Sprache misstönende Laute ausstieß, sich gegenseitig die Läuse aus dem Fell fraß und auf Bäumen lebte.

Von nun an begleitete der Breitschultrige den Backenbärtigen auf Schritt und Tritt, beim Zeichnen der Panzer und Fallenstellen für die Finken, beim Pflanzensammeln und Notieren, ununterbrochen redete er auf ihn ein, reihte atemlos Argument an Argument, türmte keuchend Beweis auf Beweis, zitierte schwitzend ganze Bibliotheken an gelehrten Autoritäten herbei. Der Fremde ließ sich jedoch durch diese übermenschlichen Anstrengungen nicht sonderlich stören, suchte, vermaß, schrieb oder zeichnete ohne Unterbrechung oder Anzeichen von Ärger weiter, um dann und wann ein Wort einzuwerfen, das mit einem Mal alle Luftschlösser des Predigers zum Einsturz brachte. Wieder und wieder schaufelte dieser jedoch die Trümmer beiseite, trieb den müden Geist von neuem in die Höhe, ging zum nächsten Angriff über, der ebenso mühelos zurückgeschlagen wurde und die heilige Pflicht weiter verlängerte, der er sich nicht zu entziehen wagte, solange die Hoffnung in ihm fortlebte, den

Krieg trotz so vieler verlorener Schlachten doch noch gewinnen zu können.
Schließlich ging er dazu über, seinen Propheten als Kronzeugen ins Feld zu führen, der sich von der Körperlichkeit, auf der allein die These von der Veränderung der Arten ja beruhe, bereits teilweise befreit habe und erst dadurch den Grad von geistiger und geistlicher Vollkommenheit erreicht habe, der ihm nicht nur Macht über diese Menschen, sondern auch Einsicht in die Geheimnisse dieser und der jenseitigen Welt verliehen habe. Dass die Indios oder die afrikanischen Neger vom Affen abstammten, scheine vielleicht auf den ersten Blick naheliegend, aber ein Erleuchteter wie dieser Mann dort oben auf der Bank vor dem Häuschen, der in eben diesem Augenblick innige und fruchtbare Zwiesprache mit Gott halte und den Bedürfnissen von Hunger und Durst, Schlaf und Geschlecht bereits unendlich weit entrückt sei, könne doch wohl nur unmittelbar vom Allmächtigen in eben dieser und keiner anderen Gestalt geschaffen worden sein.
Da Hartmann den Fremden und seinen Helfer genau beobachtete und diese selbstgewählte Aufgabe gewissenhafter ausführte als irgendeine andere seit dem Beginn der langen Tatenlosigkeit, der er sich selbst unterworfen hatte, stellte er bald einigermaßen überrascht fest, dass der Backenbärtige seinerseits ihn beobachtete, freundlich und neugierig, nicht mit dem kalten Blick, den er über die Schildkröten wandern ließ, sondern mit den gütigen und beinahe zärtlichen Augen, die sonst nur

dem sorgsam gehüteten Notizbuch und seinem geheimnisvollen Inneren zuteil wurden.
Zugleich schienen der Forscher und auch der Kapitän, der sich den Streifzügen durch Flora und Fauna der Insel aus langer Weile angeschlossen hatte, sich nun länger und angeregter mit dem Breitschultrigen zu unterreden und immer häufiger sahen sie dabei ganz offen zu Hartmann hinauf, der dann entweder ausdruckslos zurückstarrte oder sich unbehaglich abwandte. Das Sprechen hatte er gänzlich eingestellt, nun, da er das Spanische beinahe vollständig verstehen konnte; selbst die kleinen notwendigen Gespräche, die er mit dem Breitschultrigen bis zuletzt in den liebgewonnenen Klängen des Niederländischen geführt hatte, waren seit dem Bericht von den Entdeckungen des Backenbärtigen verstummt.
Stattdessen begann er selbst, die Insel zu erforschen, ohne recht zu wissen, wonach er suchte. So streifte er ziellos bergauf und bergab durch die Wälder, allein oder mit einer Meute zerlumpter Kinder im Schlepptau, die mit ihm vor einer Schildkröte, einem Baumstumpf oder einer Pfütze voller Insekten stehenblieb und verständnislos die Natur begaffte, die so schreckliche Geheimnisse barg. Einmal fing er einen kleinen Vogel, den er zum ersten Mal auf dieser Insel zu sehen glaubte, drehte ihm vorsichtig den Hals um, riss ihm die bunten Federn aus, probierte jedes Gelenk der dürren Beine, der Krallen, der Flügel, schnitt den winzigen Körper auf, durchwühlte die Eingeweide und saß schließlich ratlos

vor dem kleinen Häuflein aus Haut und Horn und Blut und Federn und Knöchelchen.
Tags darauf beobachtete er eine ungewöhnlich große Meerechse, die von zwei Hunden angefallen wurde und sich nach kurzem Kampf ins Wasser zurückzog, wo sie untertauchte und den Verfolgern entkam, die sich am Strand das nasse Fell ausschüttelten. Stundenlang verharrte er dort und beobachtete die Stelle, an der die Echse verschwunden war, bis das Tier tatsächlich wieder auftauchte und träge über den sonnengewärmten Stein wankte. Mit dem Strick, der ihm seit dem Tag, da er auf die Insel gebracht worden war, den Gürtel ersetzen musste, befestigte Hartmann ein breites Messer an der Spitze seines Wanderstabes, beugte tief die bloßen Beine unter dem Hemd, wobei er sich vorsichtig dem langen, schuppigen, gezackten Leib des Drachen näherte, holte weit aus und stieß dem Lindwurm mit aller Kraft den Speer in die Seite.

XV.

Inzwischen war das Schiff, das den Backenbärtigen gebracht hatte und dann zur Ausbesserung verschiedener Schäden und Mängel nach einer benachbarten Insel weitergesegelt war, wieder in den Hafen der Sträflingskolonie zurückgekehrt, wo Alt und Jung den Segler mit gierigen Blicken verschlang. Singende und pfeifende Matrosen schafften über mehrere Tage hinweg von allen möglichen Punkten der Insel aus Kisten und Tonnen voller gesammelter Pflanzen und Tiere, Steine und Hölzer an Bord, indes der Breitschultrige unruhig auf und ab lief, sich kaum noch um seine Gemeinde kümmerte, der er bereits wochenlang nicht mehr gepredigt hatte, und bange Blicke auf seinen Propheten warf. Schließlich trat der Kapitän auf Hartmann zu, reichte ihm sein Ränzlein, das bereits aus seiner Hütte geholt worden war, und forderte ihn dazu auf, das Schiff zu besteigen. Während sich nach und nach die Kinder und Weiber, Männer und Greise der Insel im Hafen einfanden, stand unser Schustergeselle unschlüssig am Kai, die Tasche mit Brot und Wein in der einen Hand, den Wanderstab in der anderen, und endlich traf sein umherschweifendes Auge seinen treuen Jünger, der kläglich zu ihm emporblickte wie ein treuer, aber zu alt gewordener Hund. Warum sie am Ende beide an Bord gegangen waren, wusste Hartmann später nicht mehr zu sagen, auch nicht, warum die blinde Gefolgschaft des ehemaligen Missionars mit dem Verlassen der Insel ein ebenso überraschendes wie jähes Ende gefunden hatte – als habe er den Preis für Hartmanns Fürsprache, die durch ein stummes Zeichen erfolgt sein musste, an das der Absender sich jedoch nicht mehr zu erinnern vermochte und auf das weder der Adressat noch der Gegenstand dieses mysteriösen Sprechakts jemals wieder zu sprechen kommen sollten, mit seiner bisherigen Devotion und Servilität bereits im Voraus bezahlt und fühle sich nun zu keinem weiteren Dank mehr verpflichtet.

Auch die Gründe für seine eigene überraschende Begnadigung blieben dem gewesenen Schuster rätselhaft. Der Kapitän berichtete zwar eines Abends, er habe sich auf Wunsch des Schildkrötenforschers und aus Rücksicht auf dessen wohlhabende und einflussreiche Familie daheim in England bei dem Gouverneur für Hartmann verwendet. Als der derart Begünstigte sich jedoch bei seinem Wohltäter mithilfe der in den verwichenen Wochen und Monaten neuerworbenen Weltgewandtheit in aller Form bedanken wollte, winkte dieser lediglich ab und war um keinen Preis der Welt zur Annahme dieses Dankes zu bewegen, der ihm vielleicht aus Bescheidenheit, vielleicht um dunklerer Beweggründe willen unangenehm zu sein schien.

Doch dem sei, wie ihm wolle – die Fahrt nach Westen ging zügig vonstatten und Hartmann genoss es, wieder an Deck eines Schiffes zu sein, das Freiheit und Weite und Ferne verhieß. In alle Himmelrichtungen dehnte sich der Ozean, aber anstelle des Eindrucks einer öden Wüste, den diese Wassermassen auf der Reise nach Paramaribo anfangs auch bei ihm hinterlassen hatten, bewirkten sie in seinem Gemüt nun eine willkommene Erholung von den überspannten Zuständen auf der Insel. Wie ein schlecht befestigtes, beständig hin und her pendelndes Joch hatten ihm Sendungsbewusstsein und Erwähltheitsdünkel den Rücken bald in die eine, bald in die andere Richtung gebeugt, den Nacken umklammert und den Blick auf die schmutzige Erde geheftet, von der sich die stets von fremder eifriger Hand gescheuerten Deckplanken so wohltuend abhoben.

Zu dieser Zeit waren auch die Wortgefechte zwischen Hartmanns ehemaligen Mitgefangenen und dem letztlich doch enervierten und schon bald mit wüsten Flüchen und obszönen Beleidigungen auf die ständigen

Attacken reagierenden Backenbärtigen längst verhallt, nachdem sich die Gemüter der Kontrahenten schließlich so erhitzt hatten, dass es beinahe zu Handgreiflichkeiten gekommen wäre. Beide waren daraufhin in düsteres Brüten und Grübeln verfallen, allein unser Held lebte auf mit jeder Seemeile, die das Schiff sich von der Insel entfernte, wurde wieder heiter und munter, wie er es in der Zeit seiner Wanderungen gewesen war, pflegte regen Umgang mit dem Kapitän und ließ sich in die Geheimnisse des Navigierens einweisen.

So trugen denn auch im Wesentlichen die beiden letzteren zur Unterhaltung nach den zu viert an der Tafel des Kapitäns eingenommenen Mahlzeiten bei, indem sie lachend Seemannsgarn spannen oder von galanten Abenteuern berichteten, während der Forscher und der Prediger ihre Zigarren schmauchten und sich redlich mühten, die beständigen Sticheleien gegen die Autorität ihrer jeweiligen Profession mit Gleichmut zu ertragen. Dann und wann jedoch schwoll dem einen oder anderen die Zornesader über Gebühr, und in diesen nicht seltenen Fällen endete das Gespräch zur Belustigung der anderen drei mit einer eifernden Mahnrede gegen den nautischen Aberglauben an Sirenen, Ungeheuer und verwunschene Inseln oder mit einem flammenden Plädoyer für die Keuschheit der christlichen Ehe.

Es war einer der letzteren Ausfälle des Predigers gegen die Sorglosigkeit, mit der lebenslustige Edelleute verheirateten Damen von Stand nachstellten, der Hartmann eines Abends zunächst an seine Kindheit gemahnte, an die beständige Vermahnung durch Gottes Gebote, die samt und sonders Verbote waren und dennoch oder gerade deshalb einen Schutz gewährten, gegen den die böse Welt draußen machtlos war, indem sie dem Gläubigen unablässig kleine Schmerzen zufügte und dafür ewiges Heil versprach. Was der Prediger seinen gleichgültigen Zuhörern soeben mit hochrotem Kopf entgegengeschleudert hatte, hatte er zudem seinerseits bereits mehr als einmal vergeblich dem Grafen Alsterfeld vorgehalten, Satz für Satz, Wort für Wort, damals, als er selbst noch zumindest zeitweise von der Insel Felsenburg zurück in Johann Arndts Paradiesgärtlein zu wandeln vermeint hatte, obgleich sein Sturz in die Sünde und den Schmutz längst unumstößliche Gewissheit geworden war.

Und unseren gewesenen Schuhmacher überfiel tiefes Mitleid mit seinem unheimlichen Schatten, der mehr und mehr an Schrecken verlor, je weiter die Inseln der Schildkröten im Osten verschwanden. Eine innere Unruhe wegen seines verworfenen Lebenswandels, aus dem er sich auch und gerade in seiner Rolle als scheinheiliger Prophet nicht mehr hatte befreien können, packte ihn mit Macht, und er beschloss, der belächelten Mahnung zu Reue und Umkehr beizuspringen, indem er den völlig verdutzten Spanier gegen die beiden Spötter, mit denen er soeben noch herzhaft gelacht hatte, urplötzlich und völlig unvermittelt in Schutz nahm und sich daran machte, aus eben dieser Kindheit, deren Bilder die soeben durchgestandene Erschütterung seines Innersten ausgelöst hatten, ein warnendes Beispiel für die verderbenbringende Kraft der Sünde anzuführen.

Von ihren Kindertagen her habe seine Mutter die Freundschaft zu einer jungen Frau bewahrt und nach der Flucht mit dem Verlobten aus der Kurpfalz und der Rückkehr in die württembergische Heimat sei diese Freundschaft bruchlos wieder aufgenommen worden. Diese Freundin sei wie sie in einfachen Verhältnissen aufgewachsen, aber über das gewöhnliche Alter hinaus unverheiratet geblieben und schließlich als Magd bei einer vermögenden Herrschaft in Dienste getreten. Hartmann selbst sei zum Zeitpunkt der Geschichte noch ein Kind von wenigen Jahren gewesen, könne sich aber noch gut an diese Freundin erinnern, die oft in der Küche oder Stube mit ihm gespielt und ihm Geschichten vorgelesen habe, mit der er lange Spaziergänge unternommen habe, über die Brücke mit ihrem Heiligen Nepomuk, den die Reformation vor Jahrhunderten zwar nicht den Kopf, wohl aber beide Arme gekostet habe, hinaus in die Wälder und Felder.
Eines Tages habe die Mutter in Geschäften noch einen wichtigen Gang tun müssen und die Freundin, die gerade ihren abendlichen Besuch abzustatten die Schusterwerkstatt betreten habe, gebeten, für eine kleine Stunde auf den Knaben Acht zu geben, was diese auch gerne versprochen habe, worauf die Mutter aus dem Haus geeilt sei, ohne die heimlichen Tränen im Auge der Freundin wahrgenommen zu haben. So habe diese sich zu dem mit einem seiner gewöhnlichen Spiele beschäftigten Knaben auf die Erde gesetzt, die Schürze vor die Augen genommen und umgehend haltlos zu weinen begonnen, in ihrer Verlassenheit und mit schwerem

Herzen, dem das sogleich betroffen in seinem Spiel innehaltende Kind nicht zu Hilfe habe kommen können. Endlos lange sei ihm die Zeit erschienen, die er so neben der weinenden Frau gesessen habe, die sonst immer so fröhlich gewesen sei, mit der er zu lachen und herumzualbern gewohnt gewesen, von der er getröstet worden sei, wenn er sich weh getan oder sonst eine Last auf dem Herzen verspürt habe. Schüchtern habe er die Hand auf ihren Arm gelegt, um ihr trotz seiner Hilflosigkeit beizustehen, das wisse er noch, und darauf habe sie ihn dankbar angesehen, ihre Tränen getrocknet, die Arme um seinen Hals geschlungen, und so seien sie noch dagesessen, als die Mutter zurückgekehrt sei. Natürlich habe diese die Freundin vom Boden aufgehoben, auf die Bank gesetzt, zu beruhigen gesucht, nach dem Grund für die Tränen gefragt, jede Hilfe versprochen.

Was dann aber geschehen sei, habe er damals nicht verstehen können, denn kaum habe die noch immer Weinende begonnen, zu sprechen, sei seine Mutter von ihr abgerückt, ihr Gesicht habe den entsetzten Ausdruck angenommen, den er zum letzten Mal zu sehen bekommen habe, als ihm aus Unachtsamkeit ein ganzer Stapel Teller auf einmal zu Bruch gegangen sei, und dann habe sie der tränenüberströmten Freundin die Tür gewiesen. Er sei ihr nachgelaufen, aber von der Mutter mit scharfen Worten zurückgerufen und darüber aufgeklärt worden, dass die Tante von nun an nicht mehr zu ihnen kommen werde, er zudem auch nicht mehr mit ihr sprechen dürfe, falls er ihr etwa auf der Straße begegne.

Erst viele Jahre später habe er sie eines sonnigen Nachmittages wiedergesehen, mit einem strohblonden Knaben an der Hand, der freilich um einiges jünger gewesen sei als er selbst und dem er deshalb keinerlei Beachtung geschenkt habe. Wie befohlen sei er grußlos vorübergegangen und wisse auch nicht sicher zu sagen, ob die Frau ihn erkannt habe. Danach sei er ihr noch einige Male begegnet, wenn er für den Vater die gefertigten oder ausgebesserten Schuhe zu den Kunden gebracht habe. Sie sei jetzt offenbar in der Nähe des armlosen Brückenheiligen wohnhaft gewesen, und eines Tages habe der Vater mit anzüglichem Lächeln erzählt, die alte Freundin sei jetzt ja nobel untergekommen bei der reichen Kaufmannsfamilie in der Unterstadt, deren Oberhaupt sich neuerdings zum Moralapostel der Gemeinde aufgeschwungen habe und sein Gutmenschentum jedem unter die Nase reibe, ob man wolle oder nicht.

Wenn einer sich schon einen Philanthropen schimpfe, obgleich er noch nicht einmal ein Pfarrer oder Gelehrter sei und nicht mehr Latein oder Griechisch verstehe als ein braver Schuhmachermeister auch, nämlich gar keines, dann mache man sich freilich nicht nur vor aller Welt lächerlich, sondern könne am Ende auch auf den abwegigen Gedanken verfallen, derart liederlichen Personen wie diesem Weib und ihrem Wechselbalg Unterschlupf zu gewähren. Man werde ja sehen, welches Ende das nehmen müsse, und zumindest könne jetzt ja ein Blinder erkennen, welche Ursache diese plötzliche Nächstenliebe wohl haben müsse.

Dass die Frau dieses bigotten Lüstlings einen derartigen Skandal ruhig mitansehe, sei zwar einigermaßen unbegreiflich, aber schließlich stamme diese ja auch nicht aus der Stadt, sondern aus dem Norden, wisse ohnehin kaum, was sich schicke, und habe vielleicht noch gar nicht bemerkt, wie gründlich die durch und durch verwerflichen Bemühungen ihres Gatten, seinen Bastard zu versorgen, ihren Ruf bei allen anständigen Leuten ruiniert hätten. Seine Mutter aber habe bei diesen Worten über ihre Jugendgespielin schweigend und in namenloser Wut ihre Nägel kauend dagesessen.
Dann sei keine drei Tage nach diesem Gespräch im Haus der Kaufmannsfamilie um die Mitternacht herum ein Feuer ausgebrochen, habe das ganze Haus in Schutt und Asche gelegt, den Philanthropen, seine Frau und die fünf Kinder, die uralte Großmutter, den Knecht und die Magd das Leben gekostet, dabei noch den halben Straßenzug in Brand gesteckt, wobei allerdings keine weiteren Menschen zu Schaden gekommen seien, und für einen schrecklichen Aufruhr in der Stadt gesorgt. Auch die verkohlte Leiche der fatalen Untermieterin habe man am folgenden Tag unter den Trümmern gefunden, allein von ihrem Sohn habe bis zu dem Tag, an dem Hartmann schließlich die Heimat für immer verlassen habe, jede Spur gefehlt.
Natürlich sei der Triumph des Vaters damit vollkommen gewesen, immer wieder habe er nach dem häuslichen Abendbrot die Rede auf die verhängnisvolle Hexe und deren Vertrautheit und Freundschaft zu seiner Frau gebracht, die ihm wohl schon längstens, wie Hartmann

später von einem Nachbarn erfahren habe, aus verschiedenen Gründen ein Dorn im Auge gewesen sei, und stets habe die Mutter zu all dem schweigen müssen, sei kleiner und schmaler geworden und ihm ebenso wie dem zu spät erwachenden Vater schließlich unter den Händen weggestorben.

Auch ohne einen Blick auf die säuerliche Miene des Breitschultrigen bemerkte Hartmann sogleich, dass ihm die Geschichte missraten war. Gerade der wichtigste Punkt, dass seine Mutter ja richtig gehandelt hatte, indem sie den Kontakt zu der gefallenen Frau sofort abbrach und damit den Ruf der eigenen Familie rein erhielt, war in seiner Erzählung nicht zur Sprache oder zumindest nicht zur Geltung gekommen, obgleich er hier doch zu einer leidenschaftlichen Verurteilung der Sünderin hatte ansetzen und die Mutter zugleich zu der Märtyrerin ihrer Überzeugungen hatte erheben wollen, unter deren Gloriole sie unauslöschlich in sein Gedächtnis eingegraben war. Stattdessen strichen sich der Kapitän und der Forscher zufrieden die Bärte, zündeten sich noch eine Zigarre an und klopften dem zerknirschten Hartmann, dem sie eine solch scharfsinnige und schlitzohrige Finte gar nicht zugetraut hatten, anerkennend auf die Schulter.

Auch einige Tage später bei der Landung auf Tahiti hatte unser Held sich noch nicht völlig von der düsteren Stimmung befreit, die ihn nun selbst beim Blick auf das offene Meer hinaus wie eine elektrisch geladene und beständig reizbare Gewitterwolke umgab. In seinem Innern waren die Kämpfe zwischen zwei Kräften wieder aufgeflammt, von denen er nicht mehr sagen konnte, auf welcher Seite das Gute und auf welcher das Böse stehen mochte, und immer häufiger folgte auf die ziellose Unruhe der Tage das schlaflose Grübeln der Nächte. So stellte er kaum fest, dass die Insel, auf der das Schiff gelandet war, ebenso aufgewühlt war wie er selbst und dass seine Sehnsucht nach Sicherheit und Ruhe, nach einer Rückkehr zu den hellen und ungetrübten Jahren der frühesten Kindheit ihn mit der Königin dieser Insel verband, die ihm eines Tages unvermittelt in einem aus einheimischen und europäischen Elementen bunt zusammengestückelten Aufzug mit untergeschlagenen Beinen gegenübersaß, um ihm ihr Herz auszuschütten, weil sie in seinem melancholischen Auge Verständnis für den Ernst und die Ausweglosigkeit ihrer Lage zu finden hoffte und sowohl die moralinsauren Tiraden des Predigers als auch die Zeichnungen und Zahlenkolonnen des Forschers leid war. Dass ihr gesamter Hofstaat hinter dem sorgsam arrangierten heimlichen Rendezvous mit dem jungen Fremden ganz andere Beweggründe vermutete, konnte ihr in diesem Falle nur äußerst gelegen kommen, zumal ihre Klagen vor einem europäischen Gericht umstandslos den Tatbestand erfüllt hätten, für den einige Jahrzehnte später ein ebenso unglücklicher wie unschuldiger Elsässer Jude von der Grande Nation, dieser ungnädigsten aller Mütter, erst in die Verbannung geschickt und dann zum Volkshelden erhoben werden sollte.

Zwischen Engländern und Franzosen, Protestanten und Katholiken aufgerieben zu werden, sei das beklagens-

werte Schicksal ihres armen Volkes, das auf die eine oder andere Art ein schrecklicher Tod und die gewisse Vernichtung erwarte, sobald es diesen Zustand nicht mehr ertragen könne. Oft habe ihr Vater von der Begegnung mit einem Schiff der Europäer erzählt, an dessen Bord er einige Tage verbracht und auf dem er einen seltsamen Menschen kennengelernt habe. Ein Mann von Adel sei dieser gewesen, von seinem Volk über einen großen Fluss nach der aufgehenden Sonne vertrieben, ein begüterter Freund der Armen und ein in den Tiefen seines Herzens ungläubiger Katholik wie die Missionare, die seit kurzem hier ihr Unwesen trieben. Ihrem Vater aber habe dieser Mann eine wundersame Geschichte erzählt, um dem Insulaner begreiflich zu machen, wie er sich fühle in seinem zerstrittenen Europa, das nicht nur dieselben Stammeskämpfe um Land und Leute, Macht und Einfluss kenne wie die Eilande hier im blauen Meer, sondern sich darüber hinaus von den Religionen, Philosophien, Ideen zerfleischen lasse, die dort wie Pilze aus dem Boden schössen.
Soweit sie sich erinnere, habe diese Geschichte von einem einsamen Menschen gehandelt, der sehr reich geworden sei, später jedoch seine Geliebte und seinen treuen Freund verloren habe, dann ziellos durch die weite Welt gestreift sei, schließlich aber beide glücklich wiedergefunden habe, ohne von ihnen erkannt zu werden. Sie, nämlich der Held wie der Erzähler dieser Geschichte, seien auch Forscher gewesen, wie Hartmanns Begleiter mit dem prächtigen Backenbart, hätten die Pfeife geraucht, Pflanzen und Tiere gesammelt, ge-

zeichnet und geschrieben, immer wieder stolz von einem Meerestierchen berichtet, das sie dabei beobachtet hätten, wie es von Generation zu Generation bald das eine, bald ein gänzlich anderes Äußeres angenommen habe. Was der Backenbärtige aber behaupte, dass die Tiere und Menschen beständig ihre Gestalt und damit auch ihr Wesen veränderten, es an ihre Umgebung, Nahrung, Feinde anpassten, das hätten die beiden Pfeifenraucher nicht glauben können oder wollen.

Die Königin blickte nachdenklich an Hartmann vorbei und meinte, vielleicht habe der Freund ihres Vaters sich deshalb so an die Grenze zwischen den Arten geklammert, weil er selbst den Übertritt aus dem Volk, in dem er geboren war, in das, mit dem er lebte, als schmerzhaftes Unterfangen und letztlich gescheiterten Versuch gesehen habe. Man bleibe immer, der man sei, habe der Fremde ihrem Vater zum Abschied gesagt, fraglich sei nur bei jedem Menschen aufs Neue, ob es ihm gelinge, aus diesem Umstand Zuversicht und Frieden zu ziehen, oder ob die Unabänderlichkeit desselben lediglich Furcht und Verzweiflung auslöse. Eine beinahe nackte Dienerin mit den geschmeidigen Bewegungen eines Raubtiers bot Hartmann englischen Tee, französisches Gebäck und einheimisches Obst an.

Einige Tage und viele Seemeilen später begleitete Hartmann den Breitschultrigen, mit dem er sich über der Heiligen Schrift schließlich doch wieder versöhnt hatte, zu einer erst vor wenigen Jahren angelegten, aber bereits wieder in Auflösung befindlichen Mission, die einen so traurigen Eindruck auf die beiden Besucher

machte, dass zum ersten Mal auch den tiefgläubigen Prediger nagende Zweifel überfielen. Jahrhundertelang hatten die Menschen auf diesen Inseln ihre Götter verehrt, vor ihnen getanzt und gesungen, zu ihnen gebetet, ihnen für ihren Schutz und ihre Hilfe gedankt und geopfert, waren in ihrer Gegenwart zur Welt gekommen und gestorben, ohne die Botschaft des Erlösers gehört zu haben.
Welches Recht hatte der arme Mann aus Nazareth gegenüber einem Häuptling dieser einst so fröhlichen Kinder vom anderen Ende der Erdkugel? Warum sollte alle Welt sich vor dem Kreuz beugen, an das ein unbedeutender römischer Statthalter einen der unzähligen Aufrührer gegen die Herrschaft eines längst vergangenen Imperiums hatte schlagen heißen? Was ging die Menschen auf diesen paradiesischen Inseln, auf denen Früchte wuchsen, die das Land, in dem angeblich Milch und Honig flossen, vergessen lassen mussten, der eifersüchtige Gott eines schon damals winzigen und heute über alle Länder der Erde verstreuten Volkes an, dessen Männer sich beschneiden ließen und es aus unerfindlichen Gründen ablehnten, das Fleisch von Schweinen zu essen, für die es außer dem Verzehr durch den Menschen keine einzige sinnvolle Verwendung geben konnte? Mit ihren Kriegstänzen und Tätowierungen, ihrer seltsamen Musik und Sprache, ihrer Geschicklichkeit auf der Jagd und Orientierung auf hoher See schienen die Menschen hier kaum eine Verbindung zu der hellenisierten, überfeinerten, morbiden Welt des jüdischen Knaben aufzuweisen, den der übereilte Verfolgungs-

wahn eines abergläubischen römischen Satellitenkönigs zur Hoffnung der Schwachen und Entrechteten gemacht hatte, und doch waren auch zu ihnen Prediger gekommen, um der biblischen Sendung Folge zu leisten: Machet zu Jüngern alle Völker! Fast war es tröstlich, ein Volk zu sehen, das sich diesem Anspruch zu widersetzen wagte, selbst wenn dieser Abwehrkampf in der völligen Zerstörung eines unwiederbringlich verlorenen Paradieses endete.

XVI.

Auf dem Boden der so lange gesuchten Terra australis tandem cognita erkrankte Hartmann an der Ruhr und musste sich von dem leutseligen Kapitän verabschieden, seinen nur für kurze Zeit auf dem Schiff ein Eigenleben entwickelnden, alten und neuen Schatten jedoch wurde er nicht los, denn wie selbstverständlich verließ der Breitschultrige das Schiff ebenfalls, sorgte für Unterkunft und Versorgung des Kranken, ließ Ärzte kommen und übernahm die Christenpflicht der selbstlosen Pflege, bei der sich nicht nur der Körper des Geschwächten, sondern insbesondere auch der Geist des barmherzigen Samariters schnell wieder in seinen früheren Zustand zurückverwandelte. Mit jedem Tag der Pflege, der gemeinsamen Andacht, der erfahrbaren Gnade schwanden bei dem stolzen Spanier die Zweifel, die der Anblick der traurigen Eingeborenen in der lustlos weitergeführten Mission geweckt hatte, und machten der Gewissheit Platz, dass die Missgeschicke des fehlbaren und fehlen-

den Menschen der Heilsbotschaft nichts von ihrer Wahrheit und Gültigkeit zu nehmen imstande seien.
Das Pfarrhaus, in dem er seinen Schützling untergebracht hatte, war ein Ort der Gastfreundschaft und Wohltätigkeit, der imstande war, bereits das irdische Jammertal zu einem Vorgeschmack des Himmels zu machen, und wurde von einem Greis mit langem Bart und schneeweißem Haar, seiner nicht minder würdigen Gemahlin und einer jungen Magd bewohnt, die als Waisenkind in dies Haus gekommen war und wie eine Tochter gehalten wurde. Tische und Stühle, Schwelle und Boden glänzten zu jeder Stunde vor Sauberkeit, der Duft frisch gewaschener Kleider und Tücher, Decken und Vorhänge hing beständig in den hellen, freundlichen Räumen, es wurde gesponnen und gewebt, gestrickt und gehäkelt, gekocht und gebacken, gesotten und gebraten, kurz: Die beruhigende Gegenwart weiblicher Arbeit umgab die beiden Gäste ununterbrochen und trug nicht wenig zur häuslichen Behaglichkeit bei, in die beide sich schmiegten wie ein Wurf junger Katzen in eine wärmende, duftende Pferdedecke.
Sobald Hartmann jedoch wieder zu Kräften und damit nach und nach auch wieder zu einem dunklen Bewusstsein seiner selbst gekommen war, ergriff ihn eine ihm selbst nicht restlos verständliche Unruhe und geradezu fluchtartig verließ er das Haus, dessen Gastfreundschaft er in so reichem Maße und unter so bedrängten Umständen genossen hatte, kaum dass er sich wieder von seinem Lager erheben konnte. In kürzester Zeit fand er für sich und seinen Gefährten eine bezahlbare Passage

nach dem Vorgebirge der Guten Hoffnung, von wo aus selbige bestand, eine baldige Rückkehr nach Europa ins Werk setzen zu können, eröffnete seinem Gastgeber und dessen Familie umgehend seine Pläne und am dritten Tage segelte man unter wiederholten Beteuerungen des aufrichtigsten Dankes vom jüngsten der dem geographischen Weltwissen einverleibten Kontinente dieser Erde ab.

Leider zeigte sich bald, dass die billige Überfahrt auf dem Seelenverkäufer, den Hartmann gewählt hatte, aller Voraussicht nach doch teurer bezahlt werden müsse, als zunächst angenommen, denn zahllose haarsträubende Vorfälle auf der Fahrt nach Batavia ließen bei Hartmann und seinem Gefährten bald die Befürchtung aufkommen, die Fahrt werde sie am Ende wohl gar das Leben kosten. Ein sehr mäßiger Sturm genügte, um den Hauptmast brechen zu lassen, ein wohl ebenfalls dabei entstandenes Leck wurde erst entdeckt, als der halbe Laderaum bereits unter Wasser stand, und schließlich flammte in der Kombüse ein tagealter Schwelbrand auf, der soeben noch gelöscht werden konnte, ehe das Feuer die unsinnigerweise über das ganze Schiff verteilten Pulvervorräte erreichte.

Mit der anhaltenden Bedrohung für Leib und Leben aber kehrten auch die mühsam eingeschläferten Ängste und Zweifel in die Herzen der beiden Passagiere zurück, die sie in stundenlangen Disputen über die Schildkröten des Backenbärtigen, den von Hartmanns Vater gefundenen Affenschädel, die halsstarrigen Maori und die zu Tode gepeitschte Indianerin mit dem Wort der Heiligen

Schrift zu bannen suchten. Trost gewährte dabei allenfalls die völlig gottlose Mannschaft des in unglaublicher Weise heruntergekommenen Seglers, von der die beiden am Glauben Verzweifelnden täglich mit Hohn und Spott übergossen wurden und die gleichzeitig durch ihren verworfenen Lebenswandel die Sehnsucht nach den wohltätigen Schranken nährte, die das göttliche Gebot der menschlichen Boshaftigkeit wirksamer zu setzen vermag als die drakonischen Strafen eines gewissenlosen Kapitäns.

Sieben Seeleute, deren mit Wasser gefüllte Lungen, von einer Stange zerschmetterte Schädel, durchschnittene Kehlen oder vom Strang gebrochene Hälse auf dem Grund des Meeres ruhten, mussten in Batavia ersetzt werden, doch die Teufel, die dort an Bord gingen, sorgten für ein noch tolleres Treiben auf dem Höllenschiff als zuvor. Auch auf Ceylon kamen frisches Blut und frisches Wasser an Bord, und obgleich der Breitschultrige Hartmann bei jeder Landung drängte, auf ein anderes Schiff zu warten, kehrten sie auch hier wieder zurück in ihre Kabine, zu den fruchtlosen Streitereien über die längst verlorene Heilsgewissheit, dem ängstlichen Lauschen auf die Krawalle der Besatzung und der Furcht vor dem nächsten Sturm, Leck oder Feuer.

Es waren schließlich die Flammen, die der grässlichen Meute den Garaus machten. Woher sie gekommen waren, wusste niemand zu sagen, doch mit einem Mal waren sie da, erreichten in kürzester Zeit ein Pulverfass, das sogleich in die Luft flog, etliche Männer tötete, ein gewaltiges Loch in den Schiffsrumpf riss, Segel und

Takelage in Brand setzte, eine heillose Panik auslöste und Feuerschlangen in Richtung der weiteren Pulvervorräte züngeln ließ. Hartmann und sein Gefährte stürzten aus der Kabine und liefen in Richtung der Rettungsboote, die gerade zu Wasser gelassen worden waren, doch eines war bereits so wurmstichig, dass es sogleich sank, das zweite kenterte, als zu viele Männer auf einmal hineinspringen wollten, und das dritte wurde von dem erneut und dieses Mal infolge einer weiteren Explosion umstürzenden Mast getroffen und zerschmettert. Während die beiden Passagiere dieses Schauspiel beobachteten, löste sich ein weiteres brennendes Segel, flatterte auf sie herab und wickelte sich um den Breitschultrigen, dessen vor Schmerzen brüllende Gestalt über das Verdeck gerade in Richtung der brennenden Aufbauten wirbelte und in diesem Inferno verschwand. Noch immer stand Hartmann an der Reling und sah auf die ertrinkenden Seeleute rings um das gekenterte Boot hinab, da explodierte ein weiteres Pulverfass und schleuderte ihn neben einer leeren Wassertonne auf die Planken. Er war jedoch nicht verletzt und sprang sogleich wieder in heller Angst auf, zumal die Flammen nun rings um ihn emporschlugen und ihm alle Wege abschnitten, sodass er sich schließlich gezwungen sah, die Wassertonne ins Meer zu werfen, sich ihr nachzustürzen und sich an diese schwimmende Insel geklammert den Wellen anzuvertrauen, während die bislang spiegelglatte See nun nachholte, was sie bislang versäumt hatte, und sich anschickte, ebenfalls ihren Teil zum Untergang eines Schiffes beizutragen, dessen sich

Sonne und Mond, Blitz und Donner, Wolken und Winde mit Fug und Recht schämen mussten.
Der aufziehende Sturm ließ das brennende Wrack so rasch aus Hartmanns Blickfeld entschwinden, dass er nicht mehr sehen konnte, wie es nach einer letzten Explosion schließlich zerbrach und mit Mann und Maus versank, auch nicht ein zweites Schiff bemerkte, das sich den rauchenden Trümmern näherte, trotz der eigenen bedrängten Lage Rettungsboote zu Wasser ließ, um den Unglücklichen, die im Wasser um ihr Leben kämpften, zu Hilfe zu eilen, bald aber selbst von den Wogen ergriffen und gefährlich beschädigt wurde, indem einer der gebrochenen Masten den Rumpf durchbohrte. Stattdessen senkte sich nach einigen Stunden völlige Ruhe über den Schiffbrüchigen. Das Fass, an dessen Rand seine Hand sich festgekrampft hatte, trieb sanft über leichte Wellen, hinter denen eine blutrote Sonne unterging. Wenige Augenblicke, ehe völlige Finsternis Hartmann umgab, erschien in der Ferne ein kaum sichtbarer Streifen Land.
Nach einer durchwachten Nacht, in der er nicht wagte, sich von der Stelle zu bewegen, begann im ersten Morgengrauen der Versuch, den verheißungsvollen Streifen am Horizont zu erreichen. Den Vormittag über waren Hartmann die Winde gewogen und schnell wurde aus dem Streifen ein Strand, aus dem Strand eine Insel, aus grauen Flecken wurden Berge, aus grünen Tupfen Bäume. Gegen Mittag jedoch zwang eine Flaute den Schiffbrüchigen, dem Meer jeden Meter durch kraftraubende Schwimmzüge abzutrotzen. Mit letzter Kraft schob er

die tänzelnde Tonne vor sich her und hielt beständig nach der Insel Ausschau, um die Richtung nicht zu verfehlen. Als die zugleich von Krämpfen erstarrten und vom Wasser aufgeweichten Arme und Beine ihm endgültig den Dienst versagten, ergriffen die Gezeiten das Fass und trugen es zügig an den Strand, auf dem Hartmann sich seiner schweren, vom Meerwasser triefenden Kleider entledigte und dem Schlaf der Erschöpfung hingab.

XVII.

Als er erwachte, stand die Sonne bereits wieder hoch an einem Himmel, über den weiße Wölkchen jagten und dessen Ränder in Nord und Süd, Ost und West nur von Wasser begrenzt wurden, wie Hartmann erkannte, nachdem er die einzige nennenswerte Erhebung der Insel erklommen hatte, die ihm noch gestern wie ein turmhoher Berg erschienen war. Nach allen Seiten hin schlossen sich kleine Baumgruppen mit ergiebigem Gesträuch an die kahlen Hänge des Felsen an, auf dem er stand und aus dessen Flanke sich ein Bächlein ergoss, das auf der Rückseite des Strandes, an dem Hartmann angekommen war und von dem aus er den Hügel erstiegen hatte, nach einigen hundert Metern ins Meer mündete. Von menschlicher Besiedlung fand sich begreiflicherweise keine Spur und Hartmann überfielen beim ersten Anblick der spärlichen Auswahl an fruchttragenden Bäumen und nach einigem vergeblichen Spähen nach lohnender Jagdbeute denn auch sogleich heftige Zweifel daran, ob Flora und Fauna des Eilandes überhaupt hin-

reichen würden, auch nur ein vereinzeltes anspruchsloses Exemplar der menschlichen Gattung über längere Zeit zu ernähren.
Gerade hatte er seinen Durst an der Quelle gestillt und wollte sich eben an den Abstieg machen, als er auf dem Wasser einen Punkt ausmachte, der sich langsam seiner Insel näherte und vielleicht noch ebenso weit von derselben entfernt war wie er selbst am Abend des vorvergangenen Tages. Voll Freude darüber, so bald wo nicht einen Retter, so doch einen Gefährten im Unglück gefunden zu haben, eilte er zum Strand, stürzte in seiner Hast über einen Stein, zerkratzte sich die nackten Arme und Beine in einem dornigen Gestrüpp, schlüpfte am Strand hastig in seine inzwischen getrockneten Kleider, wobei er zwischen Hemd und Rock sein Ränzlein samt des wertvollen Inhalts ertastete, und beobachtete nach der augenblicklichen Erledigung der Sorge um das leibliche Wohl durch diese Entdeckung ungeduldig das mühsame Näherkommen des noch immer weit draußen treibenden Menschen, dem er eifrig zuwinkte und immer wieder einmal ungeduldig ein kleines Stück in die Brandung hinaus entgegenwatete.
Bis zur tatsächlichen Ankunft des Fremden an der Küste dauerte es noch Stunden, in denen Hartmann trockene Zweige und Äste zusammentrug, die er auf einen großen Stein am Strand schichtete, woraufhin er mit Hilfe zweier Steine, die er aneinanderschlug, ein Feuer entzündete, da er fürchtete, der Schwimmende möchte in der herannahenden Nacht einer Orientierung bedürfen. Dieser jedoch schien mit einem Male seine Bemühun-

gen, den Strand zu erreichen, eingestellt zu haben, trieb reglos im Wasser und hatte offenbar auch den Balken fahren lassen, an den er sich bislang gehalten hatte wie Hartmann gestern an sein Fass. Sogleich stürzte unser Held sich in die Flut, erreichte den Ohnmächtigen, dessen mit grässlichen Wunden bedecktes Gesicht ihn erschreckte, und schleppte den schweren Körper auf das Feuer zu, das ihm nun trotz der untergehenden Sonne zuverlässig leuchtete.

Im Schein der Flammen machten die durch großflächige Brandmale entstellten Züge des noch immer Bewusstlosen einen wilden und schrecklichen Eindruck, doch der Körper des Mannes, gedrungen und untersetzt, erschien Hartmann seltsam vertraut, auch die an vielen Stellen geschwärzte, durchlöcherte und zerfetzte Kleidung weckte unbestimmte Erinnerungen, bis Hartmann erschrocken feststellte, dass es sich bei dem Geretteten um den breitschultrigen Prediger handeln musste, um seinen fanatischen Jünger von der Gefangeneninsel, dessen Propheten und Messias er so unglücklich hatte agieren müssen, um seinen unseligen und unheimlichen Schatten, der ihm als einziger Überlebender von all den schrecklichen Menschen auf diesem furchtbaren Schiff erneut gefolgt war.

Als er über dem reglos ausgestreckten Körper kniete, um den beinahe haarlosen Schädel zu mustern, die verkrüppelten Knorpel der Ohrmuscheln, die fürchterlich entstellten Gesichtszüge, die an keinen bestimmten und überhaupt an keinen Menschen mehr erinnerten und dennoch mit jeder Minute seine Gewissheit nährten und befestigten, umfassten seine Hände einen Feldstein, der ausgereicht hätte, um die Hirnschale eines Bären zu zerschmettern, hoben diesen zitternd zunächst über das Haupt des Bewusstlosen und sodann über das eigene, sanken jedoch beide Male kraftlos wieder herab, um noch einmal und noch einmal das zu studieren, was das verheerende Feuer auf dem gottlosen Schiff von dem ihm so vertrauten Antlitz dieses Mannes übrig gelassen hatte.

Als der Verwundete mitten in der Nacht erwachte, fiel sein erster Blick auf das unmittelbar neben ihm brennende Feuer. Sogleich stieß er einen panischen Schrei aus, wälzte sich über den Sand, kroch auf allen vieren zu dem ein Stück entfernt sitzenden und vor sich hin dösenden Hartmann hinüber und barg das geschundene Haupt winselnd in dessen Schoß. Kaum gelang es dem Schustergesellen, den Entstellten zu beruhigen, indem er zuerst auf Niederländisch, dann in gebrochenem Spanisch versuchte zu erklären, dass von diesem Feuer keine Gefahr ausgehe, dass es leuchte und wärme, nicht aber verletze und verwunde. Endlich lockerte sich der Griff, mit dem der Winselnde seinen Tröster umschlungen hatte, doch als Hartmann ihn erneut ansprach, schien er keine der beiden Sprachen zu verstehen, in denen die beiden auf der gemeinsamen Flucht, in der Strafkolonie, an Bord der beiden Schiffe und während des Krankenlagers in New South Wales ihre Gespräche geführt hatten.

Stockend und offenbar nicht zuletzt aufgrund der erheblichen Verletzungen ein wenig lallend brachte der Mann

schließlich mit einer Hartmann vollkommen fremden Stimme hervor, er heiße Georges Lemaire, stamme aus Lyon, beherrsche leider nur seine Muttersprache, weshalb er ihn leider nicht verstehen könne, sei an Bord eines Handelsschiffes aus Französisch-Indien gewesen, das einem in Brand geratenen Segler zu Hilfe geeilt sei, dabei selbst Feuer gefangen habe und schließlich im Sturm gesunken sei, wobei er sich die schweren Verletzungen zugezogen habe. Er entschuldige sich für seine Furcht vor den Flammen des harmlosen Herdfeuers und fühle sich seinem Retter selbstredend zu unendlichem Dank verpflichtet.
Da der Redeschwall des eben noch zu einem Häuflein Elend zusammengekrümmten, nun aber bereits wieder ziemlich sicher auf den eigenen Beinen stehenden Kerles den Schustergesellen eher an den gräflichen Kavalier denn an den fanatischen Prediger gemahnte, stieg seine Verwirrung aufs Äußerste, doch Lemaire antwortete auf jede noch so geschickte Frage, mit der Hartmann ihn nun in französischer Sprache, die ihm seit seinen Abenteuern mit Alsterfeld ziemlich geläufig war, auf die Probe stellen, überführen, entlarven wollte, mit völliger Unbefangenheit und verwickelte sich an keiner einzigen Stelle in Widersprüche. Auch schien ihm an Hartmanns Körpergeruch, dessen Fehlen der breitschultrige Prediger bereits nach kürzester Zeit bemerkt hatte, weiter nichts Besonderes aufzufallen, obgleich die Nase beinahe für den einzigen Teil seines Körpers gelten durfte, der zumindest keine mit bloßem Auge erkennbaren Schäden davongetragen hatte. Die Heilige Schrift war

dem armen Kerl offensichtlich wenig mehr als eine Erinnerung der Kindheit, die lateinamerikanische Mission völlig unbekannt, er fluchte in den gotteslästerlichsten Verwünschungen und war namentlich auf die Societas Jesu außerordentlich schlecht zu sprechen.
Nachdem Hartmann sich schließlich davon überzeugt hatte, dass sein erster Eindruck ihn offenbar getäuscht haben musste, speiste und tränkte er den Verwundeten mit dem Hutzelbrot und dem Wein aus dem Bocksbeutel, erzählte seine eigene Geschichte, soweit ihm dies dienlich schien, verheimlichte Lemaire angesichts des unwirtlichen Zustandes der Insel auch das Geheimnis von Brot und Wein nicht und verschwieg lediglich, wie er zu den beiden märchenhaften Gaben gelangt sei. Dieser verwunderte sich begreiflicherweise nicht wenig und äußerte denn auch erhebliche Zweifel an der Wahrheit dieser Mitteilung, musste sich aber am folgenden Morgen eines Besseren belehren lassen, fragte auch nicht weiter nach dem Weshalb und Warum, sondern brachte vielmehr in Vorschlag, aus einigen offenbar durch einen Sturm entwurzelten Baumstämmen ein notdürftiges Floß zu bauen und sich damit den Wellen anzuvertrauen.
Hunger und Durst müsse man aufgrund des unerschöpflichen Ränzleins ja offenbar nicht fürchten, obgleich auch er sich dafür ausspreche, das Wasserfass an der von Hartmann entdeckten Quelle zu füllen und auf das Floß zu verbringen, auf dem man getrost über das Meer schippern könne. Immerhin befinde man sich in der Nähe zahlreicher viel befahrener Wasserstraßen und es

müsse schon mit sämtlichen lüsternen Nonnen der Welt und allen geilen Böcken, die je eine Kutte getragen hätten, zugehen, wenn sie nicht innerhalb kürzester Zeit gerettet würden. Die muntere Zuversicht seines Gefährten steckte Hartmann an, ohne dass sich ein vernünftiger Grund dafür hätte benennen lassen, und so trieben sie denn bald ohne Mast und ohne Segel auf einer unbekannten Strömung dahin, an Bord ihres Floßes nichts als das an der Quelle gefüllte Wasserfass, den Ranzen mit Brot und Wein und die wahnwitzigsten Hoffnungen mit sich führend.

Mehrere Tage lang tat sich überhaupt nichts, das Floß glitt ruhig und langsam mit irgendwelchen Strömungen ins Irgendwo, man aß ein wenig Brot und trank ein wenig Wein, erfreute sich an der wundersamen Vermehrung dieser Speisen über Nacht und wartete. Ungefähr nach anderthalb Wochen, in denen die beiden keine Insel, kein Segel und auch sonst nichts gesehen hatten, brach ein neuer Sturm los, der Lemaire über Bord warf und Hartmann nur verschonte, weil dieser sich rechtzeitig an die Taue klammerte, mit denen das Wasserfass auf dem Floß festgezurrt war. Erst am Morgen des dritten Tages bekam Hartmann den Gefährten, der bereits zu schwach war, um auf sich aufmerksam zu machen, wieder zu Gesicht.

Unser Held hatte soeben sein Frühstück zu sich nehmen wollen und der Laib Brot lag offen auf dem Boden des Floßes, als er Lemaire bemerkte, sogleich zu winken und zu rufen begann, und schließlich versuchte, das Floß mit dem hilflosen Paddeln seiner Handflächen auf

den Schwimmenden zuzuschieben. Erst als er den Franzosen erreicht hatte und begann, ihn auf das Floß zu zerren, erblickte er die drei riesigen Möwen, die sich um den Brotlaib zankten, große Stücke herausrissen und verschlangen, und als er Lemaires Hand fahren ließ, um sich auf die Vögel zu werfen, gelang es ihm nur mit großer Mühe, den einen Bissen vor den gierigen Schnäbeln zu retten, dessen es bedurfte, um über Nacht einen neuen Laib des lebenserhaltenden Nahrungsmittels wachsen zu lassen.
Kaum war jedoch Hartmanns Gefährte mühsam wieder auf das Floß gezogen, als der erneut Gerettete über eine Schwäche des Leibes klagte, die sich auch durch den halben Bocksbeutel Wein nicht bändigen ließ. Er gelobte sein Pferd, sein Königreich und schließlich die Ehre seiner Frau im Tausch für einen Kanten Brot hinzugeben, da ihm Hartmann allerdings erklärte, was geschehen und dass nur noch das eine kleine Restchen des Hutzelbrotes vorhanden sei, beruhigte er sich zunächst, versprach, bis zum folgenden Tag auszuharren, fiel dann jedoch bereits vor der Mittagszeit in eine Ohnmacht, aus der Hartmann ihn nur durch den vorletzten Schluck Wein wieder aufwecken konnte.
An sich seien die Möwen ja ein gutes Zeichen, begann der Franzose dann, indem er sich auf den linken Arm stützte und zu Hartmann aufsah, denn wo die seien, sei in der Nähe auch Land oder zumindest ein großes Schiff, dem die Biester zuweilen auch folgten, er aber werde die Ankunft dort wohl nicht mehr erleben. Damit schloss er die Augen und fiel erneut in Ohnmacht. Es

dauerte lange, bis Hartmann ihn derselben wieder entrissen hatte, und noch bevor Lemaire begriff, was da vorging, schob der Schustergeselle ihm kleine Stücke des Hutzelbrotes in den von zahlreichen Verletzungen gezeichneten Mund, hieß ihn kauen und gab dem beinahe Verschmachteten so den Kanten bis zum letzten Krümel ein.

Nun war zwar der Hungertod für den Moment abgewendet, guter Rat für die Zukunft aber freilich teuer, und es war unfehlbar um die beiden Floßschiffer geschehen, wenn nicht die Möwen ihnen den Weg ans Land oder zu einem Schiff wiesen. Die aber hatten sich längst aus dem Staub gemacht und bis zu einem traurigen Abend, der sich mit einem zunächst rostigen, dann grünstichigen und schließlich tintenschwarzen Schimmer über den endlosen Wellen ausbreitete, kam weder Land noch Segel in Sicht.

XVIII.

Beide Männer waren mit der Sonne in einen todesähnlichen Schlummer gesunken, in dem Hartmann sich immer wieder über dem reglos daliegenden Gesicht Lemaires knien sah, den Stein in der Hand. Manchmal war es auch ein Knüppel oder ein Messer, aber in jedem dieser Träume schlug oder hieb oder stach er früher oder später zu, zerteilte die blutige Masse unter ihm in winzige Trümmer und Fetzen, legte das Gehirn frei, aus dem wie aus einer eiternden Wunde Maden und Würmer krochen, und zerrieb die Knochen zu Staub. Dann zog eine Möwe vorüber, die einen Zweig im Schnabel hielt, Löwen standen an Deck der Arche Noah neben Lämmern, Wölfe neben Schafen, Füchse neben Hasen, daneben aber saß er selbst vor dem zerschmetterten Schädel Lemaires und aus einer Wolke drang die Stimme des Herrn, die ihn fragte, wo sein Bruder sei.

Am Morgen fühlte Hartmann sich wie erschlagen, außerdem verspürte er Hunger und schämte sich beim Anblick seines Gefährten sogleich für dieses natürlichste aller Bedürfnisse. Mühsam richtete er sich auf, ließ den Blick über den blauen Himmel und das nicht minder blaue Meer schweifen und erblickte in einiger Entfernung einen Segler, der sich in der Nacht offenbar genähert hatte. Die Selbstverständlichkeit, mit der dieses Schiff nun einfach existierte, durch die vor ihm liegenden Gewässer kreuzte, auf das kleine, zerbrechliche Floß zuhielt, ließ Hartmann so plötzlich erstarren, dass er durch eine Bewegung Lemaires, der im Schlaf zu reden begann und auf Französisch um Hilfe rief, beinahe das Gleichgewicht verloren hätte und ins Wasser gestürzt wäre. Selbst der geringen Mühe, sich bemerkbar zu machen, wurde er sogleich überhoben, indem man ihm vom Schiff aus eifrig mit Händen und Füßen, Taschentüchern und Hüten zuwinkte, als fürchte man, er könne den riesigen Segler vor ihm tatsächlich übersehen oder diesem gar ohne Mast und Segel einfach davonfahren. Über Strickleitern schaffte man ihn und Lemaire umgehend an Bord, wo man ihnen in den folgenden Tagen stärkende Brühen und Suppen einflößte.

Der nächste Halt des Schiffes, das Hartmann und Lemaire aufgenommen hatte, war der umkämpfte Hafen

Toamasina, den die britische Krone zu dieser Zeit noch gegen die wütenden Angriffe der ebenso legendären wie despotischen Königin Ranavalona behauptete. Zur nachdrücklichen Beförderung ihrer Pläne hatte die hohe Dame jedoch längst Legionen unauffälliger und weniger unauffälliger Spione entsandt, von denen es seit Wochen und Monaten in der Stadt wimmelte und die jegliche Ordnung bereits gründlich unterminiert hatten. Mit mehr oder weniger Geschick und Aufwand tarnten diese verkommenen Subjekte sich als Händler, Piraten und Sklaven, trugen unter den Augen der Briten Waffen zusammen, hielten nicht besonders geheime Versammlungen ab, entführten die Kinder reicher Christen, ermordeten Soldaten, Beamte, Schließer, befreiten Gefangene und schüttelten den Kopf über die Sorglosigkeit der Engländer.

Unter diesen umtriebigen Verschwörern tat sich ein Mann hervor, der das besondere Vertrauen des britischen Kommandanten genoss, da er ihm einst im Gefecht mit marodierenden Seeleuten das Leben gerettet hatte, seitdem bei ihm speiste und daher auch beim Empfang für die Offiziere und Passagiere des Seglers anwesend war, auf dem die beiden Schiffbrüchigen Toamasina erreicht hatten. Während der bereits großflächig ergraute Vertreter der britischen Krone eine von seiner Seite etwas zurückhaltend geführte Konversation mit Lemaire betrieb, dessen auf unbestimmte Weise hinterhältiges und bösartiges Lachen ihn stärker abstieß als das narbenzerfressene Antlitz, widmete sein einheimischer Protegé sich dem neben ihm sitzenden Hartmann, indem er ihn in ein Gespräch über die angenehmen Seiten des Lebens verwickelte, ein profundes Wissen um die Geheimnisse schneller Pferde, moderner Gewehre und schöner Frauen demonstrierte, Hartmanns mangelnde Kenntnisse auf diesen Gebieten elegant überspielte und lächelnd die einheimischen Delikatessen pries, die von ebenso exotischen Dienerinnen aufgetragen wurden.

Selten hatte unser Schustergeselle seit dem Abscheiden Alsterfelds mit solchem Vergnügen an einer derart ungezwungenen Plauderei teilgenommen, in der die Worte aus einem unerschöpflichen Quell des eleganten Wissens und der umfassenden, allgemeinen wie kuriosen Bildung geradezu hervorsprudelten, sanft und unverbindlich dahinplätscherten, gespickt von immer wieder eingestreuten Glanzlichtern, die in seinem Gedächtnis haften blieben: geistreichen Pointen, eleganten Sprachspielereien, abwechslungsreichen Disputen, spannenden Anekdoten, ad hoc verfertigten Versen. In jeder Beziehung war der Insulaner mehr Engländer als selbst der Kommandant, trotz seiner fremden Gesichtszüge und dunklen Hautfarbe, die allein noch seine Herkunft verrieten.

Schließlich kam das Gespräch, wie es bei zwei noch immer jungen Männern nicht anders sein konnte, auf die Damen ihrer Herzen und Hartmann erstaunte über seine eigenen Worte, mit denen er dem wildfremden und streng genommen ja überdies sowohl wilden als auch fremden Menschen ganz unbefangen von Therese und ihrem lachenden Gesicht im Fenster der Postkutsche, dem Kirchgang und dem Gastmahl bei ihrem Onkel, dem glücklichen Spaziergang durch das Mühltal und dem plötzlichen Schicksalsschlag berichtete. Es war ein eigentümliches Gefühl der Sicherheit und Geborgenheit, das diesen Jüngling mit seinem souveränen Auftreten und den blendenden Manieren umgab, in das er alle Menschen, die sich ihm nahten, mit offenen Armen einlud und das nun auch den Schustergesellen wie einen schützenden Mantel einhüllte, durch dessen Stoff kein forschender Blick dringen durfte. Tatsächlich hatte dieser Mensch längst den etwas weichen und schlaffen Arm um Hartmanns Schultern gelegt, was jener jedoch nicht als unangenehm empfand, ebenso wenig wie das bereits vom Wein gerötete schöne Gesicht seines Tischgenossen, das ihm so nahe war wie selten das eines anderen Mannes, die unablässig und ohne Scheu jede Bewegung seiner Miene verfolgenden, prüfenden und lächelnd billigenden dunklen Augen oder die zweite Hand, die als Teil einer lebhaften Gestik abwechselnd mit sanftem Druck sein Knie, seinen Oberarm und seine Wange berührte.

Nachdem dieser begnadete Causeur, der zugleich mehr oder weniger heimlich die Ermordung seines Patrons und aller Gäste an dessen Tafel plante, den Ereignissen um die kleine Postmeisternichte mit nie erlahmender Aufmerksamkeit gelauscht hatte, obgleich der Bericht des ungeschickten Erzählers an vielen Stellen von geschwätziger Breite und umständlichen Abschweifungen geprägt gewesen war, ergriff er nun seinerseits das Wort und sprach von einer jungen Dame in Antanarivo, der

großen Königsstadt im Landesinneren, der sein Herz gehöre – der Stadt nämlich, deren Glanz den dieses armseligen Nestes hier um das Tausendfache überstrahle, aber insbesondere eben auch der jungen Frau, für die im Vergleich mit dem Rest des schwachen Geschlechts im Übrigen dasselbe zutreffe, die jedoch leider das Unglück habe, eine Großkusine der Königin zu sein und deshalb nur einen verdienten General, reichen Großgrundbesitzer oder sonst wertvollen Verbündeten des königlichen Hauses ehelichen zu dürfen. So arbeite er seit Jahren auf verschiedensten Wegen darauf hin, Ranavalona einen Dienst zu erweisen, der ihn als würdigen Gemahl der Großkusine erweisen sollte, allein die Gelegenheit lasse seit ebenso vielen Jahren auf sich warten.
Was blieb Hartmann anderes zu tun, als angesichts dieser Schicksalsgenossenschaft in brüderlicher Eintracht mit seinem Leidensgenossen dem Beispiel Lemaires zu folgen und sich rückhaltlos zu betrinken? Zwar schien ihm zuweilen, als verfehle der Wein seine Wirkung auf den unglücklichen Geliebten der königlichen Großkusine, während er selbst den müden Geist zum ersten Mal in seinem Leben vollständig in die süße Betäubung versenkte, die der Gott mit dem efeubekränzten Stab und dem Tigergespann zuerst den alten Griechen, dann den Indern und schließlich dem ganzen Erdenrund geschenkt hatte, und er hegte den Verdacht, dass das vermeintliche Taumeln des Madagassen in Wahrheit von den unkontrollierten Bewegungen seines eigenen Kopfes herrühre, doch der stetig zunehmenden Vertrautheit

und Vertiefung ihrer bereits jetzt unverbrüchlichen Freundschaft tat dies keinen Abbruch.
So wurde es ein tränenreicher Abschied, als Lemaire und Hartmann sich zusammen mit den trinkfesteren und daher minder schwankenden Offizieren auf den Rückweg zum Schiff machten, um dort ihren Rausch auszuschlafen, namentlich zwischen dem Schustergesellen und seinem neugewonnenen Freund und endlich erkannten Seelenverwandten, während der altenglischem Adel entstammende Hafenkommandant seine Gäste in vollendeter Form, aber natürlich um ein Bedeutendes kühler verabschiedete als der heißblütige Sohn dieser geheimnisvollen und gefährlichen Insel. Da es dem Franzosen kaum noch gelang, sich auf den Beinen zu halten, fasste Hartmann ihn unter der Achsel und schleppte ihn mit sich zum Hafen, wobei der solcherart Gestützte den Arm auf die Schulter seines Führers gelegt hatte und schlaff und schwer an dessen Hals hing. Vor ihnen gingen die vier oder fünf Engländer mehr aus freundschaftlicher Zuneigung denn aus Notwendigkeit in ähnlicher Weise fest umschlungen, hatten ein für die Ohren zarter Damen eher ungeeignetes Seemannslied angestimmt und strebten entschlossen der Brücke zu, die das Schiff mit dem Kai verband und von zwei Matrosen mit großen Windlichtern bewacht wurde.
Als Lemaire, der mit Hartmann inzwischen ein gutes Stück zurückgeblieben war, den Kopf hob und sah, wie einer nach dem anderen die Brücke überquerte und aus seinem Blickfeld verschwand, geriet er plötzlich in helle Aufregung und rief Hartmann zu, sie müssten sich beei-

len, das Schiff lege ab, man wolle sie hier auf dieser gottverdammten Insel zurücklassen, damit der Kommandant sie als Sklaven an seine schwarzen Teufel verkaufen könne. Bevor der Schustergeselle seinen Gefährten beruhigen konnte, riss dieser sich los, stürmte auf die Brücke los, verfehlte diese jedoch und stürzte kopfüber ins Hafenbecken. Und obgleich unmittelbar nach dem Alarm, dcn die beiden Wachen sofort ausgelöst hatten, Boote zu Wasser gelassen wurden, fand man weder an diesem Abend noch am folgenden Morgen auch nur eine Spur von der Leiche Lemaires.

XIX.

Eine ebenso bequeme wie ereignisarme Passage von Toamasina zum Vorgebirge der Guten Hoffnung lag hinter Hartmann, als nach viel zu kurzer Fahrt der Hafen von Kapstadt in Sicht kam. Befreit von seinem Schatten und dessen unheimlichem Wiedergänger hatten seine Gedanken in wilden Tagträumen nicht selten bei dem angenehmen jungen Mann verweilt, dessen Tischgenosse er im Hause des Kommandanten gewesen war, bei der unglücklichen Liebe zwischen einem verarmten Adeligen und einer Großkusine der grausamen Königin, und waren schließlich zu seiner eigenen so ähnlichen Geschichte gewandert. Dann war ihm unversehens der Direktor der Silbermine in den Sinn gekommen, bei dem er mit Alsterfeld gewohnt hatte, Feder und Tinte und die zahllosen Bögen schlechten Papiers, die er zerrissen und zerknüllt, weggeworfen und verbrannt hatte, waren vor seinem geistigen Auge wiederauferstanden.

Gegen den Wunsch, an die Braut zu schreiben, der seit diesen Tagen in den Bergen nicht ein einziges Mal mehr vor seine Seele getreten war, sperrte sich auch jetzt wieder die Scham für seinen neuerlichen Lebenswandel, die den Schustergesellen seit den ersten Tagen in Alsterfelds Dienst verfolgte. Er hätte sogleich schreiben und den Brief im ersten Dorf, das er im Gefolge des Grafen durchritten hatte, zur Beförderung bringen sollen, um Therese zu beruhigen, sein Handeln zu erklären, Geduld zu fordern und um Verständnis zu bitten, die baldige Besserung der gegenwärtigen Umstände in Aussicht zu stellen und eine glänzende Zukunft zu prophezeien. Nichts von all dem war zur Ausführung gelangt, vielleicht weil das Leben mit gewaltigen Schritten voran und über die Erinnerung an ein Paar blaue Augen und einen Zopf blonder Haare hinweg eilte, vielleicht aber auch aufgrund der plötzlich zurückgekehrten Scheu Hartmanns, die durch das rauschende Leben des Grafen und sein eigenes Abenteuer mit der schwarzhaarigen Magd eher noch zugenommen hatte, da er nun zu unterscheiden begann zwischen den Verworfenen, auf die man gefahrlos herabsehen konnte, und den Engeln, zu denen kaum der Blick erhoben werden durfte.

Da Therese nun ohne Zweifel der zweiten Kategorie angehörte, war die Forderung nach Liebe und Treue, die der Brief des entflohenen Geliebten notwendig dargestellt hätte, aber eigentlich geradezu anmaßend und unverschämt, hätte das reine Kind in den Schmutz des Verbrechens, der Verfolgung und Verbannung gezogen und war darum billig ungeschrieben geblieben. Doch

der abenteuerliche Bericht des Madagassen von seiner hochwohlgeborenen Angebeteten und den Hindernissen, die beide aus dem Weg zu räumen willens waren, hatte Hartmanns eigene Angelegenheiten unversehens wieder in dasselbe Licht poetischer Verklärung getaucht, das auch die beiden unglücklichen Bewohner einer nun bereits wieder so fernen Insel beleuchtete. Handelte es sich nicht auch in seinem Fall um einen Roman, der ihm die Rolle des Gefahr um Gefahr meisternden Helden zuwies, während eine Therese Cappellarius gar nichts Anderes und vor allem Besseres tun konnte, als daheim auf ihn zu warten, alle zudringlichen Freier abzuweisen und zur Not ein Bahrtuch für den Postmeister zu weben, das des Nachts wieder aufgetrennt werden konnte?
All diese Gedanken waren nun mit Macht auf die Seele unseres Schustergesellen gefallen, der daraufhin alle verliebten Formulierungen aus einigen Dutzend Balladen, die er in der Kindheit auswendig gelernt hatte, auf den Haufen unausgegorener Ideen warf, den ein Leben im Strom der lesenden und über das Gelesene unablässig redenden Welt an Treibsand und Strandgut in seiner Hirnschale hinterlassen hatte, und so saß er Stunde um Stunde am kleinen Tisch seiner Kabine, schrieb und prüfte, wog das Geschriebene und befand es seufzend für zu leicht, nahm neuen Anlauf und brachte schließlich ein Meisterwerk hervor, das in seiner Tasche knisterte, als er kurze Zeit darauf den Boden der britischen Kronkolonie am Kap betrat.
Hier allerdings drängte sich die nächste schwere Entscheidung in die Überlegungen Hartmanns, denn zwar

stellte es keine Schwierigkeit dar, den Brief auf das nächste Schiff in Richtung Europa zu befördern, wie aber sollte er erklären, dass er nicht selbst dieses Schiff bestiegen und sich auf den Weg nach Kl… gemacht hatte? Hartmann seufzte, als ihm bewusst wurde, dass sein Meisterwerk ohne eine plausible Erklärung für den ihm selbst gegenwärtig unerklärlichen Widerwillen gegen eine Rückkehr nach der Heimat ganz entschieden unvollständig war und einer umfänglichen Nachschrift bedurft hätte, um endlich auf den Weg zu Therese gebracht werden zu können. So tat er, was er bereits zu Beginn seiner Reise aus Kl… in die Welt so oft getan hatte, er verschob das Problem auf morgen und den Brief in den Ranzen, wo er ihn bereits zu vergessen begann, noch ehe er den Hafen mit seinem lauten und bunten Treiben verlassen hatte.

Was Hartmann von Kapstadt wusste, hatte er zum größten Teil vom Steuermann des Schiffes erfahren, mit dem er angekommen war, doch der Mann war kein großer Redner gewesen und die anderen Besatzungsmitglieder hatten nach der Abfahrt von Toamasina nur noch wenig mit ihm gesprochen. Natürlich kannte er hier im eigentlichen Sinne keine Menschenseele, mit der gewichtigen Ausnahme des schwedischen Naturforschers allerdings, von dem sein Freund berichtet hatte, der Arzt des niederländischen Seglers, der ihn von Amsterdam nach Paramaribo und weiter bis in den Urwald von Neugranada gebracht hatte, wo er gefangen und sein Begleiter getötet worden war.

Die ersten drei Passanten, die er nach dem Schweden fragte, wussten mit dessen Namen nichts anzufangen, doch in einer nicht allzu gut besuchten Schenke, deren Wirt ihn wortreich nötigte, sich doch zu setzen und eine Mahlzeit einzunehmen, die er in dieser Qualität und zu diesem günstigen Preis in keinem anderen Etablissement bekommen könne, und wenn er ganz Afrika danach absuche, fand er schließlich einen kaum weniger redseligen und mit dem Wirt offenbar auch näher bekannten Hafenarbeiter, der um die Wohnstatt des Schweden zu wissen vorgab. Da der Mann alleine vor seinem Teller Suppe und seinem Glas Bier saß, verwickelte er Hartmann sogleich begeistert in ein längeres Gespräch, in dessen Verlauf dieser sich zwar zu seinem Unwillen zunächst gezwungen sah, der wenig vertrauenerweckenden Küche dieser üblen Kaschemme dann doch noch ebenfalls die Ehre zu erweisen, aber zu guter Letzt schließlich auch erfuhr, wo das gesuchte Haus zu finden war.

Etwa eine halbe Stunde später stand er vor dem Tor eines Anwesens, das ein durch Mauern eingefasster, verschwenderisch großer Garten umgab. Aus der beinahe zwölf Fuß hohen Umfassung hatten sich bereits zahlreiche nun verstreut herumliegende Steine gelöst, die langsam vom Gras überwuchert wurden, die gusseisernen Stäbe des Eingangstores waren vom Rost zerfressen und der mit Steinplatten befestigte Weg zu einem angesichts der Größe des Gartens erstaunlich kleinen zweistöckigen Häuschen war voller Risse und Löcher. Natürlich gab es keinen Pförtner, der dem Hausherrn

Hartmanns Besuch hätte melden können, doch an der Mauer neben dem Tor war eine kleine Glocke angebracht, mit deren Hilfe der Schustergeselle sich bemerkbar machte, und wenig später näherte sich ein hagerer Mann in Frack und Weste, Kniehosen und Stulpenstiefeln, dessen unbedecktes Haar ein feingeschnittenes Gesicht mit grauen Strähnen umrahmte und im Nacken zu einem altmodischen Zopf gebunden war. Obgleich der Name des gemeinsamen Bekannten Hartmann sogleich das rostige Eingangstor geöffnet hatte, lauschte der Schwede dem Bericht von der Ermordung des Schiffsarztes im Urwald von Neugranada mit einer äußeren Ruhe, die sein Gast für völlige Teilnahmslosigkeit halten musste. Man saß in abgewetzten Sesseln mit verblichenen, aber sauberen Bezügen, ein junges Hottentottenweib in Dienstmädchenschürze brachte Tee und Gebäck, dessen mürbe Süße bei unserem Schustergesellen Erinnerungen an die Weihnachtsfeste seiner Kindheit weckte, und rings um den kleinen Tisch aus dunklem Holz, in das mittels schöner Einlegearbeiten ein Schachbrett integriert war, stapelten sich in den Regalen die Wunderdinge, von denen der gemeinsame Freund berichtet hatte, als ihn die Schüsse aus dem Unterholz trafen. Der Schwede forderte den sich immer wieder verwundert umblickenden Hartmann auf fortzufahren und dieser berichtete von seiner Gefangenschaft, der Begegnung mit dem breitschultrigen Prediger, der Flucht und erneuten Gefangennahme, der Verschiffung auf die Insel der Riesenschildkröten.

Bei der Erwähnung des Backenbärtigen verdüsterte sich das bis dahin unbewegliche Gesicht seines Gastgebers und Hartmann, der glaubte, einen strengen Christen vor sich zu haben, setzte zu einer flammenden Verteidigungsrede seines Retters an, dessen Theorie seit jener missglückten Geschichte über die Jugendfreundin seiner Mutter nach und nach alle frommen Gedanken aus seinem Bewusstsein zu spülen begonnen und nicht zuletzt seine überstürzte Flucht aus dem Haus des australischen Predigers mit verursacht hatte. Da er sah, wie sein Gast sich ereiferte, legte der Schwede seine harte, knochige Hand begütigend auf dessen Arm und ergriff zum ersten Mal das Wort.
Die Theorie von der natürlichen Selektion und der Anpassung der Arten an ihre Umwelt sei ihm längst bekannt und er zweifle so wenig wie Hartmann an ihrer Richtigkeit. Auch den Backenbärtigen kenne er, seit einigen Wochen sogar von Angesicht, da ihm derselbe von einem Bekannten im nahegelegenen Dörfchen Wynberg vorgestellt worden sei, bei welcher Gelegenheit er allerdings habe feststellen müssen, dass diesem Menschen insbesondere daran gelegen sei, die Erkenntnisse, die aus der jahrzehntelangen Forschungsarbeit verschiedenster verdienter Männer und Gesellschaften entsprossen seien, als die eigenen auszugeben, um in die Annalen der Wissenschaft einzugehen, während das wahre Wissen sich bekanntlich stets jener vornehmen Zurückhaltung befleißigt habe, die er und die übrigen ehrenwerten Mitglieder der vor einem halben Jahrhundert zu Berlin von seinem seligen Vater und dessen

wenigen Mitstreitern aus der Taufe gehobenen Königlich Preußischen Gesellschaft für Paläoanthropologie zu jeder Zeit beobachtet hätten und selbstverständlich auch weiterhin zu beobachten gedächten.

Kaum drei Tage habe dieser backenbärtige Dilettant in Kapstadt zugebracht und sei dabei von den Schreiberlingen und Wichtigtuern der Stadt geradezu belagert worden, für eine Koryphäe wie ihn selbst dagegen interessiere sich keine Menschenseele. Seit gefühlten Ewigkeiten warte daher er auf einen einzigen halbwegs begabten Menschen, der ihm helfen könne, sein Lebenswerk in die Form eines reich bebilderten und verschwenderisch ausgestatteten opus maximum zu gießen, das allein die Arbeit der genannten Gesellschaft und ihres Vorsitzenden für die Nachwelt erhalten und den unsterblichen Ruhm einer ausschließlich der Suche nach der Wahrheit verpflichteten Wissenschaft begründen könne.

Der Schwede verstummte und sah Hartmann erwartungsvoll an, doch dieser begriff nicht im Geringsten, worauf sein Gastgeber hinauswollte und fuhr lediglich ein wenig verwirrt mit seinem Bericht fort, der ihn inzwischen auf das Krankenbett von Sydney geführt hatte. Der abenteuerlichen Schilderung der Mannschaft auf dem Segler, mit dem er und sein Begleiter New South Wales verlassen hatten, konnte der Schwede offensichtlich erneut keinen sonderlichen Reiz abgewinnen, denn seine Gesichtszüge, die sich bei der Philippika gegen den Backenbärtigen und im Sprechen über die eigene geheimnisvolle Gesellschaft durch lebhafte Bewegung

und zuletzt gar eine leichte Röte belebt hatten, erkalteten wieder und wurden zu einem Marmorbild, das den Anschein erweckte, als könne es auch einer weiblichen Version des Pygmalion mit all ihren Gebeten nicht gelingen, dieser Statue neues Leben einzuhauchen.
Auch Seesturm und Schiffbruch, die Tage und Nächte im Schlepptau der Wassertonne und die Rettung auf die Insel änderten trotz des dramatischen Vortrags nichts an diesem Zustand, aus dem erst die Ankunft des dubiosen Lemaire den Schweden weckte. Ein Georges Lemaire habe bis zum vorletzten Sommer hier auf dem Vorgebirge gelebt, nachdem er vor vier oder fünf Jahren aus Lyon geflohen sei, wo er in den Diensten und der Gunst einer reichen Herrschaft gestanden, eines Tages jedoch seinen Gönner auf der Straße erdolcht und unmittelbar darauf dessen noch ahnungslose Gattin in ihrem Salon vergiftet habe. Als diese Nachricht jedoch nach dem Kap gelangt sei, habe Lemaire bereits die Protektion wichtiger Herren in der Kolonialverwaltung genossen und die üble Nachrede aus einem zudem verfeindeten Land leicht niederschlagen können.
Dazu habe mit Sicherheit nicht zum wenigsten der Umstand beigetragen, dass Lemaire einer äußerst einflussreichen Familie angehöre, die mit dem ersten infolge der Aufhebung des Ediktes von Nantes beladenen Schiff nach dem Vorgebirge gekommen sei und seitdem zahlreiche Weingüter in der Gegend des ja inzwischen einschlägig bekannten Fleckens Franschhoek betreibe. Lemaires Eltern seien bei Ausbruch der Revolution zwar in das Land ihrer Großeltern zurückgekehrt, doch

zahlreiche Verwandte lebten noch immer hier und machten ihren Einfluss immer wieder auf eindrucksvolle Weise geltend.

Auch in der Stadt von Lemaires Geburt sei nach seiner Flucht aus Lyon allerdings ein Geschäftspartner, mit dem er sich auf den Ankauf von Viehherden der Hottentotten gelegt habe, auf ungeklärte Weise ums Leben gekommen, wobei der Verdacht erneut bald auf den Franzosen gefallen sei, der indes das Land zum Zeitpunkt dieses Verdachts bereits wieder mit einem Schiff habe verlassen können, das nach dem Kaiserreich Brasilien abgegangen sei. Zwar sei dieses Schiff kurz vor der Ankunft in Rio de Janeiro mit Mann und Maus gesunken, dass Lemaire aber zumindest das Kapholländische, das Englische, die spanische und portugiesische Sprache beherrscht habe, könne er bezeugen.

Die wundersame Auferstehung von den Toten sei diesem Kerl jedenfalls ohne weiteres zuzutrauen, weshalb er es durchaus für möglich halte, dass es sich bei dem vor der brasilianischen Küste offenbar doch nicht ertrunkenen Mörder aus Lyon, dem durch die ecuadorianische Miliz eingekerkerten und auf die Gefangeneninsel verschifften Missionar und dem auf Hartmanns Insel gestrandeten Schiffbrüchigen mit dem entstellten Gesicht letztlich um ein und denselben Mann gehandelt habe, zumal die Personalbeschreibung des Steckbriefes, den der Schwede aus einer Schublade seines Schreibtisches zutage förderte, auf diesen exakt zutraf und Lemaire bereits am Kap als geschickter Redner und Laienprediger aufgetreten sei, der seinen eingeborenen

Geschäftspartnern, seien sie Kaffern oder Hottentotten, neben dem Branntwein auch stets das Frieden und Versöhnung heischende Evangelium der reformierten Kirche zu bringen gesucht habe.
Möglicherweise sei Genaueres von dem Mann zu erfahren, der zuletzt Lemaires Geschäftspartner gewesen sei, nach dessen Verschwinden den Handel mit Vieh und Branntwein übernommen habe und noch heute erfolgreich betreibe. Dieser sei im Übrigen ein halber Landsmann Hartmanns und weile derzeit in Kapstadt, um sein erhandeltes Vieh nach der Insel St. Helena einzuschiffen, morgen werde man ihn gemeinsam aufsuchen. Und damit geleitete der Hausherr seinen Gast in eine Dachkammer, die neben dem gewaltigen Teleskop auch die ärmlichste Bettstatt enthielt, auf der Hartmann seit langer Zeit genächtigt hatte.

XX.

Der Vieh- und Branntweinhändler war in einem der alten niederländischen Gasthäuser abgestiegen und in desselben Innenhof eben damit beschäftigt, unter Zuhilfenahme etlicher hundert Ellen Schiffstau zwei riesige Fässer auf dem Ochsenwagen zu befestigen, mit dem er und zwei einheimische Treiber ihre Streifzüge in den Norden zu unternehmen pflegten, als Hartmann am Arm des etwas steif einherschreitenden Schweden bei ihm eintraf und von diesem sogleich in aller Form vorgestellt wurde. Man begrüßte einander nach Altvätersitte und der Schwede tauschte mit dem zupackenden Kraftmenschen den Bruderkuss, worauf der letztere seine

beiden Hottentotten in den Schankraum verabschiedete und sich nun seinerseits bei Hartmann einhakte, um mit diesem und dem Schweden einen gemeinsamen Gang durch eine Allee von Buchen, Eichen und Linden zu tun, die einen nahe gelegenen Garten durchschnitt.
Allerdings habe er diese bereits umfangreich erprobte und zugleich noch so vielversprechende Unternehmung von Lemaire übernommen, der ihn eines Nachts geweckt, ihm Schlüssel und Papiere übergeben, eine lange Liste von Hottentotten-Kraalen mit penibel genauen Wegbeschreibungen diktiert und dann die Kasse geleert habe, um auf Nimmerwiedersehen zu verschwinden. Wenig später habe er diesen hochgebildeten Herrn hier kennengelernt – dabei verbeugte er sich im Gehen halb vor dem Schweden –, der ihm die Augen geöffnet und gezeigt habe, dass Reichtum und das Streben nach Gewinnst allein ein Leben nicht auszufüllen vermöchten. Daher habe er sich seitdem der Wissenschaft verschrieben und gehöre nun bereits seit beinahe zwei Jahren der Königlich Preußischen Gesellschaft für Paläoanthropologie an, in der er die Position des Schatzmeisters bekleide und so seiner Neigung zum Materiellen auch bei der Verfolgung der hehren Ziele frönen könne, die sich die Gesellschaft gesetzt habe.
Immerhin verfüge eine solche wissenschaftliche Vereinigung dank zahlreicher potenter Förderer über finanzielle Mittel, von denen man sich in der Regel nur höchst unzureichende Vorstellungen mache und die durch geschicktes Anlegen des dergestalt erworbenen Kapitals schnell zu einem beachtlichen Vermögen anwachsen

könnten. Er könne bereits heute, kaum ein Jahr nach seiner Installation als Schatzmeister der Gesellschaft, stolz verkünden, dass dieselbe inzwischen über einen ausgedehnten Immobilienbesitz verfüge, Teilhaber zahlreicher äußerst profitabler Unternehmungen aus allen Bereichen der aufstrebenden Wirtschaft hiesiger Kapkolonie sei und bei der Vergabe öffentlicher Aufträge ein gewichtiges Wörtchen mitzureden habe.
Es freue ihn im Übrigen außerordentlich, einen halben Landsmann hier zu finden, denn er selbst stamme gebürtig ebenfalls aus dem Königreich Württemberg. Sein Vater sei einst zwar mit dem Kapregiment des Herzogs hier gelandet, als einer der wenigen jedoch nach der Auflösung desselben und einigen Umwegen schließlich in die Heimat zurückgekehrt, wenn auch nicht für lange. Noch vor seiner Geburt habe der Vater die Mutter und das ungeborene Kind im Stich gelassen, sei nach Frankreich gegangen und er habe ihn zum ersten Mal von Angesicht gesehen, als er selbst nach dem Tod seiner Mutter davongelaufen sei und es ihn zuletzt ebenfalls nach Paris verschlagen habe.
Nun sei auch der Vater lange tot, habe ihm aber das Fernweh nach der Südspitze des afrikanischen Kontinentes vererbt, zum einen durch eigene Erzählungen, zum anderen aber auch durch die Ermunterung zur Lektüre von unzähligen Reisebeschreibungen wie etwa Kolbs Caput Bonae Spei Hodiernum oder Le Vaillants Voyage dans l'intérieur de l'Afrique, der er seine Kenntnis des Französischen neben dem täglichen Ver-

kehr mit den Pariser Gassenjungen zuvörderst zu danken habe.
So sei er vor einigen Jahren auf den Spuren seines Erzeugers ebenfalls am Vorgebirge der Guten Hoffnung eingetroffen, habe sich zunächst als Koch in einem Gasthaus verdingt und dann nach dem Tod von Lemaires damaligem Partner mit dem ersteren zusammengetan, etliche Touren zu den Hottentotten mitgemacht und schließlich das Geschäft in bewährter Weise weitergeführt, keinen Partner mehr genommen, sondern sich bis heute mit gutem Erfolg auf die einheimischen Treiber verlassen, die zwar das eine oder andere Glas Branntwein für sich abzweigten, um die Gefahren des Getränks aber inzwischen wussten und sich daher zum Wohl der eigenen Gesundheit wie der gemeinschaftlichen Geschäftsbilanz in aller Regel Mäßigung auferlegten.
Selbst die Grundregeln dieser Kooperation mit den Einheimischen seien ihm letztlich noch aus der Pariser Theorie von seinem Vater zugeflossen, der ihn zu diesem Zweck sogar das Kapholländische und etliche Worte der wichtigsten Hottentottensprachen gelehrt habe, und zuweilen sei die Konversation zwischen Vater und Sohn in einer seltsamen Mischung aus Unterländer Mundart, verschiedenen Kafferndialekten, dem Jargon der Pariser Garnisonen und der Sprache jener Buren geführt worden, die inzwischen infolge der Verwicklungen der europäischen Politik unter die Herrschaft der britischen Krone geraten seien.

Es gefiel Hartmann, dass der Branntweinhändler redete und redete, anders als der stumme Schwede, dessen Gesicht beim Zuhören wieder einmal versteinerte und keinen Gedanken verriet. Ohnehin war er das genaue Gegenteil seines Logenbruders, nicht nur aufgrund seines lebhaften Wesens und seiner Leutseligkeit, sondern auch durch seine gedrungene Gestalt, die auf den ersten Blick an die Ochsen vor seinem Wagen gemahnte, aber aus ihrer vermeintlichen Schwerfälligkeit heraus unvermittelt erstaunlich behände Sprünge unternehmen konnte. Das strohblonde Haar unter dem breitkrempigen Hut, den der Sohn des schönen Schwabenlandes immer wieder abnahm, um sich den Schweiß von der Stirn zu wischen, war kurzgeschnitten, die Augen strahlend blau und bereits von unzähligen Fältchen umgeben, obgleich er jünger sein musste als Hartmann. Beinahe habe er seine Mundart bereits verlernt, doch die wenigen Sätze, die der Viehhändler schließlich lachend in der Sprache seiner Eltern zum Besten gab, ließen den Schustergesellen vermuten, dass diese wohl ganz aus der Nähe des Städtchens stammen mussten, in dem er selbst geboren worden war.

Aus einer geheimen Scheu heraus wagte er es jedoch nicht, genauere Erkundigungen nach den Eltern des fröhlichen Viehhändlers einzuziehen, und auch dieser schien der gegenseitigen Landsmannschaft keine weitere Bedeutung beizumessen, als habe er das Land seiner Herkunft so weit hinter sich gelassen, dass der Versuch, die verschwimmenden Konturen noch exakt zu erfassen, der Mühe nicht mehr verlohnte. Lieber sprach er über

seine beiden Treiber, die Reise, zu der er morgen aufbrechen wolle, von den Kraalen, die er bereits besucht habe, und von denen, die er nur aus den Beschreibungen Lemaires kenne, zählte die seltsam klickenden und knackenden Namen von Königen und Konkubinen, Rivalen und Unterhändlern auf, nannte die bei den einzelnen Stämmen üblichen Viehpreise und die zu gewärtigenden Herdengrößen.
Bei fast jedem seiner Geschäftsabschlüsse habe bislang der eine oder andere König versucht, die Preise für den Branntwein zu drücken, indem man ihm die schönsten Töchter des Stammes angetragen habe, doch die Gefahr einer Ansteckung mit der Syphilis sei bei diesen Frauen ungleich höher als in den Bordellen Kapstadts, weshalb er sich in der Regel an die letzteren halte. Selbst der Graf Alsterfeld, ein schon in Europa berüchtigter Schürzenjäger, der seit einem halben Jahr auf dem Vorgebirge weile, beobachte diese Vorsicht, obgleich man sich über dessen verliebte Abenteuer mittlerweile Geschichten erzähle, wie sie am Kap bislang im Wortsinne unerhört gewesen seien.
Obgleich Hartmann anfangs seinen Ohren nicht trauen wollte, suchte er seine Verwunderung zunächst zu verbergen und den redseligen Viehhändler, der den schweigend neben ihnen einherschreitenden Schweden ebenso wenig beachtete wie der Schustergeselle selbst, unauffällig nach diesem Alsterfeld auszufragen, um jedoch schnell zu der Erkenntnis zu gelangen, dass es sich in keinem Fall um seinen ehemaligen Herrn handeln könne, zumindest sofern dieser nicht in der Zwi-

schenzeit in der Horizontalen um wenigstens die Hälfte seiner imposanten Gestalt geschrumpft sei.
Erleichtert gab er seine Zurückhaltung schließlich auf und berichtete dem Viehhändler und dem Schweden lachend, nach der wundersamen Wiederauferstehung Lemaires habe er bereits geglaubt, nun seinerseits einen Wiedergänger melden zu müssen, da er einst in den Diensten eines Grafen Alsterfeld gestanden habe, der allerdings im Königreich Sachsen bei einem Duell zu Tode gekommen sei. Auch dieser sei ein bekannter Schürzenjäger gewesen, habe namentlich die Damen des Landadels und der reichen Bürger karessiert, woraufhin Hartmann einige Namen fallen ließ, die in diesem Teil der Welt völlig unbekannt sein mussten.
Wie staunte er aber, als der Schwede und der Viehhändler bei jedem dieser Namen nun ihrerseits verwunderte Blicke tauschten und zu guter Letzt versicherten, eben diese Namen tauchten immer wieder in den Erzählungen Alsterfelds auf, den dessen ruhmredige Zunge bereits zum Stadtgespräch gemacht habe! Selbst der bislang namenlose Diener des Grafen bei diesen Abenteuern, also letztlich Hartmanns eigene Person, sei auf dem Vorgebirge inzwischen zu einiger Berühmtheit gelangt, wenn er auch in den Berichten des lebenslustigen Grafen in aller Regel den komischen Part zu bekleiden habe und es ihm nur selten gestattet sei, sich ein Weniges über die Rolle des Hanswurst zu erheben.
Nun war das gemeinsame Interesse des Schustergesellen und der beiden Paläoanthropologen selbstredend endgültig geweckt und sichtlich erregt teilten die letzteren

Hartmann mit, dass der vermeintliche Graf sich gegenwärtig bei einem dritten ehrenwerten Mitglied ihrer wissenschaftlichen Vereinigung aufhalte, einem italienischen Bergbauingenieur, der sich weit im Norden mitten unter den Wilden niedergelassen habe, dort geologische Studien betreibe und im Übrigen der Schwager jenes ehrenwerten Mannes sei, auf dessen Silbermine Alsterfeld zusammen mit Hartmann die letzten Tage seines irdischen Daseins verlebt habe – von seiner wundersamen Auferstehung auf der Südhalbkugel einmal abgesehen.

Eine erneute genaue Personenbeschreibung des Kapstädter Grafen jedoch veranlasste unseren Schustergesellen zur Bestätigung seines bereits eingangs gefällten Urteils, dass es sich bei dieser traurigen Gestalt in keinem Fall um den stattlichen Ritter handeln könne, dem er gedient habe, und seine beiden Gesprächspartner zu der Erkenntnis, dass die mysteriöse Angelegenheit schleunigst aufgeklärt werden müsse, da ihr ferner Logenbruder möglicherweise in einer aufgrund der völlig unsicheren Identität des vorgeblichen Alsterfeld unabsehbaren Gefahr schwebe, wenn er dieser derselben nicht gar bereits erlegen sei, und dies einzig und allein infolge der Unwissenheit seiner natürlichen Beschützer, die sich dieselbe als Mitglieder einer selbst arkanen, aber eben aufgrund dieses Umstandes zur Kenntnis namentlich des Verborgenen und Geheimnisumwitterten geradezu verpflichteten Gesellschaft schließlich in weit höherem Maße vorzuwerfen hätten als der vielzitierte Normalsterbliche.

Das Ergebnis des folgenden Kriegsrates, zu dem auf Veranlassung des Viehhändlers auch die beiden Treiber hinzugezogen wurden, bestand in der Bitte an Hartmann, als einziger derzeit auf dem Vorgebirge weilender persönlicher Bekannter des europäischen Alsterfeld dessen afrikanischem Doppelgänger ein wenig auf den Zahn zu fühlen und sich zu diesem Zwecke auf dem schnellsten Wege zu dem Ingenieur zu verfügen. Umgehend werde der Branntweinhändler ihn dorthin bringen, zusammen mit den Treibern und dem Ochsenwagen sowie den beiden darauf befindlichen Fässern, von denen das eine Wasser für das Vieh und das andere Branntwein für die mit diesem Vieh zahlende Kundschaft enthalte. Es handle sich dabei lediglich um einen mäßigen Umweg auf der vorgesehenen Route, die zu einem späteren Zeitpunkt ohnehin über den Hof des befreundeten Ingenieurs geführt hätte.

Völlig gefahrlos sei die Reise freilich nicht, denn obgleich es selten geschehe, dass Fremde in die beinahe ununterbrochenen Stammesfehden verwickelt würden, sei die Situation in diesen noch wenig erschlossenen Gebieten derzeit angespannt wie nie zuvor, da sich zahlreiche Buren nach der Annexion des Landes durch die Briten auf die Suche nach neuen Siedlungsgebieten gemacht hätten und diese Trecks als weitaus gefährlicher einzustufen seien denn die vergleichsweise friedlichen Kaffern und Hottentotten.

All diesen Warnungen zum Trotz flammte die verhängnisvolle Neugier sogleich wieder auf, die Hartmanns Schritte einst nach Amsterdam gelenkt, ihn aus Heimat

und stillem Glück über Flucht und Verbannung in Gefangenschaft und Exil getrieben, auf einer einsamen Insel hatte stranden und auf einem Floß beinahe verhungern lassen. Stärker als die Aufklärung des Geheimnisses um den falschen Alsterfeld lockten ihn denn auch hier das weite freie Land, die kahlen Bergketten und fruchtbaren Täler, die grünen Wälder und breiten Flüsse, die Rinderherden in der großen Wüste Karroo, die wilden Tiere und nicht minder wilden Menschen.
Andererseits waren die Abenteuer der vergangenen Jahre weder am Leib noch am Gemüt des Schustergesellen spurlos vorbeigegangen und in seinem Inneren hatte sich eine Müdigkeit breitgemacht, die ihn nun doch ernstlich zögern ließ. Als er aber beim Sammeln seiner Gedanken wie gewöhnlich die Hände in den Taschen seines Rockes vergrub, stieß er unversehens auf den noch immer dort befindlichen Brief an seine Therese und nach kurzem Zaudern zog er die Rechte wieder aus der Tasche hervor und reichte sie den beiden Männern vor ihm, dann auch den beiden breit grinsenden Treibern und klopfte die breiten Rücken der Ochsen, denen er sein künftiges Fortkommen anvertrauen würde.
Auf dem Zug durch die Karroo kreuzten zahllose Schafherden ihren Weg. Anfangs gemahnten sie den Schustergesellen an Kindheit und Heimat, schufen zwischen den niedrigen Büschen und grauen kegelförmigen Hügeln beinahe eine bukolische Idylle, doch nach und nach zehrte das hundertfältige, tausendfache Blöken an Hartmanns Nerven, bis ihn der Wunsch übermannte, als ein zweiter Ritter von der Mancha in die Herden hinein-

zufahren und all die wolligen Büschel mit einer einzigen Lanze zu einem gewaltigen Braten aufzuspießen. Der Viehhändler zeigte sich in blendender Stimmung, unterhielt sich ebenso wie die beiden Treiber mithilfe klappernder und zischender Laute mit den Hirten, die ihren Weg kreuzten, teilte Wasser und Brot mit ihnen und manchmal kaufte er für einige Kalebassen Branntwein ein Schaf, das am Abend geschlachtet und gebraten wurde.

Antilopen und Zebras, Spießböcke und Nashörner hielten sich in respektvollem Abstand von den beiden riesigen Fässern auf dem langsam dahinschaukelnden Ochsenwagen, neben dem die Hirten eine Weile gemächlich her liefen, solange sie sich mit den Durchreisenden unterhielten. Dann blieben sie meist einfach stehen, sahen dem Wagen noch eine Weile nach und sprangen schließlich in gewaltigen Sätzen mit erstaunlicher Schnelligkeit und Ausdauer zu ihren wartenden Herden zurück. Über den falschen Grafen wurde nicht mehr gesprochen, und ob dieser gemütliche Zug wirklich auf dem schnellsten Weg zum Hof des in höchster Gefahr schwebenden Logenbruders führen würde, schien Hartmann zumindest zweifelhaft. Einmal sahen sie aus der Ferne einen Treck mit Pferden und Ochsenwagen, der grußlos in geringer Entfernung vorüberzog; nicht einmal die Kinder, die finster zu dem seltsamen Gespann hinübersahen, lachten oder winkten.

Erst als sie eine weite, beinahe vegetationslose Ebene erreichten, erklärte der Viehhändler, man werde übermorgen das erste Ziel dieser Reise erreichen und wies

auf einen schlanken, etwas verdrehten Köcherbaum, der beim Näherkommen die verkohlten Spuren eines jahrealten Blitzschlags aufwies und dessen Form Hartmann frappierend an eine wohlbekannte Silhouette gemahnte, deren Schemen in den tieferen Schichten seiner Erinnerung begraben sein musste, sich hinter den Bildern seiner Eltern im Sonntagsstaat erhob und schließlich beim Erklimmen der steilen Uferböschung aus der Mitte der kindlichen Spielkameraden auftauchte, mit denen er am Bach Staudämme im knietiefen Wasser gebaut und kleine Fische mit bloßen Händen gefangen hatte.
Erneut wies der Viehhändler mit der linken Hand über den Rücken der Ochsen hinweg auf den verstümmelten Köcherbaum. Hier gehe es gleichsam über die Brücke, so habe er den statuenhaft aufragenden Baum in seiner inneren Landkarte eingetragen, die aus der formlosen Wüste Wälder erwachsen und Städte aufragen lassen, sie mit Flüssen und Gebirgen durchziehen, markante Wegweiser mit Bildern aus seiner Kindheit verknüpfen müsse, von der ihm außer diesen vereinzelten Erinnerungsfetzen nichts mehr geblieben sei. Was diesen Baum zum Symbol einer Brücke gemacht habe, wisse er nicht mehr zu sagen, es habe aber wohl mit dem Verlust der beiden starken Äste zur Linken und zur Rechten zu tun, deren Bruchstellen den Stamm wie durch riesige Brandnarben entstellten und die grüne, sich über diesem Bild der Zerstörung auftürmende Laubkrone seltsam unwirklich erscheinen ließen.

XXI.

Mit der Ankunft des schwankenden Ochsenkarrens auf dem Gehöft des ebenso breiten wie mäßig hohen, jedoch nicht allein ob dieser grotesken Gestalt beständig zur Heiterkeit reizenden Logenbruders entfaltete sich unter flirrender Hitze gleich einer ornamental wuchernden Blüte ein komplexes Zeremoniell aus rituellen Begrüßungsformeln, das einem venezianischen Dogenpalast vergangener wie einer Großbank künftiger Tage gut zu Gesicht gestanden hätte. Zwar erfreute sich der fröhliche seiner italienischen Abstammung alle Ehre machende Gastgeber allerbester Gesundheit und konnte jegliche Bedenken, die den Branntweinhändler und Hartmann hierher getrieben hatten, gründlich ausräumen, bedauerlicherweise aber hatte der falsche Graf sich erst vor einigen Tagen verabschiedet und auf den Rückweg nach Kapstadt begeben, beladen mit wichtigen Briefen und Papieren sowie einer Reihe wertvoller Fundstücke, die für die Sammlung des Schweden bestimmt waren. Dass Alsterfelds Doppelgänger ein Empfehlungsschreiben des Schwestergemahls aus dem fernen Norden hatte vorweisen können, war ebenso selbstverständlich wie die unbestreitbare Tatsache seiner tadellosen Manieren, beeindruckenden Kunstfertigkeit im Reiten und Fechten, gewählten, ja gezierten Sprache und breitbeinigen Arroganz.

Selten sei er einem Menschen begegnet, dem ein solches Übermaß an glatter, glänzender, gleißender und zugleich morscher, mürber, morbider Dekadenz eigen gewesen sei, berichtete mit sichtlichem Behagen der kugelrunde Ingenieur an der abendlichen Tafel, um die er neben zwei stämmigen rothaarigen Iren, die dieses Privileg als Vorarbeiter der im Gesindehaus speisenden Rotte genossen, einer zierlichen Dame von auffallender Schönheit, dabei aber trauriger Miene, einem Greis mit tief auf die Brust herabwallendem weißem Bart und stechenden Augen auch die blendend weißen Zähne eines jungen Hottentotten versammelt hatte, dessen schmächtiger Leib in vollendeter englischer Nationaltracht steckte. Noch immer sei er nicht restlos davon überzeugt, dass er dem falschen Grafen begegnet sei, schließlich bestehe ja immerhin auch die Möglichkeit, dass der Gast seines Schwagers im guten alten Europa, Hartmanns ehemaliger Herr, ein Hochstapler gewesen sei, während sein famoser Graf, den einen Freund zu nennen er sich trotz der äußerst flüchtigen Bekanntschaft keineswegs scheue, einen durch und durch soliden Eindruck gemacht habe, sofern ein Adeliger eben im bürgerlichen Sinne solide sein könne.

Da der Hottentotte diese Bemerkung sogleich mit einer fremdartigen und doch unmittelbar verständlichen Geste des anerkennenden Amüsements bedachte, schweifte der Blick des Hausherren mittels einer gemächlichen Drehung seines durch und durch rundlichen Gesichtes erwartungsvoll über die Gesichter in der Runde, doch der Dame gelang es leider nicht, die Trauer aus ihrem Antlitz zu verbannen, die beiden Iren hatten der in kapholländischer Sprache geführten Unterhaltung offensichtlich zugunsten des üppigen Mahls nur sehr eingeschränkte Aufmerksamkeit gewidmet und der Greis sah an allen vorbei aus dem Fenster in die sternenklare Nacht hinaus, sodass eine dunkle Wolke der Enttäuschung über die Züge des Italieners zog, die sich freilich nur für Augenblicke dort zu halten vermochte, als der Gastgeber bemerkte, wie Hartmann und der Viehhändler in das höfliche Lachen des Hottentotten einstimmten. Der falsche Graf habe großes Interesse an der Königlich Preußischen Gesellschaft für Paläoanthropologie gezeigt, wie überhaupt diese nur pro forma wissenschaftliche Vereinigung in erster Linie immer wieder günstige Gelegenheit biete, mit unzähligen anregenden Menschen ins Gespräch zu kommen, Bekanntschaften und Freundesbünde zu knüpfen, ebenso umfangreiche wie beständige Briefwechsel zu initiieren, Anlässe für ausgedehnte Reisen und wechselseitige Aufwartungen in der ganzen Welt zu finden, gemeinsam zu speisen, zu trinken, zu reden, zu lachen. Selbst in dieser vermeintlichen Einöde habe er sich nie einsam gefühlt, denn er lebe stets von der Erwartung des nächsten anregenden Besuches, der selten länger als einige Wochen nach der Abreise des letzten Gastes auf sich warten lasse, und zuweilen werde er ja zudem freudig von unangekündigten und deshalb umso lieberen Gästen überrascht. Strahlend erhob er sein Glas in Hartmanns Richtung und selbst die Iren hielten für einen Augenblick inne und taten es ihm nach.

Auch sein reizendes Eheweib habe er im Übrigen letztlich seiner vielfältigen Korrespondenz im Auftrag der Gesellschaft zu danken, sie sei die Tochter eines Kolonialbeamten von den malaiischen Inseln, der großen

Anteil an der Arbeit der Gesellschaft nehme und deren Hauptsitz vor einigen Jahren auf der Durchreise nach Europa zusammen mit seiner gesamten vielköpfigen Familie einen ausführlichen Besuch abgestattet habe. In einer angeregten Diskussion zwischen den beiden Männern habe sich bald das Bewusstsein gegenseitiger Achtung und Bewunderung verfestigt, woraus wiederum der Wunsch nach einer innigeren Verbindung erwachsen sei, die man sodann auf Anregung des Malaien durch des Ingenieurs Verehelichung mit der jüngsten Tochter des Gastes bewerkstelligt habe, da diese glücklicherweise als einzige der vier Schwestern noch unverheiratet gewesen sei. Keine Miene regte sich auf dem Antlitz der Schönheit, deren Platz an der Tafel sich dem Hartmanns gerade gegenüber befand und die ihm während dieser Erzählung starr ins Auge blickte, während der Schustergeselle nervös die Beine übereinanderschlug und dem vorzüglichen Wein stärker zusprach, als es eigentlich seine Absicht gewesen war.

Abgelenkt von der eigenen zunehmenden Trunkenheit und den dunklen Augen der Schönen auf der anderen Seite des Tisches, in deren Zügen er die Dienerin von Alsterfelds Herzensdame wiederzuerkennen meinte, entgingen die weiteren Ausführungen des wohlbeleibten Italieners Hartmann zunächst. Erst nach und nach verstand er, dass weitere Besucher erwartet wurden, und zwar bereits in den nächsten Tagen. Es handle sich um zwei weitere Mitglieder der Gesellschaft, einen in Stellenbosch ansässigen Pionier der in den letzten Jahren gewaltig aufgekommenen Luftfahrt, dem es gelungen

sei, aus der Erfindung der Gebrüder Montgolfiere mithilfe einer Dampfmaschine ein lenkbares Luftschiff zu konstruieren, sowie um einen preußischen Anatomen, Paläontologen und Kraniometer, der sich erst infolge des intensiven brieflichen Kontakts, den er selbst und der Vorsitzende der Gesellschaft für Paläoanthropologie seit einigen Monaten mit diesem führenden Forscher auf seinem Gebiet unterhielten, ihrer wissenschaftlichen Vereinigung angeschlossen und nun die Reise aufs Vorgebirge unternommen habe.
Wahrscheinlich werde der Luftschiffer bereits in wenigen Tagen eintreffen, der Mediziner dagegen erst in etwa zwei Wochen, da dessen Schiff gegenwärtig noch nicht in Kapstadt vor Anker gegangen sei und der ersehnte Passagier nach seiner Ankunft zunächst noch einige Zeit im Haus des Schweden verweilen werde, um sich mit den zahlreichen Landsleuten und wissenschaftlichen Kollegen in verschiedenen Angelegenheiten zu unterreden. Man sprach noch Verschiedenes über die Verdienste dieses offenbar bekannten Forschers, dessen Namen Hartmann noch nie gehört hatte und zunächst für einen Scherz des Ingenieurs hielt.
Man versicherte dem nun bereits ziemlich betrunkenen Schustergesellen jedoch, es handle sich bei der Familie derer von Caphengst um brandenburgischen Uradel und zudem um eine im preußischen Militär hochangesehene Dynastie, deren Name mit dem Vorgebirge nicht das Geringste zu schaffen habe, obgleich man innerhalb der Gesellschaft selbstredend die Hoffnung hege, es werde sich im günstigsten Falle aus der wie erwähnt ganz zu-

fälligen Übereinstimmung im Nachhinein eine schicksalshafte Vorbedeutung ableiten lassen, wenn nämlich die Forschungen Fridolin von Caphengsts den gewünschten Erfolg gezeitigt haben würden. Hartmann blickte in die noch immer starr auf ihn gerichteten dunklen Augen der malaiischen Schönheit und empfahl sich für den restlichen Abend.

Am nächsten Morgen stellte der Schustergeselle erleichtert fest, dass der durch einen edlen Tropfen verursachte Rausch tatsächlich minder schwere Spuren im Wohlbefinden des folgenden Tages hinterließ als der billige Fusel, den er sonst allenfalls gewohnt gewesen war, sprang daher auch frisch aus den Federn und öffnete das Fenster seiner geräumigen Kammer, die neben dem Bett einen breiten Tisch und mehrere Stühle, außerdem einen Sekretär und zwei allerdings verschlossene Schränke enthielt, selbst ein mit rotem Polster überzogener Sessel und ein Regal mit einer halben Reihe italienischer Bücher fand sich in dem Raum. Über den blaugrauen Himmel zogen einige kleinere weiße Wolken in verschiedenen Formen und beinahe erwartete Hartmann, das lenkbare Luftschiff des erwarteten Logenbruders zu erblicken, das sich hinter einer derselben versteckt haben mochte.

Stattdessen begann ein gewöhnlicher Haushahn wohl zum zweiten oder dritten Mal an diesem Morgen zu krähen, worauf ihm ein vielstimmiges erregtes Gegacker antwortete, das sich jedoch bald wieder beruhigte. Im verschwenderisch möblierten Speisesaal erkundigte sich eine pechschwarze Dienerin in gestärkter Schürze nach den Wünschen des Gastes, der jedoch auf ein vorgezogenes Frühstück verzichtete und stattdessen ins Freie trat, um sich die Hühner zu besehen, deren Eier aus der Hand der jungen Dame er soeben verschmäht hatte. Nach einem ausgedehnten Spaziergang durch die umfangreichen landwirtschaftlichen Anlagen des Anwesens fand er schließlich ein weites Gehege, das von einem prächtigen Hahn und seinen mausgrauen Hennen bevölkert wurde, sah dem beruhigenden Scharren und Picken ein geraumes Weilchen zu und wandte sich dann zurück zum Haupthaus, um seinen Gastgeber aufzusuchen.

Diesen fand er bereits vor demselben im Gespräch mit den beiden Iren, die ernste Gesichter machten und die kräftigen Hände hinter den breiten Rücken verschränkt hielten, während der kugelrunde Ingenieur mit kleinen, unruhigen Schritten auf und ab trippelte, sodass er den von einem altmodischen Dreispitz bedeckten Kopf bei jeder Kehre wieder neu zu den beiden Vorarbeitern wenden musste. Als er Hartmann erblickte, winkte er diesen heran, griff nach Hut und Stock und man folgte den Iren hinaus zu der Mine, die kaum eine Viertelstunde Weges vom Haupthaus entfernt lag.

Es sei offensichtlich in der heutigen Nacht einer der einheimischen Arbeiter aus den Baracken geflohen und man müsse davon ausgehen, dass dieser anlässlich seiner überstürzten Abreise eine nicht unbeträchtliche Menge des hier gewonnenen Goldes entwendet oder vielmehr seinen vorzeitigen Aufbruch zu eben diesem Zwecke ins Werk gesetzt habe. Natürlich komme Derar-

tiges nicht zum ersten Mal vor und meist seien die Betreffenden bislang schnell wieder eingeholt worden, doch ärgerlich sei ein solcher Vorfall natürlich allemal und koste die Arbeitskraft einer fünfköpfigen Patrouille, die gegenwärtig bereits die Verfolgung des Flüchtigen aufgenommen habe.
Beim Anblick der offen zutage tretenden Ader, die hier ausgebeutet und dem Besucher nun voll unverhohlenem Stolz präsentiert wurde, schwindelte Hartmann. Das Glitzern und Funkeln erregte ihn auf eine seltsame Art und Weise, versetzte ihn noch einmal auf den Sklavenmarkt von Paramaribo, wo er ein ähnliches Begehren und Verlangen verspürt hatte, weckte große und gewaltige, schreckliche und furchteinflößende, in schattigen Tiefen schlummernde und zum Ausbruch drängende Gefühle in ihm. Hier nun drosch in schwarzem Schweiß glänzende Riesenkraft unförmige Hacken und Hämmer auf das Gestein, löste Klumpen und Brocken, die sogleich von flinken, unermüdlichen, unsichtbaren Händen aufgeklaubt, zu Sand zermahlen und über der Quecksilberbeschichtung riesiger Kupferplatten gemolken wurden.
Die giftigen Dämpfe benebelten Hartmanns Hirn weit nachhaltiger als der gestrige Wein, doch der Schustergeselle konnte sich nicht losreißen von den geheimnisvollen Wandlungen der Metalle und den unheimlichen Verbindungen, die das edle Gold mit dem geflügelten Mercurius einging. Da trabten Pferde mit lachenden Reitern auf den Hof, die eine wankende Gestalt an einem langen Seil hinter sich her schleppten, den schwit-

zenden, keuchenden, aus einer Kopfwunde blutenden Arbeiter, der in der Nacht geflohen war und in dessen Taschen beinahe vierzig Pfund Gold gefunden worden waren. Man kettete ihn in sengender Sonne an einen Pfahl, stellte einige Meter daneben im Schatten einer Akazie eine Wache auf und trug das Gold zurück in die Gießerei.

In der Kühle des Hauses, dessen an sich eher stickige Luft Hartmann frisch und belebend erschien, herrschte diffuses Dämmerlicht. Dienerinnen und Diener huschten in der großen Empfangshalle hin und her, als er die schmale Treppe mit dem hölzernen Geländer emporstieg und in den langen Flur einbog, der zu seiner Kammer führte. Wenige Meter bevor er diese erreicht hatte, öffnete sich auf der anderen Seite des Flures leise eine Tür und die dunkeläugige Dame trat heraus. Sie war geputzt wie für einen Ball, trug den weiten Reifrock des vergangenen Jahrhunderts und noch immer die Maske der Traurigkeit, mit der sie bereits am vergangenen Abend geglänzt hatte, denn sie gehörte zu den Frauen, deren Zügen die sanfte Melancholie ebenso schmeichelt wie anderen Temperamenten die fröhliche Unbekümmertheit oder die rasende Leidenschaft.

Hartmann spürte in allen Gliedern die Gefahr, die von dieser Frau ausging, hastete mit einem flüchtigen Gruß vorüber, verschloss hinter sich sorgfältig die Tür seiner Kammer und hätte beinahe gar den Riegel vorgelegt, bevor er sich in den mit weichem rotem Samt gepolsterten Sessel fallen ließ und dort krümmte und wand, um dem unsagbar schmerzlichen Blick aus den großen, stets weit geöffneten Augen auszuweichen, der ihn durch die Wände und geschlossenen Türen hindurch zu verfolgen schien, obgleich seine geschärften Sinne wahrnehmen konnten, wie die leichten Schritten der Dame sich kaum hörbar der Treppe näherten und an deren Ende schließlich verhallten.

Bis zu diesem Augenblick hatte der vom Quecksilber noch immer leicht benebelte Schustergeselle nicht gewusst, weshalb er seine Kammer überhaupt aufgesucht hatte, doch nun begann er fieberhaft in den Taschen seiner über einer Stuhllehne hängenden Jacke, dem Ranzen, dem abgeschnallten Kleiderbündel zu wühlen und zu kramen, bis er einen bereits ziemlich zerknitterten Umschlag in den Händen hielt. Kurz entschlossen steckte er denselben zu sich, eilte die Treppe erneut hinunter, durch die leere Halle auf den Hof, wo man begonnen hatte, den gefangenen Dieb auszupeitschen, und von dort zur Mine, vor der die beiden Iren unter der Aufsicht des Minendirektors einen Ochsenwagen mit Goldbarren beluden, die man zur Tarnung in Lehmziegel gesteckt hatte. Atemlos von dem raschen Lauf, aber wieder mit völlig klaren Sinnen trat er an den kleinen kugelrunden Italiener heran, reichte ihm den Umschlag und bat darum, diesen doch mit dem Gold ans Kap und weiter nach Europa befördern zu lassen.

Nicht ohne einen neugierigen Blick auf die Anschrift zu werfen und Hartmann bei der Feststellung, dass die Sendung für ein Frauenzimmer bestimmt war, verschwörerisch zuzublinzeln, nahm der Direktor den Umschlag entgegen, reichte ihn dem Anführer der Wachmannschaft, die den Transport begleiten sollte, und versprach, der Brief werde ebenso wie das Gold mit dem nächsten Schiff Kapstadt verlassen und in Hamburg der Post übergeben werden. Dann legte er seinem Gast den Arm um die Schulter, drängte ihn freundschaftlich, einige Schritte mit ihm zu tun, und begann dabei genüsslich, die Lebensgeschichte des Schustergesellen aus demselben herauszupressen, bis er über alle Einzelheiten der verwickelten Ereignisse genau Bescheid wusste, die sich zwischen der Floßfahrt auf dem Rhein und der Ankunft auf dem Vorgebirge abgespielt hatten.

XXII.

Es dauerte schließlich doch beinahe eine Woche, bis der Luftschiffer endlich eintraf, und er tat dies keineswegs in der von Hartmann erwarteten Weise, sondern so, wie sich hierzulande alle Menschen über längere Strecken fortzubewegen schienen, nämlich auf einem Ochsenwagen, von dessen Ladung nichts zu sehen war als eine riesige Menge zusammengefalteten Tuches, an dem dicke Seile hingen. Inzwischen hatte der Schustergeselle es verstanden, sich auf dem Anwesen des Direktors nützlich zu machen, indem er sich zusammen mit dem schweigsamen Greis um die Hühner und Schweine, Rinder und Pferde kümmerte, fütterte, mistete, auf die Weiden und zu den Wasserstellen trieb, striegelte und molk, Eier sammelte und schlachtete, ohne dass es ihm dadurch gelungen wäre, den schweigenden Augen der unglücklichen Dame und dem geschwätzigen Mund ihres Gatten gänzlich zu entgehen.

Zwischen den gackernden Hühnern, deren eines er – abzüglich des soeben unter dem Henkersbeile gefallenen Hauptes – in der Hand hielt, erblickte Hartmann denn auch den unter Stoffballen und Seilrollen förmlich begrabenen Wagen, dessen Zugtiere sich beständig ebenso mühsam wie wenig erfolgreich unter diesem Wust hervorzukämpfen schienen und nur sehr langsam näherrückten. Als der Wagen vor dem Hauptgebäude zum Stehen kam, war das Huhn längst gerupft und ausgenommen, was allerdings nicht unser Schustergeselle, sondern eine der einheimischen Dienerinnen besorgt hatte, die ebenso wie der gesamte weibliche Hofstaat unter der Leitung der Dame dieses gastlichen Hauses mit der Zubereitung der üblichen opulenten Abendmahlzeit betraut war.
Da seine Pflichten vorderhand mit der Tötung der unschuldigen Henne erfüllt waren, schlenderte Hartmann also auf das spindeldürre und bucklige Männlein zu, das neben seinen beiden einheimischen Treibern stand und diese in einer Hartmann unbekannten Sprache ausschimpfte wie zwei Schuljungen. Jedoch schien das Englische, dessen sich auch der Direktor und seine Vorarbeiter in der Mine bedienten, die Muttersprache des Neuankömmlings zu sein, denn er begrüßte den Schustergesellen bei dessen Anblick nicht nur mit vollendeter britischer Höflichkeit, sondern begann in erschreckender Geschwindigkeit und einem fürchterlichen Dialekt auf diesen einzureden. Die Worte sprudelten nur so aus dem völlig entrüsteten Männlein heraus und nach und nach begriff Hartmann, dass es ein Fehlverhalten seiner

beiden Treiber gewesen sein musste, welches das Gemüt des Engländers in derartige Wallungen versetzt hatte.
Offenbar hatte einer der beiden sich auf den vielfach gefalteten, zusammengelegten, gestapelten Stoff gesetzt, mit dem offenen Messer im Gürtel, wie der arme Kerl es auch jetzt noch trug, und man werde ja wohl leicht begreifen, welche verheerenden Folgen ein winziges Loch, ein noch so kleiner Schnitt, eine einzige aufgetrennte Naht in der Hülle eines Ballons zeitigen könne!
Der Schustergeselle, der in seinem ganzen Leben noch keinen Ballon gesehen hatte, nickte bedächtig und warf dem schuldbewusst den Kopf zwischen den Schultern versteckenden Einheimischen einen Blick zu, als wolle er ihn stante pede und höchstpersönlich am nächsten Baum aufknüpfen, wodurch sich die Stimmung des buckligen Engländers schlagartig besserte.
Da er so unerwartet volles Verständnis für seine beständigen Sorgen gefunden hatte, beschloss er dem zumal reuigen Sünder gnädigst Vergebung zu gewähren, klopfte erst Hartmann, dann dem Treiber auf die Schulter und winkte beiden, dem zweiten Treiber zu folgen, der den Ochsenkarren inzwischen zu einer Scheune bugsiert hatte, in deren Inneren der Wagen entladen wurde. Unter dem Stoff lagerten seltsame Apparaturen mit Zylindern und Kolben, die allerdings nicht besonders schwer zu sein schienen, denn das schmächtige Männlein hob eine derselben ohne Hilfe vom Ochsenwagen herunter und stellte sie auf ein hölzernes Brett, auf dem das stählerne Gebilde sogleich befestigt wurde.

Es handle sich um eine Dampfmaschine, wie sie seit mehreren Jahrzehnten in England im Gebrauch seien, berichtete der Bucklige stolz, doch diese hier sei seines Wissens die kleinste, leichteste und dabei stärkste derartige Maschine, die jemals gebaut worden sei, und zwar von ihm selbst, eigens zum hehren Ziel der Luftschifffahrt entwickelt. Sie erst ermögliche ihm, was noch keinem Menschen gelungen sei: die zielgerichtete Fahrt in einem gelenkten Luftschiff, über große Entfernungen, mit sicherer Landung und der Möglichkeit, jederzeit wieder aufzusteigen. Fahrten mit Ochsenwagen oder ähnlichen primitiven Transportmitteln würden schon in wenigen Jahren endgültig der Vergangenheit angehören.
In diesem Augenblick traf der Minenbesitzer ein, begrüßte das Männlein voll ausgelassener Freude, wiewohl unter strenger Wahrung italienischer Grandezza, erkundigte sich nach dem werten Befinden, ließ sich die Dampfmaschine in allen Einzelheiten, von denen Hartmann bald der Kopf schwirrte, erläutern und geriet vor Bewunderung und Staunen von einer Verzückung in die nächste. Er habe es gleich gewusst, dass man das Geld der Gesellschaft auf keine bessere Weise habe anwenden können als zur Verwirklichung dieses ehrgeizigen Projektes, von dem ja nun wiederum die Gesellschaft profitieren werde, wenn erst der Herr Professor Doktor von Caphengst eintreffen werde, ein Ereignis, das nicht mehr lange auf sich warten lassen könne.
Tatsächlich sei der berühmte Mann bereits auf dem Vorgebirge gelandet, unterbrach ihn der Engländer, und es entging dem Schustergesellen nicht, dass die Be-

rühmtheit des preußischen Professors das bucklige Männlein wenig zu beeindrucken schien, er habe es von einem Freund erfahren, der kurz vor seiner Abreise vom Kap nach Stellenbosch herübergekommen sei und ebendies berichtet habe. Offensichtlich werde der berühmte Mann jedoch derzeit noch von einer gewichtigen Angelegenheit aufgehalten, denn angeblich seien er und der ehrenwerte Vorsitzende der Gesellschaft am Tag der Ankunft von Caphengsts zwei lange gesuchten Männern begegnet, deren man jedoch bedauerlicherweise nur gerade eben angesichtig geworden sei, um sie sogleich in einer Menschenmenge auf dem Markt wieder zu verlieren. Angeblich handle es sich bei den Gesuchten zum einen um einen guten alten Bekannten des Direktors namens Alsterfeld, der diesen Namen aber nach den neuesten Erkenntnissen des Vorsitzenden fälschlich angenommen habe, und zum anderen um einen Franzosen namens Lemaire, der zwar nach als zuverlässig bezeichneten Angaben im Hafenbecken von Toamasina ertrunken sein solle, sich von diesem Umstand aber erkennbar nicht daran hindern lasse, über die Märkte von Kapstadt zu schlendern und unschuldige Gelehrte zu erschrecken.

Erschrocken sei der Herr Vorsitzende denn auch über alle Maßen und habe den berühmten Herrn Professor Doktor von Caphengst daher zunächst einmal bei sich behalten, um die Suche nach den beiden Phantomen gemeinsam zu betreiben, inzwischen aber werde der letztere sich wohl losgemacht haben und sicherlich in wenigen Tagen hier eintreffen. Was den beiden übel beleumundeten Gestalten vom Kapstädter Markt nun neuerdings denn eigentlich zur Last zu legen sei, habe der gute Freund oder besser: flüchtige, aber nichtsdestoweniger äußerst zuverlässige und glaubwürdige Bekannte, der ihm diese eigenartige Geschichte berichtet habe, nicht in Erfahrung bringen können, doch hier, wo der eine der beiden Gesuchten sich ja längere Zeit aufgehalten habe, hoffe er endlich Antworten auf diese Fragen zu finden.

Das folgende betretene Schweigen unterbrach schließlich der Gastgeber, um seine Gäste, die sich bereits ohne sein Zutun und in seiner unverzeihlichen Abwesenheit gefunden und zusammengetan hatten, einander noch einmal umständlich vorzustellen und insbesondere darauf hinzuweisen, dass Hartmann mit der problematischen Lage um die zweifelhaften Herren Alsterfeld und Lemaire gut vertraut sei, wenn auch in keinem der beiden Fälle sicher davon ausgegangen werden könne, dass ihm auch die sich gegenwärtig in diesen Landen hinter diesen Namen verbergenden Personen bekannt seien.

Der Engländer mühte sich mit überschaubarem Erfolg, seinen Rücken in eine einigermaßen gerade Position zu bewegen, und blickte Hartmann von schräg unten herauf schief an.

Und während der Italiener sich bei dem Buckligen jovial unterhakte und mit diesem auf das Haus zuschritt, wo die hektische Betriebsamkeit in unmittelbarer Erwartung des abendlichen Festmahls zu äußerster Anspannung und Reizbarkeit aller Beteiligten angestiegen war, schilderte er diesem in sämtlichen Einzelheiten, die auf ein vorzügliches Gedächtnis schließen lassen durften, die Lebensgeschichte des wandernden Schustergesellen, der mit den Flößern den Rhein befahren habe, aus einer respektablen Schusterwerkstatt hinausgeworfen worden sei, wegen der Unvorsichtigkeiten seines Teilhabers unter Zurücklassung seiner geliebten Braut die Flucht habe antreten müssen, in den Diensten des Grafen dessen Tod im Duell mit eigenen Augen gesehen habe, dann nach Amsterdam gegangen, über Paramaribo nach Neugrenada gelangt und dort schließlich gefangen genommen worden sei, wobei er wiederum den vermeintlichen Lemaire kennengelernt habe, der sich zu diesem Zeitpunkt jedoch als spanischer Missionar ausgegeben habe, später zusammen mit Hartmann auf einem Forschungsschiff von der Gefangeneninsel entkommen sei und nach einem Schiffbruch mit seinem durch eine riesige Brandwunde völlig entstellten Gesicht auf derselben einsamen Insel wie der württembergische Schustergeselle angeschwemmt plötzlich behauptet habe, Lemaire zu heißen und seinen Gefährten im Unglück nicht zu kennen, nach erfolgter Rettung der beiden von dieser Insel aber im Verlauf einer durchzechten Nacht ins Wasser gestürzt sei, während der junge Mann hier neben ihnen schließlich nach Kapstadt weitergereist, dort von dem Vorsitzenden über die beunruhigenden Umtriebe eines offenbar falschen Alsterfeld informiert worden und kurz nach dessen Abreise hier eingetroffen sei, und zwar in Begleitung des Schatzmeisters, der inzwischen wieder seinen bekannten Geschäften mit den Hottentotten nachgehe. Der Leser wird es dem armen

Zuhörer nachsehen, wenn ihm kaum ein Viertel der extrem gerafften Erzählung verständlich wurde und er sich schließlich energisch genaueren Bericht ausbitten musste, der ihm denn auch im Verlauf des Abendessens durch seinen Gastgeber und den Helden der Geschichte selbst in vollem Umfang erstattet wurde.
Begreiflicherweise erbost angesichts der offensichtlichen Vernachlässigung durch Hartmann, der die schöne Dame an diesem Abend ebenso wenig eines Blickes würdigte wie der Luftschiffer, beschloss diese, sich inmitten der angeregtesten Unterhaltung, die auf die umfängliche Wiedergabe der Hartmannschen Abenteuer gefolgt war, von der Tafel zu erheben und unter Verweis auf ein weibliches Leiden in ihre Gemächer zurückzuziehen, wohin ihr der Gatte wenig später unter zahlreichen Entschuldigungen folgte, um sich pflichtschuldigst nach ihrem Befinden zu erkundigen.
Derweil harrten die beiden Gäste bei einer vorzüglichen Zigarre und nicht minder exquisiten Weinen, Weinbränden und Likören seiner Wiederkehr und vertrieben sich die Zeit mit unverbindlichen Plaudereien über die geheimnisvolle Königlich Preußische Gesellschaft für Paläoanthropologie, der ja auch der Engländer angehörte und von deren dunklem Ursprung, gegenwärtigem Wirken und fernerem Trachten der Schustergeselle bislang keine klare Vorstellung hatte gewinnen können. Es gehe im Wesentlichen darum, zu beweisen, dass der Mensch letztlich ein Lebewesen sei wie jedes andere, von Tier, Pflanze und Stein lediglich geschieden durch einen höheren Organisationsgrad seiner inneren und

äußeren Verhältnisse, durch die er sich zum Herrn über eine Natur aufgeschwungen habe, die keineswegs unveränderliche Schöpfung sei, sondern das Ergebnis eines immerwährenden Kampfes, in dem der Stärkere den Schwächeren verdränge, ihm Nahrung, Revier, Weiber nehme, ihn im Kampf töte, bis alles Schwache, Hässliche, Lebensuntüchtige vernichtet sei und das Starke, Schöne, Erfolgreiche schließlich alleine übrigbleibe – der Krieg sei der Vater aller Dinge, das habe schon das griechische Altertum gewusst.

Wesentlich seien dabei alle Kräfte, die der einzelne oder die einzelne Art in diesen Krieg hineintragen könne, und hier wiederum sei auf die besonders enge Verwandtschaft des Menschen zu bestimmten Affen hinzuweisen, bei denen nämlich die Intelligenz ebenfalls nicht selten über die rohe Kraft triumphiere, die im übrigen Tierreich zumindest in der so wichtigen Partnerwahl beinahe unangefochten die Entscheidungsgewalt über eine gelingende oder scheiternde Fortpflanzung durch eigene Nachkommenschaft behaupte. Sei dieser Beweis erst öffentlich geführt, was im Verborgenen übrigens bereits weitgehend geschehen sei, könne, müsse und werde man daran gehen, diese Erkenntnisse zu verwerten, indem man die dann beispielhaft offenliegenden Prozesse nachvollziehe, die der einen Art das Überleben gesichert und der anderen den Untergang gebracht hätten, um nach deren Erfolg oder Misserfolg das eigene Handeln auszurichten.

Aus der Geschichte zu lernen sei dabei eine wichtige Stütze, die der Vorsitzende mit seinem grenzenlosen

Vertrauen auf den berühmten Professor aber wohl letztlich doch überschätze. Auch er als zweifellos bedeutendster Erfinder dieses zugegebenermaßen noch recht jungen Jahrhunderts könne gegenwärtig freilich nicht mit absoluter Sicherheit sagen, ob es für die Durchsetzungsfähigkeit der Menschen oder einzelner Menschengruppen entscheidend sein werde, fliegen zu können, doch er glaube fest daran, dass die Fähigkeit, große Strecken ohne Rücksicht auf mögliche Hindernisse am Boden zu überwinden, einen entscheidenden Vorteil darstelle. Deshalb sei er der Gesellschaft auch dankbar, dass sie ihm die finanziellen Mittel zur Verfügung gestellt habe, mit deren Hilfe er das lenkbare Luftschiff habe überhaupt erst entwickeln können.
Wenn diese grandiose Erfindung mit ihren zahllosen Einsatzmöglichkeiten nun aber ausschließlich dazu dienen solle, dem Herrn Professor das Ausgraben weiterer Knochen zu ermöglichen, die ja doch nur beweisen könnten, was ohnehin längst kein vernünftiger Mensch mehr bezweifle, dann sei die ach so ehrenwerte Königlich Preußische Gesellschaft auf dem Holzweg, weiche zurück, wo sie voranschreiten solle, und verdiene, dass man auch über ihre Leiche entschlossen dem Ziel entgegengehe, was er auch ins Werk setzen werde, sobald er seine Schuldigkeit getan habe und in der Lage sei, mit seinem Luftschiff selbst das nötige Kapital für weitere Entwicklungen zusammenzubringen.
Diese ganze kindische Ausgräberei sei letztlich ein sinnloses Bohren in der Wunde, die dem Menschen durch die Erkenntnis seiner Verwandtschaft mit dem Tier

schon vor geraumer Zeit zugefügt worden sei, nachdem er Jahrtausende lang dem schönen Traum nachgehangen sei, er sei über diese Welt weit erhaben, auf derselben nur ein Gast und bestimmt zu einem höheren Leben, sobald er nur die Prüfungen dieses Jammertals überstanden habe. Seinem Vater habe diese Erkenntnis jeden Lebensmut genommen, und zwar im Grunde genommen auch bereits zu einem Zeitpunkt, als der bemitleidenswerte Mann noch mit allen Mitteln gegen die neumodischen Ideen angekämpft und auch seinen Sohn zu diesem mit völlig untauglichen Waffen geführten Kampf angestachelt habe.

Hartmann schwieg und dachte an den Wegweiser des Viehhändlers, den halbverkohlten, seltsam vertrauten Köcherbaum. Der Vater sei schließlich arm und elend verstorben, gebrochen durch eine lange Kerkerhaft, die man ihm ausgerechnet im Namen der freien und vorurteilslosen Wissenschaft auferlegt habe, seines Amtes entsetzt durch einen fortschrittsgläubigen Landesherren, verlassen von seinem Sohn, den die panische Angst vor dem Verlust noch der elenden Freiheit, wenigstens den kahlen Erdenboden mit kleinen Schritten auszumessen, und insbesondere der Traum vom Fliegen auf die britischen Inseln getrieben hätten, um endlich das in frühester Jugend erblickte Schreckensbild zu vergessen, das ihm Nacht für Nacht vor Augen halte, wie der berühmte Schneider von Ulm unter den Augen des preußischen Königs und dem schallenden Gelächter der Umstehenden eines unglückseligen Tages in die eisige Donau gestürzt sei. An dieser Stelle der sogleich unterbrochenen Erzählung kehrte der Gastgeber mit schleppendem Gang und betrübtem Gesicht an die Tafel zurück und bald erstarb jegliches Gespräch in schweigendem Brüten.

XXIII.

Glücklicherweise traf der berühmte Herr Professor keine drei Tage später auf dem unvermeidlichen Ochsenwagen und begleitet von den ebenso unvermeidlichen Treibern auf dem Gehöft des Direktors ein und verbreitete trotz seiner ebenso hünenhaften wie gemütlichen Erscheinung sogleich eine hektische Betriebsamkeit, die sogar den Engländer ansteckte und dessen anfängliche Skepsis bald gründlich vertrieben zu haben schien. Von Caphengst bestaunte und bewunderte das Luftschiff, dessen Montage beinahe abgeschlossen war, stellte fachmännische Fragen, die den Engländer verblüfften, und klopfte ihm auf die Schulter wie einem alten Freund oder besonders fähigen Untergebenen. Auch den Schustergesellen behandelte er auf dieselbe herablassende Art und Weise, nachdem er ihm eröffnet hatte, dass er beabsichtige, ihm die ehrenvolle Aufgabe des leitenden Grabungsgehilfen zu übertragen, was der völlig überrumpelte Hartmann wortlos zur Kenntnis genommen hatte, ohne die Möglichkeit einer Weigerung auch nur in Betracht zu ziehen.

Beim Abendessen geriet der Gastgeber nachgerade außer sich angesichts der vor Geist und Witz, Charme und Esprit geradezu sprühenden Konversation, die sich unter von Caphengsts beinahe unsichtbarer Leitung entspann,

wobei auch der Dame des Hauses gedacht wurde, die den Ritter, der sie endlich zum Mittelpunkt des ihr zustehenden Kreises gemacht hatte, mit dankbaren Blicken bedachte, während sie des Buckligen und unseres Schustergesellen Bemühungen, sich in die zur allgemeinen Lieblingsbeschäftigung aufgestiegene Kaskade der Komplimente einzureihen, die das nun meist strahlende Antlitz der Gastgeberin umschmeichelten, konsequent ignorierte. Selbst unerfreuliche Themen würzte der Preuße durch seinen Vortrag derart, dass sie sogar vor den kritischen Augen der stets auf Contenance und Harmonie bedachten Hausherrin Gnade fanden.
Leider habe er vom Vorgebirge abreisen müssen, ohne dass es ihm und dem ehrenwerten Vorsitzenden gelungen sei, die beiden Männer, deren Umtriebe man hier wohl zu Recht mit größter Besorgnis verfolge, wiederzufinden und dingfest zu machen, ja er selbst habe die beiden nur flüchtig gesehen und könne sich lediglich an eine ausgesprochen lange, dabei aber auffallend schmale, schmächtige sowie eine gerade das Gegenteil vorstellende, ungemein kräftige und untersetzte Gestalt erinnern, auf die der Vorsitzende plötzlich gewiesen habe, bevor sie unmittelbar die leider ergebnislose Verfolgung aufgenommen hätten. Zwar habe man noch etliche Stunden den gesamten Markt, sämtliche Wirtshäuser und schließlich sogar – mit Verlaub – die Freudenhäuser der Stadt durchstöbert, allein alles Suchen sei vergeblich geblieben und so sei er schließlich abgereist, um die Mission, der er hier im Auftrag der Königlich Preußischen Gesellschaft für Paläoanthropologie nachgehe,

nicht durch die Suche nach zwei sicher gefährlichen, aber mit dem Ausgang seiner Unternehmung, die ja eigentlich die aller hier Anwesenden sei, wohl in keinerlei Zusammenhang stehenden Personen zu gefährden.
Und dann reihte der Professor Geschichten und Anekdoten aus einem bewegten Leben an den Höfen, Universitäten und Akademien Europas, von Lissabon bis St. Petersburg, von Stockholm bis Palermo aneinander, dass den Zuhörern die Zigarren noch hundertmal besser schmeckten und ein Glas nach dem anderen geleert wurde, ohne dass man sich auch nur ein wenig betrunken hätte. Zum Bedauern der schönen Dame, deren Augen bei jedem Wort von Caphengsts glänzten, obgleich der Professor beinahe noch betagter war als ihr Gatte und mit seiner eher stattlichen und behäbigen als eleganten Erscheinung die Rolle des jugendlichen Galan erkennbar nur parodierte, währten diese rauschenden Feste jedoch nicht allzu lange, denn man drängte von allen Seiten zum Aufbruch und sich diesem Ansinnen entgegenzustemmen wäre der Würde einer Grande Dame in keiner Weise angemessen gewesen.
Und so verfolgte sie mit melancholischem Blick, wie sich die endlosen Stoffbahnen des Ballons langsam mit Gas füllten und dieser sich als längliches Monstrum mit spitzen Enden vom Boden erhob, an den Seilen die Plattform mit dem schmalen Geländer mitzog, auf der von Caphengst seine Grabungswerkzeuge, Proviant und zwei große Wasserfässer gestapelt hatte, und in mäßiger Höhe verharrte, um schließlich von den drei Passagieren bestiegen zu werden und dem Diktat der rasenden Flü-

gelschrauben folgend aufzusteigen. Selbst ihr Gatte staunte, als sich das Luftschiff zügig in die zuvor von dem buckligen Engländer bezeichnete Richtung fortbewegte, während die malaiische Schönheit selbst auch diesen Schicksalsschlag mit jener Ergebenheit hinnahm, die ihr während der langen und freudlosen Ehejahre zur Gewohnheit geworden war.

Kaum vermochte sie sich noch der Reise zu entsinnen, die sie kurz nach der Hochzeit noch in Begleitung ihres Vaters, aber bereits unter der schon damals von ihr als drückend empfundenen Herrschaft ihres Gemahls in das Gebiet unternommen hatte, dem von Caphengst nun entgegenschwebte. Man war von einem starken Trupp bewaffneter Minenarbeiter begleitet worden, dabei jedoch nur harmlosen Hirten begegnet, die stumm den Weg gewiesen oder einsilbig die gewünschten Auskünfte erteilt hatten, und schließlich in eine hügelige Landschaft vorgedrungen, die im Sommer neben dürrem Gras und niedrigen Bäumen nur zerklüftete Felsen mit tiefen Höhlen aufgewiesen hatte. Insbesondere Wasser war in manchen Gegenden schwer zu finden gewesen, zumal auch die meisten der Höhlen, in denen die beiden Männer nach einigen Tagen jeweils einen uralten, gut erhaltenen Urmenschenschädel gefunden und als Trophäe ihren Dienern übergeben hatten, keinerlei Hinweis auf die aquatischen Gewalten mehr zeigten, denen sie wohl einst ihre Entstehung zu danken gehabt hatten.

Was der Direktor seiner Frau damals wohlweislich verschwiegen und auch dem berühmten Gast nun lediglich in einem Privatissimum mitgeteilt hatte, war der Um-

stand, dass der Wassermangel in dieser Gegend inzwischen eines der geringeren Probleme darstellte. Noch immer musste von Caphengst über das besorgte Gesicht des alten Trinkers lächeln, der ihn am Morgen vor der Abreise verschwörerisch am Ärmel gezupft und dann in sein Arbeitszimmer geführt hatte. Sorgfältig hatte der Italiener dessen Tür ebenso verriegelt wie die zuvor weit geöffneten Fenster, sodass man in dem schummrigen Dämmerlicht hätte glauben können, mindestens dem Kardinal Richelieu gegenüberzusitzen, wozu die geheimnisvolle Miene seines Gegenübers freilich den entscheidenden Teil beigetragen hatte.
Sicherlich habe der Herr Professor schon von den Konflikten gehört, die infolge der britischen Annexion des Vorgebirges, der Abschaffung der Sklaverei, einiger Grenzkonflikte mit Mischlingen, Negern und Hottentotten, der Festlegung auf das Englische als Landessprache und der Missionstätigkeit verschiedener von allen Seiten mit Recht argwöhnisch betrachteter Gruppen unter den Holländern am Kap ausgebrochen seien. In jedem Fall hätten sich diese letzteren aufgemacht, in großen und kleinen Trecks, um im Norden, jenseits des Oranje und teilweise auch jenseits des Vaal, eine neue Heimat zu suchen. Noch seien sie nicht in das Gebiet vorgestoßen, in dem die besagten Höhlen lägen, die er damals mit seinem Schwiegervater besucht habe, doch es gebe dort ständig Auseinandersetzungen zwischen den verfeindeten Stämmen der Matabele und Barolong, und so müsse man wohl befürchten, dass die eine oder andere Partei die burischen Auswanderer mit ihren Pferden und Feu-

erwaffen gegen die andere zu Hilfe rufen werde, um so erst wirklich einen Krieg zu entfachen, der diesen Namen auch verdiene.
Sollten der Herr Professor und seine Helfer zwischen diese Fronten geraten, werde wahrscheinlich nur das Luftschiff noch Rettung bringen können, weshalb er ihnen dringend rate, beim geringsten Anzeichen von Gefahr eine der von ihm entwickelten Signalraketen abzuschießen, um den Engländer zu benachrichtigen, falls dieser sich zufällig gerade in der Nähe aufhalte. Mit den Einheimischen könne man möglicherweise verhandeln, aber die Buren auf ihren Trecks stellten eine weit größere Gefahr dar als einfache bewaffnete Räuber oder desertierte Soldaten und seien folglich unbedingt zu meiden. Sollten diese zwar auf den ersten Blick recht beschränkten, aber zuweilen ungemein bauernschlauen religiösen Fanatiker gar bemerken, zu welchem Zweck von Caphengst und Hartmann in die Höhlen der urzeitlichen Affenmenschen hinabsteigen wollten, könnten sie jedenfalls sicher sein, ohne viele Umstände am nächsten Baum aufgeknüpft zu werden.
Es hatte keineswegs allein an der zunehmend stickiger werdenden Luft in dem hermetisch abgeriegelten Raum gelegen, dass der Direktor immer stärker ins Schwitzen geraten war, doch schließlich war es von Caphengst gelungen, seinen Gastgeber zu beruhigen und einen ganz gewöhnlichen Abschied zu inszenieren, den die dunkeläugige Dame durch ihre Anwesenheit und beinahe auch ihre Tränen, die allerdings offenbar nicht ausschließlich um ihn, den berühmten Gelehrten, still und

heimlich hinter Gardine und Schnupftuch vergossen worden waren, bedeutend verschönert hatte. Ihr Gatte wackelte bedenklich mit dem in den Stiernacken gelegten runden Haupt, während er der fliegenden Todeskarawane noch lange nachstarrte, und stemmte dabei die Fäuste in die voluminösen Seiten.

Für Hartmann war der Flug ein berauschendes Erlebnis gewesen, das noch nicht einmal mit der grandiosen Schifffahrt von Amsterdam nach Paramaribo, der er so lange entgegengefiebert und die ihn dann auch tatsächlich so tief beeindruckt hatte, verglichen werden konnte. So frei hatte der Prophet Elias sich gefühlt, als er entrückt wurde, so winzig und unbedeutend war dem Engel die Jungfrau Maria erschienen, als er ihr die Geburt des Heilands verkündigte, so betrachtete Gott seine Schöpfung von seinem Platz droben zwischen den Wolken. Trauer und Neid auf den glücklichen Piloten hatte er verspürt, als das Luftschiff sich wieder in die Lüfte erhoben und ihn mit von Caphengst, einem Wust an Hacken, Schaufeln, Eimern und äußerst ungewissen Erwartungen in dieser grünen, grauen und gelben Einöde zurückgelassen hatte.

Das Hacken und Scharren im steinigen Boden, das Hinabsteigen in die finsteren, staubigen Höhlen und das Abbürsten und Polieren der seltsamen Schädel, die noch keine richtigen Menschen, aber auch keine bloßen Affen mehr darstellen sollten, bildete einen seltsamen Kontrast zu den erhabenen Beobachtungen, zu denen sich Hartmanns Geist während der Fahrt mit dem Luftschiff aufgeschwungen hatte. Wie erfolgreich sie bald arbeiteten, welche Mengen an Schädeln, Knochen, steinernen Werkzeugen sich bereits nach wenigen Tagen in einer rasch errichteten Hütte stapelten, welche Theorien und Erkenntnisse sich in von Caphengsts krakeliger Handschrift über unzählige Blätter groben Papiers verbreiteten wie Geschwüre, drang kaum in Hartmanns Bewusstsein, dessen Gedanken unablässig um das überwältigende Erlebnis der Luftfahrt kreisten. So erwartete er Tag für Tag sehnsüchtig die Rückkehr des buckligen Engländers, der die zwei Ausgräber mit Proviant und Wasser versorgen, die Fundstücke bergen und Nachrichten aus der Zivilisation bringen sollte.

Und dann erschien der riesige Ballon tatsächlich, trieb schnurgerade auf die aus der Luft gut sichtbare Hütte von Caphengsts zu, landete vor derselben und wurde von Hartmann, der seit dem ersten Anblick mit der Mütze in der Hand in andächtige Betrachtung versunken verharrt hatte, euphorisch begrüßt, indem er dem Piloten half, das Luftschiff an dicken Seilen zu vertäuen, während der Professor seelenruhig damit fortfuhr, ein mit bunten Bändern abgestecktes Areal, in dessen Mitte sich eine halb freigelegte Schädeldecke wölbte, mit einer Pinzette Handbreit um Handbreit nach Knochensplittern und Zähnen abzusuchen.

Später saß man auf dem staubigen Boden vor der Hütte zusammen und verzehrte gemeinsam Lammfleisch und Bohnen, trank ein dünnes Bier dazu und der Engländer begann seinen Bericht aus Kapstadt, wo sich in der Zwischenzeit Ungeheuerliches ereignet hatte. Erst gestern sei vor der Goldmine des rundlichen Italieners ein Mann aufgetaucht, der sich als Bruder einer ehemaligen Bediensteten aus dem Haus des Schweden vorgestellt habe und vom Direktor der Mine sowie dem Engländer selbst auch als derselbe erkannt worden sei. Dieser habe noch völlig erschöpft von dem Ritt, bei dem er sein Pferd wortwörtlich zu Tode geritten habe, berichtet, der ehrenwerte Vorsitzende der Königlich Preußischen Gesellschaft für Paläoanthropologie sei ganz plötzlich nach kurzer und heftiger Krankheit trotz der aufopferungsvollen Pflege seiner, nämlich des Boten, Schwester verstorben, woraufhin man von unbekannter Seite den Leichnam eilig zu Grabe getragen, die Dienerschaft des Verstorbenen vertrieben und sein Haus beschlagnahmt habe.

Einige Stunden lang seien dort mehrere Männer in langen schwarzen Mänteln und mit breiten Hüten auf dem Kopf ein- und ausgegangen, hätten Kisten und Säcke herausgeschleppt, um diese im Inneren einer Kutsche zu verstauen, und seien schließlich in dieser Kutsche zum Hafen gefahren. Kaum sei das Gespann hinter der nächsten Biegung verschwunden gewesen, als er und seine Schwester sich in das verlassene, aber sorgfältig verschlossene Haus geschlichen hätten, doch bereits beim Betreten des Hausflurs sei ihnen Brandgeruch in die Nase gestiegen und Augenblicke später hätten sie sich in einem Flammenmeer wiedergefunden, dem er nur um Haaresbreite habe entfliehen können, während seine Schwester, die sogleich in eine tiefe Ohnmacht gefallen sei, aus der er sie nicht mehr habe wecken kön-

nen, schließlich ihr Leben in dem Haus, dessen gute Seele sie so lange Zeit gewesen sei, verloren habe.
Man erwarte jetzt auf dem Gehöft des längst nicht mehr so fröhlichen Ingenieurs, wo er sich bis zu seiner Abreise hierher ebenfalls aufgehalten habe, die Rückkehr der beiden Iren, die derzeit einige umliegende Farmen besuchten, sowie die des hünenhaften Schatzmeisters, der gegenwärtig mit seinem Branntweinfass und einer beachtlichen Viehherde ganz in der Nähe durch die Lande streife und inzwischen ebenfalls von den Vorfällen benachrichtigt worden sein müsse, dann aber werde man sich gemeinsam nach Kapstadt begeben, um gründliche Nachforschungen anzustellen und natürlich die mutmaßlichen Mörder, Räuber und Brandstifter zu ermitteln und zur Strecke zu bringen.
Man ersuche von Caphengst und Hartmann aus diesem Grunde dringend, fuhr der Engländer nach einer längeren Pause, die seinem Bericht gefolgt war, mit Nachdruck fort, sich der gemeinsamen Suche nach den Schuldigen und insbesondere den Ursachen für das abscheuliche Verbrechen anzuschließen, das gegen den Erhalt der ehrenwerten Gesellschaft, die Arbeit von Jahrzehnten und den wissenschaftlichen Fortschritt überhaupt gerichtet sei. Der Professor seufzte und erwiderte, das sei leider unmöglich, die gegenwärtigen Grabungen dürften nicht unterbrochen werden und außerdem seien die mutmaßlichen Brandstifter und Giftmörder ja offensichtlich längst mit ihrer Beute außer Landes geflüchtet. Überdies sei ja keineswegs sicher, dass der Vorsitzende, wie der Engländer anzudeuten scheine,

eines gewaltsamen Todes gestorben sei, es könne sich immerhin tatsächlich um eine Krankheit gehandelt haben, mit der die folgende Plünderung und Zerstörung des Hauses in keinerlei Zusammenhang stehen müsse.
In jedem Fall sei er selbst, Fridolin von Caphengst, von dem Vorsitzenden persönlich mit einer Vollmacht ausgestattet worden, in dessen Abwesenheit die Geschicke der Königlich Preußischen Gesellschaft für Paläoanthropologie zu lenken, die reibungslose Zusammenarbeit ihrer einzelnen Mitglieder zu gewährleisten und wichtige Entscheidungen notfalls im Alleingang zu treffen. Daher verfüge er nun, fuhr der Professor fort, während der Engländer entgeistert auf das Papier stierte, das von Caphengst ihm noch immer vor die Nase hielt, dass kein Anlass bestehe, die hier so vielversprechend begonnenen Arbeiten zu unterbrechen, dass weiterhin Versorgungsflüge von der Goldmine des Italieners zu dieser überaus ergiebigen Fundstätte stattzufinden hätten und dass erst nach Abschluss der laufenden Grabungen eine Reise nach Kapstadt unternommen werden solle, von der er persönlich sich jedoch beinahe nichts verspreche.
Der Engländer klappte den Mund auf und nach einer Weile wieder zu, ohne sich zur Artikulation eines einzigen Wortes durchringen zu können, stand auf und ging zu seinem mit großen Holzkisten voller Schädel und Faustkeile beladenen Luftschiff hinüber, dessen Motor er, noch immer wortlos, in Betrieb zu setzen begann. Ebenso schweigsam half Hartmann ihm, die Vertäuung zu lösen, und sah dem in den blauen Himmel steigenden

Ballon nach, bis dieser als kleiner und kleiner werdender Punkt mit der Umgebung verschmolz. Hinter ihm schoben sich am blauen Himmel zwei schneeweiße Wolken zu einem Gebilde ineinander, das dem Profil des unter solch mysteriösen Umständen verblichenen Schweden und dem grauen Zopf in dessen Nacken derart auffällig ähnelte, dass der Schustergeselle mehrmals die Augen schloss und wieder öffnete, bis die beiden Wolken sich wieder getrennt hatten.

Einige Tage später zogen drei Schafhirten an der Hütte vorbei, die sich bereits wieder mit den Funden der beiden unermüdlichen Ausgräber zu füllen begann, grüßten von Caphengst und seinen Gehilfen mit weißen Zähnen in breit lächelnden Gesichtern und ließen sich gerne zu einer Zigarre aus dem kleinen Holzkistchen einladen, das sich unter der Nachschublieferung des buckligen Engländers gefunden hatte. Erst vor einigen Tagen seien sie dem im ganzen Land bekannten Branntweinhändler begegnet, der ihnen ein Glas von dem köstlichen Getränk spendiert habe, wenig später noch einmal zwei Reitern, die sich nach dem Gespann mit den beiden Fässern erkundigt hätten, von denen jedoch hätten sie nichts bekommen und sie daher auch in die falsche Richtung geschickt.

Von diesen Schädeln gebe es übrigens noch viele weitere, teilweise auch ganze Skelette und seltsame, uralte Malereien in großen Höhlen, nur ein paar Tagereise weiter südlich, wo man allerdings häufig kein Wasser finden könne und sie vor ein paar Jahren einmal beinahe mit ihrer ganzen Herde verdurstet wären, wenn sie nicht im letzten Augenblick ein paar Tiere geschlachtet und die übrigen mit deren Blut getränkt hätten. Hartmann bemühte sich, über die in einem grausamen Kauderwelsch vorgetragene Erzählung dieser Wichtigtuer, die immer wieder nach der kleinen Holzkiste schielten, nicht laut zu lachen, doch von Caphengst bot den dreien bereitwillig jeweils eine weitere Zigarre an, ließ sich den Weg zu den Höhlen in der Wüste genauer beschreiben und schenkte den hocherfreuten Hirten am Ende die ganze duftende Kiste.

Als das Luftschiff bald darauf erneut eintraf, informierte der Professor den Buckligen, der noch buckliger geworden zu sein schien und alle Anweisungen neuerdings widerspruchslos entgegennahm, über seine Absicht, die Grabungen nach dem Süden auszudehnen, er benötige dafür beim nächsten Versorgungsflug mehr Wasser und erwarte, mit dem Luftschiff vor dessen Rückkehr zur Mine in das neue Grabungsgebiet überführt zu werden. Der Engländer ließ ihn ausreden und blickte dann eine ganze Weile schweigend und teilnahmslos in den Wüstenstaub zwischen seinen Stiefeln. Wenn von Caphengst mit seinem Bericht zu Ende sei, habe auch er Neuigkeiten, allerdings wie gewöhnlich Hiobsbotschaften, denn der Schatzmeister, auf dessen Ankunft er und der Direktor so sehnsüchtig gewartet hätten, sei vor ein paar Tagen schließlich bei der Mine eingetroffen, und zwar auf dem Wagen der beiden irischen Vorarbeiter, die seinen völlig entkleideten, aber äußerlich unversehrten Leichnam auf der Straße gefunden hätten. Sein Gespann und die beiden Treiber seien verschwunden und auch ein

Suchtrupp, den der Direktor sofort losgeschickt habe, habe keine Spur von Wagen, Ochsen oder Menschen entdecken können. Aber natürlich, er kenne die Vollmacht des Herrn Professor zur Genüge und werde seinen Befehlen selbstverständlich umgehend Folge leisten.

XIV.

In den mäßig hohen Felsformationen, zwischen denen von Caphengst sein neues Lager aufgeschlagen und die der Engländer beim Entladen seines Luftschiffes mit unentwegtem Kopfschütteln gemustert hatte, war das Wasser tatsächlich rar. Eine bereits jetzt beinahe versiegte Quelle trat zaghaft unterhalb der Höhlen aus dem Gestein und ergoss ihr spärliches Nass in eine alsbald von Hartmann entsprechend positionierte Tonne, aus der die beiden Ausgräber in den ersten Tagen sparsam gelebt hatten, doch dieses Rinnsal schien das einzige im weiten Umkreis zu sein, was auch die Erkenntnisse eines Erkundungsfluges bestätigt hatten, den der Bucklige in mäßiger Höhe unternommen hatte, bevor er wieder in seinen Ballon gestiegen war, dessen technische Weiterentwicklung hinsichtlich der Übertragung der Kraft von der Dampfmaschine auf die Luftschraube, der Steuerung mithilfe des Heckruders und der Vorrichtungen für die Landung er dem interessierten Professor trotz seiner Verstimmung mit stolzgeschwellter Brust in allen Einzelheiten erläutert hatte.

Einen halben Tag hatten Hartmann und von Caphengst damit verbracht, eine neue Hütte für die Lagerung der

Fundstücke zu errichten, dann waren sie hinauf zu den Eingängen der Höhlen gestiegen, die tief in den Berg hineinführten und als Rückzugsort für urzeitliche Jäger und Sammler ohne Zweifel ideal geeignet gewesen waren. Bald hatten sie denn auch hier Pfeilspitzen und Steinklingen entdeckt, Bruchstücke von primitiven Gefäßen und Mahlsteinen, einzelne Knochen, die jedoch meist von den Beutetieren der Höhlenbewohner stammten und schließlich das beinahe vollständige Skelett eines aufrecht gehenden Affen mit eingeschlagenem Schädel.

Von Caphengst überließ es weitgehend Hartmann, diese Funde freizulegen, Zeichnungen von ihnen anzufertigen und sie in mit Gras gepolsterte Kisten zu verpacken. Derweil untersuchte er mit einem Windlicht die Wände der Höhle, ohne jedoch die Zeichnungen zu entdecken, von denen die Hirten berichtet hatten. Am Ende kehrte er stets missmutig zu Hartmann zurück, schleppte mit ihm die Kisten zur Hütte und strich eine weitere Höhle von seiner umfänglichen Liste, die er sich noch während des Aufklärungsfluges mit dem buckligen Engländer angelegt hatte.

In den folgenden Tagen und Wochen erkletterten die beiden Ausgräber sämtliche Felsen der näheren Umgebung und durchstöberten die zum größten Teil einfach völlig leeren Höhlen, bevor sie auf dem Kopf der höchsten Erhebung in einer mit Steinen verschlossenen Spalte einen mumifizierten Körper entdeckten, der neben mehreren Werkzeugen und Waffen aufgebahrt worden war. Von neuem begann der Professor, alle längst gründlich

inspizierten Höhlenwände noch einmal minutiös abzuleuchten, bis seine rastlose Suche durch Hartmann unterbrochen wurde, der von der Kuppe des Mumienhügels herab winkte und mit den Armen ruderte, weil er im gegenüberliegenden Tal eine lange Reihe von Ochsenwagen erspäht hatte, die von mehreren Reitern begleitet wurden und genau auf ihn zuhielten.
Als der Treck näher kam, zogen von Caphengst und Hartmann sich hinter einen Felsbrocken zurück und beratschlagten, ob sie die Signalraketen des Direktors einsetzen sollten, doch der Professor, der zum ersten Mal unsicher und fahrig wirkte, bemerkte zu Recht, dass die Buren in jedem Fall die Ersten sein würden, die dadurch angelockt werden würden, und so unterließen die beiden Ausgräber diesen fragwürdigen Versuch, Hilfe herbeizurufen. Gerade waren die beiden Archäologen dabei, ihre Fundstücke aus der kaum zu tarnenden Hütte in eine nahe Höhle zu bringen, ein kreisrundes Grabungsloch so weit zu vertiefen, dass man es für den Versuch, einen Brunnen zu bohren, halten konnte, und für alle Fälle die Gewehre und Pistolen zu laden, als sich aus nordwestlicher Richtung zwei Reiter dem Treck näherten, bei dessen Anblick anhielten und kurz zu zögern schienen, dann jedoch ihren Weg fortsetzten und schließlich die Ochsenwagen erreichten. Sogleich umringten die berittenen Buren die beiden Neuankömmlinge und es entspann sich ein offenbar lebhafter Disput, der nach kurzer Zeit damit endete, dass man die beiden Unglücklichen entwaffnete und fesselte, während ihre Pferde an den ersten Ochsenwagen gebunden wurden.

Erstaunlicherweise jedoch änderte der Treck daraufhin seine Richtung und wandte sich in Richtung der Goldmine des italienischen Ingenieurs und seiner unglücklichen Gattin mit den großen Augen. Es war deutlich zu hören, wie von Caphengst aufatmete, während Hartmann langsam die krampfhaft gefalteten Finger löste, die als später Reflex auf die vielfältige Beschäftigung mit Johann Arndts Paradiesgärtlein noch einmal in dieser Haltung zusammengefunden hatten, und gemeinsam stiegen die für den Augenblick glücklich der Gefahr Entronnenen in der beginnenden Dämmerung schweigend zu ihrer Hütte hinab, um ein karges Abendbrot zu verzehren.

Am nächsten Morgen fand Hartmann an der Flanke des Hügels, die sie bislang gemieden hatten, weil sie steiler abfiel als alle anderen und aufgrund des losen Gesteins, das sie bedeckte, schwer zu ersteigen war, zwei halb verschüttete Höhleneingänge, deren Inneres von Caphengst endlich mit den Wandmalereien beglückte, die dem Preußen ein noch halb gefülltes Kistchen billiger Zigarren wert gewesen waren und für seinen ratlosen Gehilfen nichts weiter darstellten als ein undurchschaubares Gewirr aus Punkten und Strichen, Bögen und Flächen, aus dem er nicht klug werden konnte. Während der folgenden Tage wich das selige Lächeln nicht aus dem Gesicht des Professors, der sich mit Staffelei, Palette und Pinsel bewaffnete, um im Schein zahlloser Lampen, Windlichter und Fackeln, die Hartmann unermüdlich herbeischleppte, jeden Strich und jeden Punkt

gewissenhaft von der Höhlenwand auf die Leinwand zu übertragen.
Seine Bilder, die der Schustergeselle staunend mit den ihm völlig unverständlichen Originalen verglich, zeigten gebückt, aber aufrecht gehende behaarte Wesen mit flachen Schädeln, die in den handähnlichen Pranken Speere, Keulen und eine Art von Hacken oder Äxten hielten, mit denen sie Springböcke, Zebras, Antilopen, Büffel, Nashörner und Elefanten jagten oder andere ebenso behaarte Wesen verfolgten, die ihre Keulen bereits weggeworfen und sich zur Flucht gewendet hatten, während die Sieger die an ihren riesigen Brüsten zu erkennenden Weibchen der Besiegten im Triumph vor sich hertrieben. Leinwand um Leinwand füllte sich mit den Kopien der vornehmlich in schwarzen, roten und gelben Tönen gehaltenen Kunstwerke, während Hartmann die zweite Höhle untersuchte, in deren Tiefe er noch großflächigere Farbklecksereien fand, die seinem ungeübten Auge jedoch ebenso fremd und unverständlich blieben wie diejenigen, mit denen sich von Caphengst gerade beschäftigte.
Inmitten dieser bedeutenden Entdeckungen erschien am Himmel wieder einmal der nun bereits sattsam bekannte dunkle Punkt, der rasch näher kam und bei dem es sich natürlich um das erneut weiterentwickelte und verbesserte Luftschiff des buckligen Engländers handelte, der jedoch nach der Landung alle diesbezüglichen Komplimente von Caphengsts brüsk ablehnte, schon gar nichts von einer mumifizierten Leiche oder Wandmalereien hören wollte, auch keinerlei Proviant mit sich führte,

sondern kurz und bündig auf dem sofortigen Abbruch der Ausgrabungen bestand und dringend zu dem gemeinsamen Versuch riet, mit dem Luftschiff die Kapkolonie zu erreichen.
Bald nach seiner Rückkehr zum Gehöft ihres gemeinsamen Freundes und Gastgebers sei dasselbe Schauplatz eines Kampfes zwischen einer Abteilung der Matabele und der Hauptmacht der nicht allzu kriegerischen Barolong geworden und von den siegreichen ersteren nach der Flucht der geschlagenen letzteren ebenfalls attackiert worden. Glücklicherweise habe man sich während des Kampfes entsprechend vorbereiten und die geschwächten Sieger ohne größere Verluste zurückschlagen können, doch habe man natürlich befürchten müssen, dass die Matabele mit Verstärkung zurückkehren und einen erneuten Angriff versuchen würden. Dass es dazu nicht mehr gekommen sei, stelle jedoch die eigentliche Katastrophe dar, die bereits am übernächsten Tag über die ganze Gesellschaft hereingebrochen sei, als er selbst gerade einen im Übrigen sehr erfolgreichen Probeflug mit der neuen Dampfmaschine unternommen habe, durch die es ihm gelungen sei, Geschwindigkeit und Reichweite seines Luftschiffes noch erheblich zu steigern.
Bei seiner Rückkehr jedenfalls habe er die Flucht der Minenarbeiter unter Führung der beiden irischen Vorarbeiter beobachtet, während eine Gruppe burischer Reiter gerade damit begonnen habe, die Balken der Minengänge in Brand zu setzen, und der Direktor mit ausgestreckten Armen und blutbesudeltem Hemd reglos vor der

zertrümmerten Tür seines bereits lichterloh brennenden Hauses gelegen habe. Da ihn die Angreifer sofort unter Beschuss genommen und um ein Haar die Hülle seines Ballons beschädigt hätten, sei er gezwungen gewesen, umzukehren und unverzüglich hierher zu kommen, um ihnen beiden wenigstens noch die Flucht aus diesem offensichtlich bereits in hellem Aufruhr befindlichen künftigen Kriegsgebiet zu ermöglichen.
Es schien, als zögere von Caphengst einige lange Minuten, in denen er sich wohl den Anblick des auf seinen Mumienhügel zuhaltenden Trecks ins Gedächtnis zurückrief, doch die Macht der Bilder in den Höhlen und auf seiner eigenen Leinwand war stärker als die Angst vor den eigenbrötlerischen Siedlern, die nicht bereit waren, irgendwelche Goldsucher und Wissenschaftler, Erfinder und Fortschrittler in ihrer Nähe zu dulden. Die Wände der ersten Höhle waren nahezu vollständig kopiert und länger als eine Woche oder vielleicht zehn Tage würde er für die zweite, von der Hartmann ihm berichtet hatte, kaum benötigen. Von hier zu fliehen, ohne dieses Werk vollendet zu haben, das war und blieb schlechterdings undenkbar. So schüttelte er auch jetzt wieder den Kopf, und als der bucklige Engländer Einwände erheben wollte, klopfte er auf die Brusttasche seiner Weste, die heute leer war, aus der er aber vor einigen Wochen das Schreiben des Vorsitzenden gezogen hatte, das ihn zu dessen Stellvertreter und damit zum kommissarischen Präsidenten der allerdings bereits gravierend dezimierten Gesellschaft bestimmte.

Resigniert hob der Luftschiffer die Schultern und ließ sie gleichgültig herabfallen, dann zog er einen Brief aus der Jacke und überreichte ihn Hartmann mit der Frage, ob wenigstens er Vernunft annehmen und mit ihm fliehen wolle. Da der Schustergeselle inzwischen jedoch hastig nach dem Umschlag gegriffen, denselben geöffnet und darin neben einem Schreiben von fremder Hand den eigenen, ungeöffneten Brief an seine Braut gefunden hatte, waren seine Ohren für die Vorschläge und Bitten des Engländers beinahe noch weniger empfänglich als die seines Vorgesetzten, der zudem die Gunst der Stunde nutzte, um seinen Anspruch auf die uneingeschränkte weitere Mitarbeit dieses ebenso wertvollen wie fähigen Gehilfen mit allem gebotenen Nachdruck und dem gesamten Umfang seiner nicht unbeträchtlichen Autorität zu bekräftigen.

Wieder bestand die einzige Reaktion des Engländers in gleichgültigem Achselzucken. Die Königlich Preußische Gesellschaft für Paläoanthropologie sei durch die Macht des Faktischen ohnehin so gut wie aufgelöst und die Autorität des stellvertretenden Vorsitzenden damit das Papier nicht mehr wert, auf dem sie stehe, da seit dem Tod des Schatzmeisters auch niemand mehr anzugeben wisse, wo eigentlich all die immensen Vermögenswerte, von denen dieser so oft gesprochen habe, abgeblieben seien, sofern sie je existiert hätten. Wenn Hartmann also unbedingt für den forscherischen Ehrgeiz eines Wahnsinnigen sein Leben aufs Spiel setzen wolle, sei dies sein Privatvergnügen, und wer diesen gutgemeinten Rat nicht hören wolle und stattdessen lieber

einen Brief lese, in dem morgen oder auch in einer halben Stunde noch dasselbe stehen werde wie eben jetzt, dem könne er ohnehin nicht mehr helfen.
Er selbst habe in jedem Fall seinerseits einen nicht uninteressanten Brief von zwei brasilianischen Geschäftsleuten erhalten, die erst vor wenigen Wochen auf dem Vorgebirge angelangt und bereit seien, in sein Luftschiff gewaltige Summen zu investieren, die sie auf ihren Plantagen am Amazonas erwirtschaftet hätten. Auf von Caphengsts süffisante Frage, wie denn die Namen dieser beiden Wundermänner lauteten, musste der Engländer zwar eingestehen, das wisse er nicht, da die beiden den Brief lediglich mit ihren Initialen unterzeichnet hätten, doch müsse zumindest der eine von Adel sein, denn die eine Unterschrift habe auf die Buchstaben A. L. C. d. A. gelautet, was ja wohl eindeutig auf einen entsprechenden Titel hinweise. Der nicht viel zu bedeuten haben müsse, wie er aus eigener leidvoller Erfahrung berichten könne, erwiderte von Caphengst nun seinerseits eher gleichgültig als angriffslustig und wandte sich noch einmal an Hartmann, um ihn wortreich an seine moralische Pflicht zu gemahnen, die ihm verbiete, vor der wichtigen Aufgabe, der sie sich gemeinsam gestellt hätten, nun aufgrund einer mehr eingebildeten als wirklichen Gefahr einfach davonzulaufen.
Nichts davon drang an die Ohren des Schustergesellen, der den kaum eine Seite langen Brief, der seinem eigenen Schreiben beigelegt war, bereits zum dritten Mal las, ohne dass sich aus den einzelnen Buchstaben Worte, aus den Worten Sätze, aus den Sätzen eine Botschaft

entwickelt hätte. Erst beim vierten und fünften Lesen begriff er, dass der Brief von einer Großtante Thereses stammte, an die er sich nur sehr vage erinnerte, und dass diese Tante ihm mitteilte, seine Verlobte sei aus Kl… mit unbekanntem Ziel verzogen, weshalb er seinen Brief hiermit zurückerhalte.
Kurze Zeit nach seiner überstürzten Abreise aus der Stadt sei die Nachricht dort angelangt, die Eltern des armen Mädchens seien auf der Geschäftsreise, während der sie ihr Kind dem Patenonkel anvertraut hätten, mit der Kutsche auf einem verschneiten Gebirgspass umgeschlagen und in eine metertiefe Schlucht gestürzt, wo beide ebenso wie der Kutscher das Leben verloren hätten. Begreiflicherweise habe die schnelle Folge der beiden Schicksalsschläge, die der armen Therese mit einem Mal den Bräutigam und beide Eltern geraubt habe, starken Eindruck auf das Kind gemacht, das daraufhin seine Fröhlichkeit beinahe vollständig eingebüßt und mit der Trauerkleidung die der körperlichen wie geistigen Gesundheit gleichermaßen abträglichen Gewohnheiten eines strikten Rückzugs aus jeglicher menschlicher Gesellschaft, einer beinahe vollständigen Verweigerung der Nahrungsaufnahme und ebenso plötzlicher wie grundloser Tränenergüsse angenommen habe.
Schließlich habe sich der Patenonkel nicht mehr anders zu helfen gewusst, als mit seinem Mündel die Stadt zu verlassen, um andernorts durch die Zerstreuungen der Fremde und des beständigen Ortswechsels eine Aufheiterung des sich stetig verdüsternden Gemüts herbeizuführen, sei also nach Veräußerung seines gesamten Be-

sitzstandes aus der Gegend verschwunden, und niemand wisse seitdem zu sagen, wohin er sich in seiner Verzweiflung gewendet habe. Das sei nun leider die ganze Auskunft, die sie, die Großtante, ihm erteilen könne, was sie sehr bedauere. Sollte es ihm aber gelingen, etwas über das Schicksal der armen Therese herauszufinden, wozu die jugendliche Kraft und insbesondere die Liebe ihn unfehlbar befähigen würden, so bitte sie darum, ihr, der Tante, in ihrer quälenden Ungewissheit eine kurze Nachricht zukommen zu lassen.

Wie betäubt von der Mitteilung der redseligen älteren Dame ließ der Schustergeselle den Brief sinken, blickte ausdruckslos von dem Gesicht des Engländers zu dem des Professors und wieder zurück, und war nicht in der Lage, auf die besorgten Fragen der beiden anders zu antworten, als dass er ihnen das Blatt Papier reichte, das ihm nun sein Schicksal zu besiegeln schien. Mit einem Mal wusste er, dass es eben diese Angst vor der unumstößlichen Gewissheit, Therese nicht mehr wiederzusehen, gewesen war, die ihn immer wieder daran gehindert hatte, einen Brief zu schreiben, dessen Antwort er möglicherweise nicht würde ertragen können. Solange er sich nicht nach ihr erkundigte, lebte sie für ihn in Kl… weiter, alterte nicht und wartete darauf, ihn bei seiner Rückkehr in die Arme zu schließen, ihn zu heiraten, Kinder mit ihm zu bekommen und ein Leben zu führen, dessen alltägliche Langeweile vom Schein einer nicht minder alltäglichen, aber darum nicht weniger leuchtenden, glänzenden, strahlenden Liebe vergoldet werden würde.

Immerhin schien sie nach dem Eindruck ihrer Großtante ja auch tatsächlich in geradezu romanhaft-romantischer Intensität um ihn getrauert zu haben, doch der Verlust ihrer Eltern hatte sie bestimmt noch weit stärker getroffen und irritiert stellte Hartmann fest, dass ihn dieser Gedanke mit Eifersucht erfüllte. Inzwischen hatte von Caphengst den Brief gelesen und den Engländer, der kein Deutsch verstand, mit den Grundzügen von dessen Inhalt vertraut gemacht, weshalb die beiden Männer nun an den Schustergesellen herantraten, ihm väterlich von beiden Seiten die Hand auf die Schulter legten und sich in ebenso gutgemeinten wie wirkungslosen Versuchen der Tröstung ergingen, um schließlich vor den Tränen, die über die sonnenverbrannten Wangen Hartmanns rollten, beschämt zu verstummen.

Doch in der Natur des Schustergesellen lag es weder, in Trauer und Selbstmitleid zu zerfließen, noch, durch eine gewaltige Anstrengung aller Kräfte gegen das grausame Schicksal anzukämpfen, stattdessen bemächtigte sich seiner eine ruhige und duldsame Demut, die ihn den Schmerz bezähmen und nach und nach vergessen ließ. Selbstverständlich werde er bei dem Professor bleiben und ihn bei den letzten Ausgrabungen unterstützen, um so der Wissenschaft und der in seinen Augen noch keineswegs untergegangenen Königlich Preußischen Gesellschaft für Paläoanthropologie einen bescheidenen, aber nicht unbedeutenden Dienst zu erweisen.

Dass der Luftschiffer für diese Art von Aufopferung kein Verständnis habe, sei bedauerlich, aber nicht zu ändern, er jedenfalls werde den Fehler seines Vaters nicht wiederholen. Auf die Frage von Caphengsts, was er denn damit meine, schwieg er und der Engländer bestieg mit einem letzten Schulterzucken sein Luftschiff und entschwebte in Richtung Kapstadt, wo der geheimnisvolle A. L. C. d. A. und dessen Kompagnon auf ihn und seinen Erfindergeist warteten. Er werde die Fundstücke und die Kopien der Wandmalereien vom Vorgebirge aus nach Berlin senden lassen und ein Gespann schicken, das die beiden Ausgräber nach Beendigung ihrer Arbeit im unwahrscheinlichen Fall ihres Überlebens zurück auf das Vorgebirge bringen könne.

XXV.

Es waren riesige Gemälde, die die Wände der zweiten Höhle des Mumienberges zierten und sich dem Blick der beiden Männer darboten, die neben sämtlichen Lampen und Fackeln in der Mitte der Höhle ein gewaltiges Feuer entzündet hatten, um sich einen Eindruck von der Pracht einer künstlerischen Gesamtkomposition zu verschaffen, die nicht das Werk halber Affen sein konnte, wie sie auf den Jagdszenen der ersten Höhle abgebildet gewesen waren. Tatsächlich waren die Gestalten feingliedriger und die Gesichter menschlicher, der Gang aufrechter und die Werkzeuge weniger klobig, sodass von Caphengst die Szenen mit einem deutlich sichtbaren Gefühl inniger Vertrautheit und Vertraulichkeit betrachtete, das er weder für die Mumie in der Spalte noch für die Jäger aus der ersten Höhle gezeigt hatte. Immer wieder wurden Paare dieser Wesen dargestellt, als Mann und Frau an den übertrieben großen Ge-

schlechtsmerkmalen erkennbar, mit bunten, offenbar blühenden Grasbüscheln oder Kräutern oder Blumen in der Hand. Dann folgten auch belebtere Bilder, die eine Gestalt überreichte der anderen das Büschel, in das dieselbe ihre noch etwas platte Nase versenkte, während andere Paare einander mit den bunten Stängeln unter den Armen abzureiben schienen. Direkt auf diese Bilder folgten Szenen, die Hartmann die Schamröte ins Gesicht trieben, denn die Gestalten vereinigten sich in zahllosen Varianten und Stellungen des Liebesspiels, die durch von Caphengst genau betrachtet und in detaillierten Skizzen auf einen Zeichenblock gebannt wurden, wo dem Schustergeselle die unglaubliche Obszönität dieser Abbildungen zumeist erst erkenntlich wurde.
Offenbar stellten die Gemälde einen Zyklus des Lebens dar, denn auf die vollkommen schamlose Darstellung der Kopulation folgte das kaum minder explizit dargestellte Wunder der Geburt, Frauen, die ihre Kinder säugten, spielende Jungen und Mädchen, die bald wieder die geheimnisvollen bunten Grasbüschel in den Händen hielten und sich zu Paaren zusammenfanden, miteinander wieder Kinder zeugten und dabei immer zahlreicher wurden, sodass sie durch die in bewundernswerter Konsequenz durchgeführte Komposition und vollständig gelungene Einteilung des Bildes in Vordergrund und Hintergrund bald die gesamte Höhe der Wand einnahmen. Am Ende der Höhle fand sich ein schmaler Durchgang, der in einen weiteren Raum führte. Offenbar enthielt dieser ebenfalls ausgedehnte Malereien, doch angesichts der hereinbrechenden Dämmerung be-

schloss man, deren Erkundung auf den morgigen Tag zu verschieben und zu der Hütte zurückzukehren, um schweigsam das Abendbrot zu verzehren.
Beim erneuten Eintritt in die Höhle stellten von Caphengst und Hartmann am folgenden Morgen fest, dass aus der zweiten Kammer ein Schacht ans Tageslicht führte, der eines der Gemälde vollkommen ausleuchtete, und als der Professor die Kopie desselben beendet hatte, auf der sich mehrere Männer über einen weiteren beugten, der auf einer Art Bahre lag, war das Licht zum nächsten Bild weitergewandert, auf dem die vielen dem einen Bauch und Brust aufschnitten, Herz, Leber, Nieren, Galle herausnahmen und schließlich die bluttriefenden Organe auf den Knien der Sonne entgegenstreckten. Neben ihnen standen dampfende Töpfe und Schalen auf Dreifüßen über dem Feuer, deren stilisierter Rauch bis zu der knapp unter der Höhlendecke aufgemalten Sonne emporstieg und denen die Männer auf dem folgenden Gemälde mit einer Art Schaufel schwarze Brocken entnahmen, um sie in den ausgeweideten Körper des Liegenden zu füllen, den andere mit einer Flüssigkeit übergossen.
Immer wieder bemühte Hartmann sich vergeblich, in den Wandmalereien einen Zusammenhang, eine Bedeutung, einen Sinn zu erkennen, bevor von Caphengst ihm dieselben mit Pinsel und Leinwand übersetzte, doch ihm blieben die Abbildungen ohne dessen Deutungen rätselhaft, während er durch den Vergleich mit den Bildern des Professors auch auf der Höhlenwand jedes Detail identifizieren konnte. Durch die natürliche Beleuchtung,

die das umständliche Hantieren mit Lampen und Fackeln überflüssig machte, gelang es dem Professor an einem einzigen Tag, die Wandmalereien der zweiten Kammer zu kopieren, und bereits am Nachmittag verließen die beiden Ausgräber endgültig die Höhle, in der sich keinerlei Knochen, Werkzeug oder andere Zeugnisse alltäglicher menschlicher Besiedelung hatten finden lassen. Am Abend öffnete von Caphengst die Kiste mit der Mumie aus der Spalte, trennte sorgfältig die ledrige Haut vom Brustbein bis zur Scham auf und fand im völlig leeren Oberkörper nichts als eine dünne, harte, raue, dunkelgraue Masse, die den Leichnam von innen her konserviert zu haben schien.

Hartmann war derweil mit einem der Gewehre von den Hügeln herabgestiegen und in einen Busch gekrochen, auf den sich eine Herde grasender Antilopen gemächlich zubewegte. Anders als die jagenden Affen aus der ersten Höhle, die in Gruppen von zwanzig oder dreißig Jägern mit geschwungenen Speeren und wildem Geschrei ihre Beute in Fallen und Hinterhalte trieben, blieb er selbst ruhig liegen, zielte genau, schoss und sah einen kräftigen Bock zu Boden stürzen, während die restlichen Tiere in eleganten und majestätischen Sprüngen die Flucht ergriffen.

Weil die Antilope viel zu schwer war, um sie zur Hütte zu schleppen, schnitt der Schustergeselle die besten Fleischstücke aus der Brust, dem Rücken, dem Rumpf, durchbohrte sie, zog ein Seil hindurch und hängte sie in einer kleinen Höhle in der Nähe der Hütte auf, in der er ein Feuer entzündete, um das Fleisch zu räuchern. Es grenzte an eine Wunder, dass bei seiner Rückkehr weder Löwen noch Geier den Kadaver bemerkt hatten, und durch diesen glücklichen Zufall gelang es dem Jäger schließlich, nach und nach alle verwertbaren Teile seiner kostbaren Beute in die Hütte zu schaffen und die Reste zu vergraben, um keine gefährlichen Räuber anzulocken.

Der Professor war noch immer mit der Mumie beschäftigt, packte diese allerdings schließlich wieder in die Kiste und teilte seinem Gefährten besorgt mit, er habe beim Reinigen seiner Hände feststellen müssen, dass die Quelle über der kaum noch zur Hälfte gefüllten Tonne nur mehr aus einem schmalen Wasserfaden bestehe und man das völlige Versiegen desselben innerhalb der nächsten Tage gewärtigen müsse. Bis zur Ankunft des Gespanns, das der Luftschiffer zu schicken versprochen habe, werde aber noch mindestens eine Woche ins Land gehen, in der sie aller Wahrscheinlichkeit nach verdursten würden, wenn sich nicht eine andere Wasserstelle fände. Mit einem lautlosen Seufzer gedachte Hartmann des Bocksbeutels in seinem Ränzlein, den er seit Tagen nicht mehr angerührt hatte, und beschloss schweren Herzens, von Caphengst demnächst in sein Geheimnis einzuweihen.

Noch aber schwieg er und begann, ein großes Stück Fleisch aus der Oberkeule der Antilope über dem Feuer zu braten, was auch von Caphengst auf andere Gedanken zu bringen schien, denn er lobte ausführlich Hartmanns Jagdgeschick, sprach von eigenen Jugenderinnerungen und einem Gut im Ostpreußischen, auf dem er mit seinem Vater diesem einzigen standesgemäßen Vergnügen gefrönt und eifersüchtig darüber gewacht habe, dass nicht etwa ein Bauer oder Tagelöhner sich dieses Privileg des Landadels anmaße.

Der Schustergeselle schwieg weiter und gedachte der verschiedenen Fälle von Wilderei, deren er sich auf seinen Wanderungen schuldig gemacht hatte, auch einer Gelegenheit, da er vom Förster irgendeiner kleinen Grafschaft im Hohenlohischen mit der Kaninchenschlinge in der Hand gefasst und gnädigerweise nur windelweich geprügelt worden war, doch es schien von Caphengst entgangen zu sein, dass sein Gesprächspartner nicht derselben Klasse angehörte wie er selbst, und so plauderte er munter fort.

Wegen des Wassers müsse er sich im Übrigen keine Sorgen machen, unterbrach Hartmann schließlich den Professor, der gerade zur Schilderung eines kapitalen Zwölfenders ansetzten wollte, den sein Großvater erlegt haben wollte. Er verfüge über ein unfehlbares Mittel gegen den Durst, eine magische Flasche, die sich am Morgen wieder fülle, sofern man am Abend einen einzigen Schluck aufspare, und damit zog er den Bocksbeutel hervor und reichte ihn von Caphengst. Dieser misstraute der Sache begreiflicherweise zunächst, trank jedoch von dem Wein, um das zarte, aber recht eigenartig schmeckende Fleisch der Antilope hinunterzuspülen, und übergab die noch gut zur Hälfte gefüllte Flasche dann wieder seinem Gehilfen, der sie bis auf den ominösen letzten Schluck leerte und diesen dann vor den Augen des Professors schwenkte.

Schließlich legte er für die Nacht noch einmal Holz nach, um das Räucherfeuer nicht verlöschen zu lassen, und wickelte sich in seine Decke, was ihm von Caphengst nach einem letzten misstrauischen Blick auf den Bocksbeutel, den er unmittelbar darauf einer plötzlichen Eingebung folgend in seine Jacke wickelte und als Kopfkissen verwendete, schließlich nachtat. Hartmann schlummerte noch immer selig, als von Caphengst bereits kurz vor Sonnenaufgang erwachte, sogleich nach der Flasche tastete und ungläubig feststellen musste, dass sein Gehilfe ihm offenbar keinen Bären aufgebunden, sondern die lautere Wahrheit gesprochen hatte.

Dass es diesem gelungen sein könnte, den Bocksbeutel unter seinem Kopf hervorzuziehen, auszutauschen oder wieder zu füllen, war beinahe auszuschließen, und wo zum Teufel sollte überdies in dieser Einöde der Wein für ein solches Kunststück hergekommen sein? Von Caphengst schüttelte den Kopf und sah neugierig zu seinem schlafenden Gefährten hinüber, der ein Geheimnis zu bergen schien, dessen Aufklärung er trotz der zahlreichen bedeutsameren und ebenfalls noch immer zum größten Teil ungelösten Rätsel in den Höhlen ringsum mit besonderer Vorfreude und heimlichem Grauen entgegensah.

Als die Sonne endlich die ersten wärmenden Strahlen über die steinigen Hügel und kahlen Bäume, das dürre Gras und den feinen Sand ergoss, hielt es ihn nicht länger auf der grob gezimmerten Bank, wo er seit dem Erwachen saß und noch immer kopfschüttelnd die mit funkelndem Wein gefüllte Flasche betrachtete, deren

ersten Schluck er sogleich gekostet und für denselben guten, unverdünnten Tropfen befunden hatte, der ihm bereits am Abend zuvor durch die Kehle geronnen war.
Schlaftrunken richtete Hartmann sich auf, als von Caphengst ihn an der Schulter rüttelte, glaubte dann wohl an einen Angriff der Buren oder Hottentotten, weshalb er versuchte, auf die Beine zu springen, sich dabei jedoch in seiner Decke verhedderte und erneut zu Boden stürzte, um sich sogleich wieder aufzurappeln. Erst auf die beschwichtigenden Worte des Professors hin beruhigte er sich schließlich und schleppte sich zur Wassertonne, um sich das Gesicht zu waschen. Von Caphengst schämte sich nun beinahe seiner Ungeduld und Neugierde, jedenfalls ließ er Hartmann nach dessen behelfsmäßiger Morgentoilette in Ruhe sein Wasser abschlagen und reichte ihm dann den wohlgefüllten Bocksbeutel, den der Schustergeselle umstandslos öffnete, um einen kräftigen Schluck zu nehmen.
Daraufhin ging dieser wortlos an sein Tagewerk, fachte das nur noch glimmende Feuer unter dem Räucherfleisch neu an, löste die getrockneten Bilder von Caphengsts aus dem Rahmen und rollte sie auf, packte Hacken und Schaufeln, Eimer und Seile zusammen, sodass dem vor Neugierde beinahe platzenden Professor nichts anderes zu tun blieb, als seinem wenig auskunftsfreudigen Gehilfen zu einer weiteren, noch nicht untersuchten Höhle zu folgen. Wieder fanden sich Schädel und Faustkeile, Speerspitzen und Mahlsteine, doch nichts davon weckte das Interesse von Caphengsts, der die einzelnen Fundstücke lustlos aufnahm und katalogisier-

te, dabei wieder und wieder die völlig kahlen Wände der Höhle absuchte und vernehmlich aufseufzte, was Hartmann geflissentlich ignorierte.

Was ihn stärker beunruhigte als die durchaus begreifliche Irritation des Professors, der natürlich früher oder später eine Erklärung für die wundersame Vermehrung des Weines verlangen würde, war sein wesentlich schwerwiegenderer Verdacht, dass von Caphengst, dessen Hand ihn bislang nur ein einziges Mal berührt hatte, als er über dem Brief von Thereses Großtante in Tränen ausgebrochen war, beim Versuch, ihn zu wecken, offensichtlich auch etwas vom zweiten Teil seines Geheimnisses bemerkt hatte, denn immer wieder trat er nahe an ihn heran und Hartmann war es, als ziehe der Preuße in diesen Augenblicken besonders tief und witternd die Luft in die weit geöffneten Nüstern.

Über dem Feuer briet erneut ein großer Lappen Fleisch aus dem Körper der Antilope, als von Caphengst seine Notizen zur Seite legte, seinen schweigsamen Gehilfen erwartungsvoll ansah und dann den Blick vieldeutig zu der bauchigen Weinflasche wandern ließ, die zwischen ihnen auf dem niedrigen Tisch stand. Da seufzte Hartmann vernehmlich, überlegte des Langen und Breiten hin und her, wie er seinen unvermeidlichen Bericht denn nun am geschicktesten beginnen könne, fand keine Lösung, tat dennoch todesmutig den Mund auf und schloss ihn sofort kleinlaut wieder, ohne dass ein einzig Wort den bald wieder fest aufeinandergebissenen Reihen seiner Zähne entschlüpft wäre.

Geduldig wartete von Caphengst, doch bereits dieser erste Versuch schien den Schustergesellen derart entmutigt zu haben, dass er auf jeden weiteren Verzicht zu leisten gewillt schien und im Begriff war, sich erneut in sein undurchdringliches Schweigen zu hüllen, das ihn inzwischen kleidete wie die abgewetzte Kurtka seinen berühmten wiewohl papiernen Zeitgenossen, dessen Geschichte von Caphengst vor Jahren mit Begeisterung verschlungen hatte, zumal er deren Verfasser seit Berliner Studienzeiten persönlich kannte und über die Maßen schätzte. Nach einer weiteren Viertelstunde angestrengter Stille wurde es dem Professor zu bunt und er ergriff selbst das Wort, um sein Gegenüber durch die Verwicklung in ein Gespräch schließlich doch noch allgemach dazu zu verleiten, das Geheimnis des Bocksbeutels preiszugeben.

Auf der Suche nach einem geeigneten Gegenstand für diese Unterhaltung schweiften seine Gedanken hierhin und dorthin, kehrten jedoch bald wieder zu den Funden der vergangenen Tage und der Mumie zurück, deren kunstvolle Balsamierung offenbar auf den Gemälden der zweiten Kammer abgebildet worden war. Was sie hier in diesen Höhlen entdeckt hätten, sei offenbar die Vorwegnahme der frühen Hochkulturen an Nil und Ganges, denn das verbindende Element der Zeichnungen in beiden Kammern sei doch offenbar die Bemühung um ein Sinnesorgan, dessen fachgerechte Benutzung vom Menschen im Verlauf seiner Entwicklung vom haarigen Baumbewohner zum aufrecht gehenden Philosophen zwar immer mehr vernachlässigt worden

sei, das jedoch in seiner Bedeutung für die Herausbildung einer verfeinerten Kultur sowie basaler religiöser Vorstellungen kaum überschätzt werden könne.
So verweise das Einreiben mit den duftenden Kräutern und Pflanzen, das die urzeitlichen Bewohner dieser Gegend vor dem Geschlechtsakt vorgenommen hätten, auf Traditionen aus der indischen Lebensweisheit, die der körperlichen Liebe ebenfalls große Bedeutung beimesse, während die Balsamierung der Leichen und die zweifellos ätherischen Brandopfer aus den danebenstehenden Schalen über den mächtigen bronzenen Dreifüßen eindeutig in Verbindung mit der ägyptischen Jenseitsvorstellung stünden, in der die Erhaltung der vollständigen körperlichen Unversehrtheit von entscheidender Bedeutung sei, welches hehre Ziel auch die Bewahrung der je eigentümlichen Düfte einschließe und folglich die Vermeidung widerwärtigen und unheilverkündenden Verwesungsgestanks zu einer wichtigen Aufgabe mache.
Überrascht stellte von Caphengst fest, dass der unbedarfte Schustergeselle seinen Ausführungen, die eigentlich nur dazu hatten dienen sollen, diesem die Zunge zu lösen, fasziniert folgte, und so verlor er über die Befriedigung seiner wissenschaftlichen Eitelkeit, die ihn bei der bereitwilligen Aufnahme seines profunden Wissens stets übermannte, sein eigentliches Ziel bald aus den Augen und errichtete auf der Grundlage der ihn umgebenden Fundstücke ein Gedankengebäude, von dem herab er selbst bald schwindelnd eine in frenetischem

Applaus tosende Menge zu gewahren glaubte, die seinen Namen unsterblich machen würde.
Auf die Bedeutung von Duftstoffen für kultische Zwecke brauche er wohl kaum näher einzugehen, rief von Caphengst den Tausenden zu, ein jeder kenne schließlich die Gaben der drei Heiligen Könige, die dem Jesuskind neben dem allseits bekannten Gold eben auch Weihrauch und Myrrhe dargebracht hätten, zwei überaus beliebte Duftstoffe, denen neben der Verwendung bei der bereits erwähnten Einbalsamierung auch eine aphrodisierende Wirkung zugeschrieben werde. Umgekehrt reiche die Funktion von Duftstoffen in der indischen Philosophie weit über die eigentlich sinnliche Liebe hinaus, bilde vielmehr die Grundlage für die komplexe Hierarchisierung einer Gesellschaft, in der die Welten des Göttlichen und des Menschlichen in vielfacher Weise miteinander verschränkt seien und das Ziel des Übergangs von der einen in die andere Welt mit dem Aufsteigen in der Hierarchie als Ausfluss persönlicher Vervollkommnung korreliere.
So sei es folglich auch kein Wunder, wenn die Herstellung von Parfüms in Mittelalter und Renaissance Angelegenheit der Alchimisten geworden sei, denen man die Suche nach der Verbindung von materieller und geistiger Sphäre anvertraut habe, und auch hier seien klare Hierarchien und die Exklusivität geheimen Wissens zu wichtigen Voraussetzungen des allgemeinen Fortschritts geworden. Gerade an der Herstellung künstlicher Düfte könne man dies ablesen, denn die Verschmelzung des ägyptischen Gottkönigtums mit der indischen Liebes-

lehre, des geistigen mit dem sinnlichen Adel, richte sich schon deshalb allein an die obersten Schichten der Gesellschaft, weil das Parfümieren des Leibes dessen eigenen Geruch und damit den sinnlichen Spezialcharakter eines jeden Menschen auf raffinierte Weise manipuliere. Diese bewusste Veränderung der erotischen Identität aber sei nur im Fall einer polygamen Lebensweise sinnvoll und wünschenswert, während der gemeine Mann sich schon deshalb von Duft und Kosmetik fernzuhalten habe, weil diese eine Gefahr für die beim Volk unbedingt erhaltenswerte eheliche Treue darstellten. Dagegen genieße der Edelmann und erst recht der König als erster Mann des Landes von alters her ein natürliches Vorrecht auf alle Frauen des Reiches, sei demzufolge von vornherein auf Promiskuität hin angelegt und nicht zuletzt aus diesem Grund dringend auf die beständige Manipulation und Anpassung seiner erotischen Anziehungskraft an die individuellen Schwächen und geheimen Sehnsüchte der jeweiligen Dame angewiesen.
Hartmann schwirrte der Kopf von all dem wirren Zeug, das dieser Schwärmer und Enthusiast hier vor ihm ausbreitete, und sein Widerwille, ausgerechnet vor Fridolin von Caphengst eine Beichte seines bisherigen Lebens ablegen zu müssen, wuchs mit jedem Wort, mit dem der Professor seine verqueren Theorien weiter entfaltete. Doch er hatte sich einmal entschieden, den Handel mit der blauäugigen Hexe, der seine eigentliche Bedeutung für ihn längst verloren hatte und sie beide nun lediglich noch vor dem schieren Verdursten retten sollte, nicht länger in seiner Brust zu verschließen, und so berichtete

er dem aufmerksam lauschenden von Caphengst alle seine Abenteuer, vom Tanz auf der Kirchweih bis zur Ankunft bei der Goldmine des italienischen Ingenieurs.
Es wäre nun freilich an der Zeit gewesen, dem bange auf die Reaktion seines Zuhörers wartenden Schustergesellen tiefgründige und wortreiche Tröstungen angedeihen zu lassen, wie der Professor sie etwa anlässlich des fatalen Briefes von Thereses Großtante bemüht hatte; allein von Caphengst war entweder noch zu sehr durch den Furor seiner Theorie eingenommen oder aus einem anderen Grund nicht an der seelischen Wiederherstellung seines treuen Gefährten interessiert, jedenfalls kehrte er ohne weitere Umstände in das hochragende Luftschloss seiner windigen Theorie zurück, zerrte Hartmann an der Hand durch dessen Korridore und Säle, Flure und Zimmer, Gänge und Gewölbe, setzte zu guter Letzt gar die soeben zum ersten Male vernommene Lebensgeschichte seines treuen Gehilfen als Kronzeugen auf den Thron dieses phantastischen Gebildes und spottete der Traurigkeit ihres und unseres Helden.
Als der Schustergeselle von Alsterfelds Gespräch mit dessen Dame erzählt hatte, war dem Professor sogleich einsichtig geworden, wie solide diese Konversation doch seine Theorie untermauerte, denn durch den Verlust seines Duftes war Hartmann nach der zutreffenden Diagnose des Grafen für die elegante Welt tatsächlich zum idealen Diener ohne Anspruch auf ein persönliches Glück, auf Vergnügen oder Ruhm herabgesunken und stand gleichsam auf einer Stufe mit dem Eunuchen eines orientalischen Harems. Es hatte unseren Schustergesel-

len keine geringe Überwindung gekostet, derartige Zwischenbemerkungen zu ignorieren und unbeirrt mit seinem Bericht fortzufahren, zumal von Caphengst bei der wundersamen Verehrung, die Lemaire dem völlig geruchsneutralen Mitgefangenen unter der Maske eines spanischen Missionars entgegengebracht hatte, erneut aufgesprungen war und zu einem Vergleich zwischen dem Propheten, zu dem Hartmann in dieser Episode stilisiert worden war, und der Rolle eines reinen Ankündigers größerer Dinge vom Format eines Täufers Johannes angesetzt hatte, da letzterer sich durch eine typische Unfruchtbarkeit in messianisch-soterischer Hinsicht auszeichne und bei der Ankunft des wahren Retters unfehlbar zurückstehen müsse.
In jedem Fall habe Hartmann mit der Flucht vor Therese wohl ohne rechtes Bewusstsein für die eigenen tieferen Beweggründe den einzig möglichen Weg eingeschlagen, denn durch seine Entscheidung für das letztlich wertlose Spielzeug der Hexe und gegen die eigene körperliche Unversehrtheit habe er die vom Grafen Alsterfeld treffend erkannte subalterne Position und den Rückzug aus der Welt der sinnlichen Freuden in die der geistigen und geistlichen Spekulationen, ins Reich der Theorien, Gedanken und Visionen gewählt, wohin ihn ohnehin kein wahrer Freund und schon gar kein lüsternes Weib hätte begleiten können. Der Blick des erregt auf und ab schreitenden Professors schweifte über eine imaginäre Zuschauermenge, der er sein unglücklichseliges Beweisstück präsentierte, für die er es Stück für Stück sezierte wie der unsterbliche Teufelsbündner sei-

ne halb verwesten, vom Schindanger aufgeklaubten Kadaver und deren vor Gier glänzende Augen er begeistert auf krampfhaft zuckende Sehnen und Nerven lenkte. Tatsächlich wartete der Schustergeselle geduldig wie ein Lamm, bis von Caphengst seine ebenso kruden wie Hartmanns Hirn auf hinterhältige Art und Weise marternden Ausführungen beendet hatte, und brachte seine Erzählung dann zu dem unserem Leser längst bekannten Ende, der Ankunft am Kap und der Weiterreise zur Villa des nun offenbar von einem Trupp burischer Fanatiker ermordeten Direktors. Als der Schustergeselle sich Glanz und Elend eines halben Menschenlebens von der Seele geredet hatte, blieb der Professor mit hinter dem Rücken verschränkten Armen stehen und schwieg, doch es war ein hochmütiges Schweigen, das seinen Zuhörer stärker erregte als die vorangegangenen tückischen, im Tone der lautersten Unschuld vorgebrachten Spitzen und Ehrenrührigkeiten, das eine Mordlust in ihm aufkommen ließ, die er Lemaire gegenüber schon einmal verspürt hatte und von der eine sanfte Vorahnung genügt hatte, um ihn den Tod Alsterfelds beinahe genießen zu lassen.

Als der Preuße sich nun von der Bank erhob, die Hartmann gezimmert hatte, den Teller mit den Resten des Fleisches zurückschob, das Hartmann erlegt, gebraten, serviert hatte, und sich den Schnurrbart strich, den Hartmann jede zweite Woche in Form zu halten hatte, packte ihn diese heiße Wut, die durch irgendeine abschließende Bemerkung von Caphengsts zu seiner Lebensgeschichte, an die er sich später nicht einmal mehr erinnern konnte, schließlich zum Ausbruch kam, sodass er drohend auf den Professor losging, mit Freude den im Zuge einer herrischen Geste verabreichten Backenstreich empfing und seinen Gegner, den er mit beiden Armen um den Leib packte, durch einen kräftigen Stoß seiner gesenkten Schulter in den Staub schleuderte. Sogleich sprang er, da er bei diesem Angriff ja auch selbst zu Boden gegangen war, wieder auf die Füße, setzte dem überraschten Preußen das Knie auf die Brust und drosch ihm die rechte Faust nach einer kurzen Ausholbewegung mit solcher Gewalt in das verdutzte Gesicht, dass die Nase von Caphengsts knackend brach und beider Hemden mit einem ergiebigen Blutfluss besudelte.

XXVI.

Wie die Prügelei geendet hatte, hätte bereits kurz darauf keiner der beiden Männer mehr mit Bestimmtheit anzugeben gewusst. In jedem Fall aber erlitt auch Hartmann erhebliche Blessuren und ging keineswegs als klarer Sieger aus der Auseinandersetzung hervor, zu deren Bilanz neben der bereits erwähnten gebrochenen Nase auch mehrere ausgeschlagene Zähne, einige angebrochene Rippen, ein verstauchter Knöchel, unzählige über beide Körper verteilte Blutergüsse, ein tiefer Riss in der Ohrmuschel und eine Platzwunde an der Schläfe gehörte. Am Ende hatte man wohl irgendwann erschöpft und keuchend, vor allem aber reumütig und beschämt einen unvermeidlichen Frieden geschlossen, was Hartmann besonders schwergefallen war, nachdem er erkannt hatte, dass das Einschlagen auf seinen Gegner ihn in einen Zustand sexueller Erregung versetzt hatte, der auch in dem Moment, da er von Caphengst die Hand reichte, noch nicht völlig abgeklungen war.

Dieser Umstand tat ein Übriges bei der hastigen Verdrängung des Vorfalls aus der Erinnerung des Schustergesellen, den bald dringendere Sorgen quälten, denn das Gespann, dessen Entsendung der Luftschiffer versprochen hatte, blieb nun bereits so lange aus, dass man wohl nicht mehr mit dessen dringend benötigten Segnungen rechnen durfte. Gleichzeitig war die Quelle endgültig versiegt und das Wasser aus der Tonne, welche die letzten Tropfen aufgefangen hatte, ging denn auch wenige Tage später zur Neige, obwohl sie es nun stets mit dem unerschöpflichen Wein aus dem Bocksbeutel mischten. Mit dem Eintreffen des von dem englischen Ballonfahrer versprochenen Ochsenwagens rechnete schon lange keiner der beiden mehr ernsthaft.

Zu allem Überfluss hatten weder Hartmann noch der Professor eine klare und begründete Vorstellung davon, in welche Richtung man sich zur Rettung wenden müsse, zumal das Gehöft des wohlbeleibten italienischen Goldgräbers offenbar zerstört und der Weg zurück zum Vorgebirge in jedem Fall zu weit war, um ihn in einem mörderischen Fußmarsch durch die halbe Karroo zurückzulegen. Da der Schustergeselle überdies mit einer gewissen Berechtigung befürchtete, von Caphengst werde sich wohl weigern, die letzten Fundstücke und die unzähligen Rollen Leinwand zurückzulassen, und da er nicht von neuem einen Streit mit dem rauflustigen und wehrhaften Preußen vom Zaun brechen wollte, irrte nun auch er ziellos durch die Gegend, grub lustlos ein paar weitere Schädel aus, die er in den Kisten verstaute, und beobachtete lauernd den Professor, der keinerlei Anstalten zum Aufbruch machte und stattdessen tagaus tagein über seinen Notizen saß oder die alten Fundstücke auspackte, untersuchte, vermaß, wog und schließlich wieder einpackte.

Auf diese Weise rückte die Zeit endlos langsam voran. Ob Tage, Wochen oder Monate vergangen waren, konnte der Schustergeselle bald nur noch mühsam an der Zahl der von ihm erlegten Antilopen abschätzen, deren Überreste sanfte Hügel bedeckten, unter denen er die unverwertbaren Reste der unglücklichen Tiere verscharrte. Die Munition würde noch Jahre hinreichen, der Bocksbeutel füllte sich Nacht für Nacht aufs Neue und zuweilen rieselte ein wenig Wasser in die jedoch meist trocken gefallene Tonne. Es schien langsam auf den November oder Dezember zuzugehen, denn es wurde immer heißer und trockener, und obgleich die beiden Ausgräber sich nun nach Möglichkeit schonten, floss der Schweiß in Strömen und die Versorgung des Körpers mit Flüssigkeit wurde trotz der zuverlässigen Unterstützung durch die magische Weinflasche zunehmend zum Problem.

Namentlich von Caphengst, dem der tägliche Genuss des unverdünnten Weines ohnehin ein Gräuel war, lief mehrmals täglich zur Wassertonne und kehrte stets mit enttäuschtem Gesicht von dort zurück, bis Hartmann sich dazu bereit erklärte, einen Erkundungsgang zu ei-

ner etwas entfernter liegenden Hügelkette zu unternehmen, auf deren Rückseite möglicherweise Wasser zu finden sein könnte, denn von dort kamen zumeist die Antilopenherden gezogen, die die beiden Ausgräber mit ihrem ebenso nahr- wie schmackhaften Fleisch und zumindest kurzfristig stets auch mit frischem, trinkbaren Blut versorgten.
So füllte er denn eines Morgens die Hälfte des Weines aus dem Bocksbeutel in einen Schlauch, hängte sich diesen sowie sein Gewehr um und machte sich auf den Weg durch die sandige Ebene, die beide Hügelketten voneinander trennte. Nur noch selten fand er Spuren der Tiere, die hier vorbeigezogen waren und von denen ihm nicht eines begegnete, während die Sonne unaufhaltsam dem Höhepunkt ihrer Laufbahn über einen wolkenlosen Himmel zustrebte und ihn dazu zwang, seinen Schritt nach und nach zu verlangsamen. Gegen Mittag erreichte er den ersten Hügel und umging ihn in einem kleinen Bogen, um die Rückseite der Kette zu mustern. Den ganzen Tag über blieb es vollkommen still, kein Vogel zog über den Himmel, kein Lüftchen regte sich, kein Rauschen oder Plätschern war zu hören.
Hartmann spülte seinen staubtrockenen Mund mit einem Schluck Wein aus und zog am Fuße der Hügelkette weiter, erstieg dieselbe auch verschiedene Male, um nicht etwa eine bereits wenige Meter nach ihrem Entspringen wieder versickernde Quelle zu übersehen, betrachtete die Gipfel und Ränder der Felsen mit dem Fernglas des Professors und beschloss zwei Stunden nach der Mittagszeit schließlich, die erfolglose Suche

abzubrechen und zu von Caphengst zurückzukehren. Es wurde einer der heißesten Tage bislang und mehrmals glaubte der Schustergeselle sich dem Verdursten und Verschmachten nahe, zumal er bereits nach der Hälfte des Rückweges sein Quantum Wein restlos verzehrt hatte. Schließlich jedoch erblickte er hinter einer weiteren mühsam überstiegenen Hügelkuppe zu seiner Erleichterung wieder die heimische Hütte, vor der sich die zahllosen Kisten und Säcke mit der Ausrüstung und den Fundstücken stapelten.

Von Caphengst schien sich entweder in die Hütte oder in eine der Höhlen zurückgezogen zu haben, denn er war weit und breit nicht zu sehen, doch auf dem Tisch stand der Bocksbeutel und Hartmann hoffte inständig, dass der Professor auch heute den Wein halbwegs verschmäht haben würde, denn nach nichts verlangte ihn so sehr wie nach einem guten Schluck, sofern es nicht gerade der letzte in dieser Flasche wäre, aus dem morgen wieder ein wohlgefülltes Maß des Rebensaftes hervorquellen musste. So erschrak der Held unserer Geschichte denn beinahe zu Tode, als er feststellen musste, dass sich kein einziger Tropfen Flüssigkeit mehr in der Flasche befand, die einsam und verlassen, aber fest verschlossen mitten auf dem Tisch stand, bevor er sie panisch ergriff, von allen Seiten ungläubig musterte, öffnete, umkehrte, schwenkte und schüttelte, um schließlich mit um den Flaschenhals gekrampfter Hand halb ohnmächtig auf die Bank vor der Hütte zu sinken.

Wo um alles in der Welt war nur der Professor hingekommen? Das glattrasierte und in wohliger Zufrieden-

heit glänzende Gesicht trat just in dem Moment vor Hartmanns Augen, als diese sich vor Überreizung und plötzlicher Schwäche schlossen, die feiste Gestalt schritt mit hochmütigem Lächeln und dozierender Gestik vor ihm auf und ab, während er selbst schlechterdings unfähig war, sich von der Bank zu erheben, und dann verwandelte sich vor dem ungläubig blinzelnden Staunen unseres völlig erschöpften und halb verdursteten Helden mit einem Male die so wohlbekannte Kleidung seines gestrengen Vorgesetzten. Von Caphengst trug jetzt den altfränkischen Rock der Kleinbürger von Kl…, den dort noch immer üblichen Zopf, und als er das Antlitz erneut dem wie zernichtet über die Sitzbank geworfenen Schustergesellen zukehrte, erkannte dieser den Postmeister, den Onkel seiner Therese, den Entführer seines Glücks, und ihm schwanden endgültig die Sinne.
Als Hartmann wieder erwachte, waren Zopf und Zylinder, Postmeister und Professor, Cappellarius und von Caphengst verschwunden. Die Flasche war seiner Hand entglitten und zu Boden gerollt, doch er achtete ihrer nicht mehr, sprang auf und durchstöberte in fieberhafter Eile alle Höhlen, die sie in den letzten Wochen gemeinsam entdeckt hatten, ohne recht zu wissen, was er denn eigentlich dort zu finden hoffte. Rast- und ziellos wühlte er im heißen Staub, bis sein gebeugter Nacken zu schmerzen begann und er gezwungen war, den Blick wieder in die Ferne schweifen zu lassen, wobei er sich dem ein gutes Stück hinter ihm liegenden Mumienhügel zuwandte und auf der Spitze desselben eine riesige Leinwand gewahrte, die vor der langsam hinter dem

Horizont versinkenden Sonne ein großes Rechteck aus dem Himmel schnitt.
In diesem Augenblick krachten hinter ihm Schüsse und in so weiter Entfernung, dass ihn kein Gewehr dieser Welt hätte erreichen können, galoppierten zwei Reiter in weiten schwarzen Gewändern durch die Ebene auf ihn zu, deren sich rasch nähernde Gesichter er durch das Fernglas des Professors bald erkennen konnte, denn es handelte sich um das vernarbte, für alle Zeiten durch das brennende Segel entstellte Antlitz Georges Lemaires, der wieder sein Missionarsgewand trug und den breitkrempigen Hut vor dem Bauch in den Gürtel gesteckt hatte, sowie um die wohlbekannten Züge des Grafen von Alsterfeld, die sich jedoch über einem gänzlich verfallenen Körper erhoben, der kaum die halben Ausmaße dieses einst so stattlichen Kämpen aufwies und eher dem schwarz gewandeten Duellanten hätte angehören können, von dessen Hand der Graf im fernen Sachsen gefallen war.
Ohne derlei Betrachtungen die gebotene Zeit zuwenden zu können, wandte Hartmann sich zur Flucht und lief auf den nächstgelegenen Hügel zu, um diesen zu erklimmen und seine Verfolger zum Absitzen zu zwingen. Zudem entsann er sich des glücklichen Umstandes, dass eine der Höhlen zwei Ausgänge besaß, und diese suchte er nun zu erreichen, um die beiden Angreifer zu überlisten, die inzwischen jeweils einen weiteren vergeblichen Schuss auf ihn abgegeben und die abgeschossenen Pistolen erneut achtlos weggeworfen hatten. Obgleich er es nicht für möglich gehalten hatte, dass sich noch ein

Tropfen Schweiß in seinem völlig ausgetrockneten Leib befinden könnte, rann derselbe dem Fliehenden nun in Strömen über Stirn und Wangen, troff aus Achselhöhlen und Kniekehlen, als er den ersten größeren Felsvorsprung erreicht hatte und sich nach den beiden schwarzen Gestalten umsah, die ihre Pferde an den Rand des Hügels drängten und soeben aus dem Sattel sprangen.
Zur ersten Höhle führte ein Weg, der zwar steil anstieg, aber relativ breit war, sodass Hartmann ihn in vollem Lauf zurücklegen konnte und dieses Laufen tat ihm in seiner Todesangst unendlich wohl. Über ihm kreiste ein Adler und es schien ihm kaum vorstellbar, dass sich gegenwärtig auch nur dieser Vogel freier fühlen könne als er selbst, der den vor Hitze glühenden und mit Staub bedeckten Gebirgspfad dahinjagte, seinen Verfolgern meilenweit voraus und vor deren Schüssen durch die undurchdringliche Felswand zu seiner Rechten geschützt.
In Kürze kam er zur ersten Höhle, lief aber an ihrem Eingang vorbei, um die nur wenige Schritte hinter dieser gelegene Felsöffnung zu erreichen, deren zweiter Ausgang allein ihn retten konnte. Auch diese erreichte er unbehelligt, ohne die beiden Verfolger noch einmal zu Gesicht bekommen zu haben, und wechselte durch die dunklen Gänge, die ihm in den letzten Wochen vertraut wie seine Westentasche geworden waren, auf die andere Seite der Hügelkette, von der aus er in kurzer Zeit den Mumienhügel mit der seltsamen Leinwand erreichen konnte, wo auch von Caphengst zu finden sein

musste, falls er noch in diesem irdischen Jammertal weilte.
Für einen Moment hielt Hartmann inne und erstieg eine kleine Anhöhe, von der aus er den Weg der beiden Verfolger überblicken zu können meinte, doch noch war niemand auf dieser Seite des Berges zu sehen. Wahrscheinlich untersuchten Lemaire und Alsterfeld noch immer die erste Höhle, an der sie vorbeigekommen waren, und tatsächlich traten die beiden in diesem Augenblick aus der Felsspalte und schritten, nun sehr gemessenen Schrittes und beständig nach allen Seiten spähend, auf den engen Durchgang zur anderen Seite der Hügelkette zu, dessen Geheimnis sie bald entdecken mussten.
Nun wäre es für unseren Helden an der Zeit gewesen, schleunigst seine Flucht fortzusetzen, doch während der Beobachtung der beiden für sein Leben so verhängnisvollen Männer hatte er eine Entdeckung gemacht, die ihn zunächst unwillkürlich unangenehm berührte, dann aber, als die Konsequenzen seiner Beobachtung in sein Bewusstsein traten, für einige Augenblicke zitternd erstarren und schließlich in dankbarem Gebet auf die Knie sinken ließ. Unter seinen Achselhöhlen wohnte im getrockneten Schweiß wieder der stinkende Bock des großen Veronesers, der in der dahingehudelten, auf das billigste verfügbare Papier gedruckten Literaturzeitung von Kl… so ungeschickt parodiert worden war, sein Körper roch wieder wie der eines jeden vor Angst schwitzenden, um sein Leben laufenden Mannes, der Zauber der blauäugigen Hexe war verflogen.

Was er durch sein Zögern an Vorsprung eingebüßt haben mochte, holte er spielend wieder auf, während er über die unwegsamen Pfade zwischen den einzelnen Hügeln auf die geheimnisvolle Leinwand förmlich zuflog, und noch immer schienen Lemaire und Alsterfeld den zweiten Ausgang der Höhle nicht gefunden zu haben. Er erreichte die Leinwand von der Rückseite her, sie stand auf der kleinen Hochebene, die den Gipfel des Mumienhügels bildete, und die Staffelei, auf der sie stand, war so tief im weichen Sand versunken, dass der Rand des Bildes bereits den Boden berührte. Von dem Künstler, der dies Werk erschaffen haben mochte, fehlte jede Spur, vor dem Bild lagen lediglich seine Palette, auf der die Farben ineinander gelaufen waren, ein paar umgestürzte und teilweise zerbrochene Becher sowie drei oder vier achtlos im Sand verstreute Pinsel.

Hartmann trat einige Schritte zurück, um das Gemälde zu betrachten, das erkennbar keine Kopie irgendwelcher prähistorischer Höhlenmalereien zeigte, sondern eine Landschaft vorstellte, die den Schustergesellen sogleich vertraut anmutete. Sie zeigte im Vordergrund ein munter dahinspringendes Bächlein und an dessen Ufer eine Wassermühle, im Hintergrund ein ansteigendes Tal zwischen zwei zunehmend steileren Hängen, über deren Rändern der dichte Wald aus Eichen und Buchen langsam in eine von Heidekraut und einzelnen Kiefern bestandene Fläche überging. Hinter der Mühle jedoch verschwand soeben eine Kutsche in Richtung der Straße, die auf der anderen Seite aus dem Tal herausführte, und in dieser Kutsche saß hinter dem missmutig drein-

blickenden Schwager eine fröhlich winkende junge Dame im weißen Sommerkleid, deren Gesicht eine fliederfarbene Schute verdeckte.
Von dem Bild ging eine sanfte Kühle aus und in Hartmanns Ohr drang das Rascheln der durch einen leichten Luftzug in Bewegung versetzten Blätter, dann tief aus der Klamm das leise Rauschen des im Vordergrund sanft dahinplätschernden Mühlbaches. Er spürte den gelinden, von Wiesendunst und Blütenduft geschwängerten Maiwind auf seiner sonnenverbrannten und ausgedörrten Haut und während er über die achtlos hingeworfenen Pinsel neben der verschmierten Palette hinwegschritt und zögernd auf das beim Näherkommen immer riesenhaftere Ausmaße annehmende Gemälde zuging, öffnete er die Lippen und schmeckte die abgestandene multrige Säure des Waldes.
Die niedrigen Zweige im Vordergrund streiften bereits rau und ledrig über seine Arme und sein Gesicht, als sich in den Duft der verrottenden Tannennadeln und des modernden Waldbodens der Gestank nach Ölfarbe und Firnis mischte. Vorsichtig tat Hartmann mit geschlossenen Augen einen letzten Schritt nach vorne und hörte das Reißen der Leinwand unter der Sohle seines linken Stiefels, dann zwei Schüsse, die kurz hintereinander krachten, und schließlich das helle Lachen der jungen Frau mit der fliederfarbenen Schute.

Impressum:

Manuela Kinzel Verlag
73037 Göppingen
Tel. 07165 / 929 399

info@manuela-kinzel-verlag.de
www.manuela-kinzel-verlag.de

Umschlagbild: „Ataraxia" von Monika Bühl, Oppingen

1. Auflage 2018

ISBN 978-3-95544-111-1